芥川龍之介の後輩たち

両国高校64回卒業生文集編集委員会・編

ごまめ書房

本書を石平快三先生をはじめ両国高校の恩師に捧ぐ

まえがき

私たちは都立両国高校の第六四回卒業生である。高校卒業後、半世紀経つと仲間の数も確実に減り始める。元気なうちにみんなで原稿を寄せあって文集を作ろうということになった。

思えば、芥川龍之介は一九一〇年（明治四十三年）の春、東京府立第三中学校を卒業した。その校舎は関東大震災で焼失し、同じ敷地に耐震構造の鉄筋コンクリート造りの校舎が作られた。それは都立両国高校の校舎となり、私たちはその校舎に学んで、一九六七年（昭和四十二年）の春卒業した。単純に計算すると私たちは芥川龍之介の半世紀後の後輩ということになる。芥川龍之介の学んだ府立三中と私たちの学んだ両国高校は、一九六〇年代までは本質的な性格は同じだったといえる。帝都の東側および総武線沿線の子弟を集めて中等教育を施すという役割を担い、その東京弁はべらんめい調であって、「れる」と「られる」は厳格に区別して用いられた。東北なまりは許容されたが、高校の敷地内で関西弁を耳にすることは絶えてなかった。敬語の使用は極めて少なかった。ただ戦後は男女共学となったが、だからといって華やいだ雰囲気であったかというと、それは大いに疑問であった。

この文集はそういう芥川龍之介の後輩たちが書いたものを集めたものである。短歌あり、俳諧あり、美術論ありである。広く楽しんでいただけるものと考えている。

平成三十年三月一日

両国高校64回卒業生文集編集委員会　岸江孝男

●目　次

Ⅷ　評論・研究

I

詩歌

すがすがと青

木村英世

わが両高

両高に心の友を得たりけりその一人我が義弟となれり

新しきクラスに友は楽しかる学園生活我に与えき

父を看取りし主治医の友が病得て大先輩に我を繋ぎき

書道講師・短歌講師に転進す江連の漢文・吉田の古文

生

背《せな》をかく手の荒れたるを心地よしと母にねだりき幼きわれは

銭湯の帰りは父に肩車されて冬空すばる数えき

父と見し銭湯帰りのシリウスを我の希望と秘めたり五歳

堤防を決壊させてはわが町を水漬かせし川に散歩道出来る

メタンガスの泡吹き上げる黒き川がわが青春の一歩なりけり

黄や黒の煙が雲と湧くところわがふるさとは都の東

鉄が鉄を打つ製鋲機《ヘッダー》の小止みなき金属音を聞きて育ちぬ

図書館に幼きわれを置き去りて配達に向かう作業着の父

貧しきを貧しと言える豊かさを望みていたり彼の日の我は

青春の初めに読みし「燃えよ剣」司馬遼太郎記念館に燦たり

犀川を手に触りたり犀星が涙ぐみたるわが青春の

ダイヤほどの氷を含みうなずける母の命は今日を過ごしき

短歌のこと忘れ音のごとくかの夏を我に告げにき死に近き母は

敢然と治療を断ちて母は今笑まい残して旅立ちませり

去年母と猿江に梅を探しけり長旅なりき百歩余りの

雨の間を青すがすがと空はれてしずかに孤りごいさぎが飛ぶ

雪野衝く列車は疾し先頭に六十五歳の少年の我

敬老の日を祝われて席に着く子の無きわれらに姪夫婦やるなあ

ガレージにこちらを向きて笑みており我が子となれる銀のプリウス

父を超え六十八歳になりにけり今日からは一人手本はあらず

歩き方少しおかしいという妻の真剣な目が我を救いき

見舞にともらいし帽子がドリル痕隠し颯爽退院の日を

浅草の妻の実家を継がんとすこれが最後のわが勤めなり

汝《な》

妻と二人心おきなく生きており体重のこと託ちながらも

朝焼けの色を宿せるバラを抱き結婚記念日を輝きて妻

結婚し四十年経ぬいつもかも幸せだったと妻が告らすも

汝がほかに友はいらぬと盃を傾げつつ思う妻よ幹子よ

妻の目にわれが映され喫茶店アイスココアの氷がうたう

ゆったりと二人川辺を散歩するこんな人生をありがとう妻よ

なみだしてながれぼしあまたながめたるなれとふたりのなれそめの夏

両国高校での三年間に感謝を込めて

犬と暮らせば　五十首

伊勢﨑康幸

二匹の名前

座禅組む両脇にまた気配あり静かに座るラブとメイなり

ラブは右メイは左におとなしく私の膝は瞑想の場所

言葉なく文字なき二匹ラブは母　メイは娘と知るや知らずや

婆ちゃんがお昼寝するからラブちゃんもメイちゃんもまたお昼寝をする

老父母と二世帯同居犬二匹　死にし犬たち家の周りに

二匹の日常

ラブと散歩の行くさ帰るさ爺ちゃんの仰ぐはみごとな大島桜

油絵を描く爺ちゃんのアトリエは日射しサンサン二匹は昼寝

お昼にはトマトのスープ特製の肝機能対策バクバクと飲む

トイレから出てこぬ誰かを慕ひ鳴く七歳のメイ本当に幼稚

家族みな健康である今日の日の喜びを知るラブとメイかな

桜散る

公園の桜散りそめ花びらは犬たちの肉球を華やかに飾る

死にゆきし二匹の犬はまぼろしの桜吹雪を走り回れよ

この年の桜ちりけり過ぎし日の燃え立つ命いまもなつかし

リードといふ命の綱でつなぎ合ふ二つの影に散るさくら花

風吹きて雨近き夜の公園は静かに眠り　桜も眠る

遊び

お手をしてお替はりをしてお手をしてやさしい遊び切りがなくなる

「回れ」してもらふお菓子のうまいこと誠に芸は犬を助ける

野に生まれ野に獲物追ひやがてヒトと獲物を分けしシェルティの子孫

物を見る匂ひをかぐは瞬時にてとても及ばぬヒトの感覚

コングといふ遊ぶ食器のアイデアに人間の智恵の明るさを見る

初夏

三本の大島桜切られけり分断の世にＥ・スノーデンあり

並び立つ木々は互ひに影をつなげ犬と私をしばし憩はす

所により雷雨と予報ある午後は前川喜平のニュース頼もし

ラブとメイ親子となりし昔から匂ひ嗅ぎ合ひ隠し事なし

大空に突き出す枝はかすかなる風に揺れつつさらにのびゆく

雨

雨の朝ピンクのバラのつぼみから雫こぼれて犬の背に乗る

雨ゆゑに庭の芝生を幾めぐり用を足すまで雨に打たれる

昨日今日三重和歌山は滝の雨　かしこの犬は難儀なるべし

雨の日は散歩もできず家の中で婆ちゃんの後ついて歩くも

百合の花ラベンダーの花雨にぬれ犬の背中もぬれる夕暮れ

真夏

昼寝する大の字の足の両側に犬寄り来れば真夏の炬燵

死ぬのさへ何でもないと言ひたげにコテンと身体横たへる犬

ほぼ半生居眠りつづける犬たちよ真夏の昼は何を夢みる

ボールひとつ投げれば原は聖地なりひた走る夢か足がぴくぴく

玄関の戸車の音に耳立てて居住まひ正す犬のよろしさ

吠え声

歴然と肝機能回復万々歳　されど元気に過ぎて吠え過ぎ

宅配に郵便に電話に吠えまくり制止もならず冷や汗をかく

ご近所はいかに聴くらん吠え声をいかにすべきか思案投げ首

懸命の吠え声抑へ鼻先を両手で押さへ野生を見つめる

忠実なラブとメイにも昔の血　遠くの島を思ふ血の色

眼

いつの日か訪ねてみたきシェトランド諸島たぶん無理だとメイの眼を見る

メイの眼の逆さまつ毛を取ってくれる　はなのき台病院ありがたきかな

ラブの眼は少したれ目で年老いしまつ毛の茶色色あせて見ゆ

胆嚢の摘出をしたラブの眼を十五歳まではと願ひつつ見る

四頭の犬は我らと暮らしけりシェトランドの島を遠く離れて

喜怒哀楽

賑やかに四頭の犬と暮らし来て喜怒哀楽の果て無きを知る

女房が冷蔵庫から氷を出す音聞きつけて二匹喜ぶ

ヨーグルト二匙ときめた昼ごはんに怒涛の如く檻に駆け込む

哀しみはヨーグルトの皿なめる時「もっとゆっくり食べればよかった」

楽しみは朝夕二度の散歩道　先のことなど思はず歩く

あとがき。吉野弘の詩に「淡い賑やかさのなかに／自分を遊ばせておくがいい」とあります。その気分を、犬との暮らしのなかに探してみました。

平成二十九年八月一日了。

（参考）

自分自身に　　吉野　弘

他人を励ますことはできても
自分を励ますことは難しい
だから――というべきか
しかし――というべきか
自分がまだひらく花だと
思える間はそう思うがいい
すこしの気恥ずかしさに耐え
すこしの無理をしてでも
淡い賑やかさのなかに
自分を遊ばせておくがいい

木の実落つ記憶の森に獣道

峰崎　進

半世紀はあっと言う間だ。金ボタン無しのフックの学生服を着ていた僅か数年間を今も時々記憶の森に辿ることがある。学校の機関誌『三高教室』か『３６５日』に私の詩が載ったことがあった。その頃の私は、目の前に毎日迫ってくる勉強が堪らなく嫌いで、日々それから目を逸らすように、詩を書いたり本を読んだりしていた。市川市に住んでいた私は、いわゆる越境入学者の一人で、毎朝ラッシュアワーの総武線に乗って通学していた。学校からの帰途、電車が小岩駅を過ぎて江戸川の鉄橋に差し掛かる時、車窓に突然大きな空と長い緑のラインが飛び込んでくる。何かから急に解放される、その感覚が今も記憶の底にこびり付いている。

私は行徳で生まれて、現在も行徳に住んでいる。古き町行徳とその背後を流れる江戸川には、私の身心の一部であるかのような深い愛着がある。

江戸川

江戸川放水路に架かる行徳橋が、
木の橋から可動堰を持つ鉄の橋に一新された。
私たち小学生は、開通式のテープカット後、
列を組んで、元気に渡り初めをした。
がっしりとしたコンクリートの躯体、
水を堰き止める大きな鉄製のドラムが三連、
それをしっかりと上下させるワイヤーロープ、
この町に鉄とコンクリートの大きな構築物が
到来した最初の時であった。

江戸川は、東京との県境であり、
そこに架かる橋には水位調節の閘門がある。
この閘門の少し上流で、江戸川は放水路と二

つに分かれる。
二つの江戸川に挿まれた三角州のような地に
古い町がひっそりと残っていた。

江戸川の対岸には製紙工場があり、それを
結ぶ渡しがあり、
その船着場では、女たちが毎日鍋釜を洗い、
洗濯をしていた。
大きな艀が、喫水線ぎりぎりに荷を積んで、
川を上ったり下ったり。
艀は夕べに川岸に着けられ、
艫の小さな甲板では、七輪が置かれて夕餉の
支度が始まる。
川面には、いつも人の暮しの匂いがした。

東京湾の沿岸には干潟が広がり、
百年前まで、干潟の内側に塩田があり、
塩は江戸川の河岸から江戸へ送られていた。
河岸はやがて上流の味噌・醤油を江戸へ運ぶ
中継地になり、湊になった。
河岸は成田街道の宿場として賑った。

地下鉄の高架の構築物が、
埋め立てられた田圃や蓮田の上に、
一直線の姿で現れた。
と、瞬く間にあたり一帯は造成地となり、
気の早い幾つかのマンションが、
駅の開業を待ちきれぬかのように建ち始めた。

江戸川の岸壁がコンクリートとなり、

いつしか川面から生活の匂いが消えていた。
堀や堰は、広いバイパスに変わり、
古い町並みは、旧街道という名に変わった。

川の水は記憶を持つ間を与えられず、
絶え間なく海へ押し出されていく。
川は、流れるが故に自身の記憶を持たない。
江戸川の急激な時の流れは、
二百年、その河岸に佇んでいる常夜燈だけが知っているのかもしれない。

今、夕暮れのこの常夜燈の空を、
雁の列が幾重にも北から翔け渡ってくる。
これからも変わらぬであろう江戸川の流れを信じて。

日本の至る所が大きく変貌した五十余年であった。同時に、私自身も絶えず走って、次の自分を常に変えたいと思っていた。得たもの、失ったもの、すべて走っている最中の出来事であった。立ち止まり、しっかりと顧みることがなかった半世紀でもあった。
還暦を過ぎたころ、俳句に出会った。立ち止まり、自己と自己を取り巻く風景をじっくり眺める機会に出会った。一昨年、そのような思いを六年間の俳句として、一冊の句集に纏めてみた。次の二十句はその句集からの抜粋である。

句集『銀河の一滴』

睡蓮の雨滴小さな天を張る

逃水や遠近法の消失点

食む風は強きが美味し鯉のぼり

夕焼けを擦って列車は導火線
天網を漏れて勢ふ鰯雲
冬ざれや鹽と湊の寂ぶる町
囀やときめき何時も未然形
乗り降りは駅舎の呼吸若葉風
バーボンの香りを待たせ胡桃割る
行き帰り道を違へて春惜しむ

詩歌とは揺らぎつ編みつ蜘蛛の糸

天辺に天辺産まる雲の峰

人がゐて人ゐぬ昏さ木下闇

銀河より一滴こぼれ水の星

五ヵ町の渡御秋天を指し挙ぐる

鵙啼くや余白に韻を生む詩歌

真実はアバウトの中海鼠食む

茎立や中也太宰は書架の奥

足と手が出でて戻れぬ蝌蚪の国

走力を溜むる蜥蜴の動かざる

Ⅱ　高校の思い出

カルチャーショック

根本　博

今はそうでもないが、若いころは環境変化への適応にとまどうことがよくあった。地元の小学校や中学校に入学する時もそうだったが、両国高校に入学した時はとくに強くそれを感じた。今回、文集が編まれる機会に、そのことを記しておきたい。

私が生まれ育ったのは葛飾区の新宿《にいじゅく》という町で、旧水戸街道の宿場町として栄えてきた。国鉄常磐線ができたとき、駅を作ることに地元が反対したため、結果的に駅ができた両隣の亀有と金町が発展し、わが新宿は静かな住宅地として戦前・戦後を過ごしてきた。

その新宿町4丁目で生まれ、3歳になる前に1丁目に引っ越した。その後、地番変更で旧新宿町4丁目は柴又1丁目となり、私の生家は柴又1丁目1番地になった。だからというわけでもないが、今でも故郷を語るとき必ず口にするのは「柴又帝釈天」であり、「矢切の渡し」である。柴又は昭和40年代から「フーテンの寅さん」が主人公の映画「男はつらいよ」で知られ、渡しの方は歌謡曲に歌われレコード大賞を受賞して全国的な知名度を得た。少し北の水元公園近くの南蔵院には大岡裁きで有名な「しばられ地蔵」もある。江戸川対岸の千葉県側（松戸市、市川市）には、万葉集に歌われた伝説の乙女「勝鹿の真間の手児奈」の古井戸の遺跡や滝沢馬琴「南総里見八犬伝」で知られる里見氏の古城址があり、伊藤左千夫「野菊の墓」の舞台となった田園風景が広がっていた。葛飾区は「寅さん」の他にも「デン助劇場」で親しまれた大宮敏光という芸人や「こちら葛飾区亀有公園前派出所」（こち亀）の「両さん」というキャラクターなども輩出している。

さて、私が地元の保育園を経て近くの区立新宿小学校に入学したのは昭和30年である。校歌に「明治6年創立の」という一節がある古い学校で、母や叔父叔母たちの世代も、妹や従兄弟たちの世代も、ここの卒業生である。昭和30年といえば高度成長が始まった時期にあたるが、そんな意識は大人たちも持っていなかっただろう。まだ学校の設備は貧弱で、「団塊の世代」である我々大集団を受け入れられる設備はなく、最初は講堂をベニヤ板で仕切った教室に１クラス60人の児童が詰め込まれた。しばらくして普通の教室が使えるようになったが、午前組と午後組を入れ替えての「二部授業」だった。当時の記憶は鮮明とはいえないが、一番の関心は保育園から仲の良い友達と同じクラスになれるかどうかだった。やはり年齢相応に環境変化に懸命に適応しようとしていたのだろう。

昭和36年に入学した区立新宿中学校は歩いて10分ほどの距離にあった。新入生４００人のうち半分くらいは一番近い新宿小学校から来ていたが、いくつか他の小学校からも来ており、見知らぬ顔も多かった。小学校入学時は、ほとんど周囲の見分けもつかないような幼児体験であったが、中学校の時はある程度意識も発達していて、他の小学校から来た人たちは異邦人のような雰囲気を漂わせているように感じた。この時が記憶にある最初のカルチャーショックだったと思うが、知った顔が半分いたのと授業の進度がゆるかったこともあり、ほどなく環境に慣れることができた。

それと比較すると、衝撃が大きかったのは両国高校に入学した時である。ボタンでなくフック式の制服を着て「三高」の徽章の付いた学帽をかぶり、入学式に臨んだその日から、経験したことのない緊張感に包まれた。校長の訓示は、ある一点を明確な目標に据え、そのためにあらゆる努力を傾注して勉学に励まねばならないという「上から目線」での強い言葉だった。授業が始まると各科目ともスピードが速く、当然といえば当然であるが、中学校とは世界が違うことを否応なく感じさせられた。当初は「これはえらいところに飛び込んできてしまった」というのが実感だった。

もうひとつの違和感は、私だけのものかもしれない。両国高校は墨田区にあり、江東区、江戸川区、葛飾区を含めた4区が第6学区に指定されており、学区内からの受験が原則だった。わが新宿中からは3人が入学したが、驚いたのは近くのK中やR中などからは数十人単位で入学者がいることだった。その他の墨田区内の中学や江東区、江戸川区からも相当大人数が来ているらしいことを知り、彼らが最初から親しげに話しているのを見て孤立感を覚えたことがあった。要するに地理的に近い総武線沿線の勢力が圧倒していて、遠くて通学時間のかかる常磐線沿線の葛飾区北部で育った私は、他の世界の雰囲気に飲み込まれるような感じを受けたのである。

カルチャーショックの正体は複雑だが、以上述べたようないくつかの環境変化、すなわち両国高校の伝統の重みから来る厳しい教育方針に触れて身構えたことと、総武線文化圏に対する常磐線文化圏の劣勢を感じて何となく萎縮したことなどが重要な要素となっているのではないかと今にして感じている。

その後の人生では、大学入学時にも、公務員になった時にも、海外赴任した時にも、金沢という地方都市で大学教員生活を始めた時にも、それなりの緊張感や違和感を経験してきたが、感受性の強い若き日に両国高校で実感した、あのカルチャーショックに匹敵する衝撃度はなかったように思う。

あれから半世紀——親しく付き合いを重ねている友人達がいる。両高卒業後の行路は違うが、今でも折々会っては杯を酌み交わし人生を語り合う空気のように大切な存在である。毎年クラス替えがあった中で、なぜか2年F組のときのメンバーの結びつきが強かった。それは当時流行ったナポレオン（5人で遊ぶトランプゲームの一種）の存在を抜きには考えられない。数年前までは1泊旅行で心行くまでナポレオンに熱中したものであるが、主要メンバーだった二人が相次いであの世へ旅立ってしまい、最近はゲームが成立しなくなった。その後、新しいメンバーを迎えて懇親会は続けているが、ナポレオンができなくなったのが寂しい。

とりとめもない昔話

伊吹山知義

最近の事情はよく知らないのだが、当時、私の通っていた公立中学校では、クラスの少なくとも10パーセントは高校に進学せずに、中学卒業と同時に就職した。また高校と言っても、商業高校、工業高校、普通校、それにできたばかりの高等専門学校と、進学先は多様であった。中学生の頃に化学工業高校の文化祭に行ったことがあるが、各クラスでは試験管の立ち並ぶ硫黄臭い展示が行われていて、なるほど専門教育なのだなと思った。みな、工場や会社や商家で働くなどの将来の職業イメージがわりとはっきりしていたように思う。両国高校は学区域の普通校の中では一番良い高校と言うことになっていたので、あまり考えも無しに進学先に選んだのだが、私の中学校から両国高校に入学した人は4人であったので、これは多少特殊な部類にはいるのであろう。

私はどんな高校に入学したことになったのか、全く知識がなかったのだが、入るやいなや、先輩たちから「牢獄高校にようこそ」と言われてびっくりした。受験指導が厳しくて「両国」ではなくて「牢獄」みたいだというのである。この高校の帽子の記章は「三高」と書いてあり、どうして両国なのに三高なのかと思ったら、旧制府立第三中学校だったからという。外では当時野球で有名だった「日大三高」ですか、と聞かれて、いつも説明を余儀なくされて参った。またある先生は「ここはなにしろ、芥川龍之介と堀辰雄の卒業した学校で、隅田川以東では（東京都には大学がないので）最高学府ですから」などと強調するので、どうにも閉口した。おかげで反発を覚えて、堀辰雄を全然読まなかったのだが、大人になってから読んでみると、いささか鮮烈な印象の好みの文章で、ああ早く読まなくて損したな、と思ったものだ。

さて、当時は、入学年度ごとに担当する先生のグループが卒業まで決まっていた。別の先生のグループの間には多少の競争心があるように見て取れることもあった。嬉しいことに我々を担当してくれた先生方のグループは、どこか自由で紳士的な雰囲気があって、また授業は非常に真剣なもので、中には少々苦手な授業もあったが、概ね大変面白かった。この時代は、本当に良い教育を受けたものだと、つくづく思う。たとえば西洋史を担当してくださった先生は大谷先生という方だったが、授業では古代エジプト王朝の話が延々と続き、そのあとにペルシャ王の、カンビセス、ダリウス、クセルクセスというのを教わり、うろ覚えで怪しいが、「カンビセスは厳父のように、ダリウスは商売人のように、クセルクセスは税吏のように」だったか、その次はギリシャ史で、これらはヘロドトスの「歴史」に沿っていたのだろうか。教科書はあるにはあるのだが、いつまでも古代の話が延々と続くので、「この教科書、とてもおわらないのでは」と生徒でありながら心配になって来たのだが、あとでこれは杞憂にすぎないことが判明する。何しろ、夏休みと冬休みには延々と補習授業というのがあって、いろいろな先生が、ここできっちりと西欧とアジアの近現代史に至るまで、もれなく全部教えてくれたのである。さて、大谷先生はヨーロッパ近世初期について「モンテーニュのエセーというのがありますが、これはヨーロッパ史の細かい事件が山ほど書かれていて、西洋史には相当詳しいと自負している者でも、なかなか読めない」そう言ってから「西洋史には相当詳しいと自負している者でも読めない」と繰り返し、「この詳しいと自負している者というは実は私のことですが」と言って、ひどく、はにかんだ顔になった。この真面目な先生の、はにかんだ顔というのは、何か人を温かい気持ちにさせるものがあった。

入学の頃に、図書室のガイダンスというのがあった。担当は司書の小出孝子先生という早稲田の露文を出た先生であった。これは単なるガイダンスではなくて、「図書を利用してEEC(今のEUの前身)の加盟6カ国がどこか調べなさい」という課題を与えられたが、どうやって手をつけたらいいのかわからなくて、なんだかボーッとしていたような気がする。インターネットの無い時代に、こういうことを調べるのはそれほど簡単では無かった。また貸出カードの記入例というのが「クローニン著・帽子屋の城」というのであった。こんな作家は聞いたことも無かったから、これは何なんだろうと思いつつ、いつまでも記憶に残った。のちに、ある同級生も同じようなことを言っていたから、よほど印象的だったのであろう。大学の頃にクローニン全集が刊行されているのを知ったが、「まあ知らないままにしておくか」と思って結局読まなかった。私はずっと図書委員になっていたので、図書室とは縁が深く、またなぜか、ここには面白い人が集まっており、三十代半ばだった小出先生も、生徒とまるで友達のように、彼女の人生の一部のように接してくれたので、高校の中での一種のサロンのような雰囲気があった。当時、両国高校のオーケストラ団員でかつ図書委員だった私のような何人かは、さっそく彼女から「日比谷のイイノホールで音楽会があるから」と誘われ、ある夜、潮田益子のバイオリンリサイタルに連れて行ってもらった。音楽もプロコフィエフのソナタなどですごく良かったが、大人になったような気もして嬉しかった。図書室は、クラブ活動以外で上級生と仲良くなれる場所でもあった。現代西欧美術に詳しい文学部の2つ年上の上級生と知り合い、私も小説もどきを投稿した。彼は、両高祭のために、自作の「部屋」といういささか抽象的な小説を戯曲にして上演した。文学部の顧問は草深先生という国語の先生で、この舞台練習を見ていたのを知っているが、この方は能などの古典芸能に造詣の深い先生で、「心得のある人間というのは、能役者のように上体を動かさずにきちんとまっすぐ歩けるものなのだ」、「昔の学校では先生と生徒は、お互いにフランクで、僕は先生が嫌いです、先生の方でも、私も君のことは嫌いだ、とか言って淡々としていたものだった」とか、先生は一見遊び人風でありながら時々はっとすることを言う。能楽堂に高校から団体で観劇に行ったときは、若い能役者が「今日は高校生相手だから我々にも演じさせてくださいよ」というのを「いやダメだ、若い人に見せるには一番上手な役者じゃなくちゃいけない」と言ってくれたとか。さて、小出先生は東村山に住んでいたのだが、子供が生まれるので、錦糸町では遠くて通えないというので、1年後には石神井高校に転勤になった。しかし先生を慕う人たちのグループは東村山のご自宅までたびたび遊びに行って、後に3人に増えたお子さんたちとも一緒に遊び、大学に入った後も交流が続いた。

こういう話は切れ目無くいつまでも続けられそうだが、すべての恩師のエピソードを書くには紙数が足りない。当時は、専門学校生を含む大学生は同じ年代のなかでは4人に1人と言われていたが、両国高校では大部分の人が大学に進んだのだと思う。しかし、私たちの高校卒業後は、東京都の教育長が不用意にも導入した学校群制度というので、都立高校は大きく変容させられた。その結果、都立高校よりも私立高校や国立高校を目指す動きが次第次第に顕著になって、結局は中学受験などが盛んになり、都立高校の全盛時代は一旦終わりを告げ、関係者は低廉で質の高い公教育を維持発展させるのに長い間苦労されたことと思う。一方、私は大学院修了後、かねてより憧れの職業だった数学者になり、企業人や教師や研究者になった元気な弟子にも恵まれ、退職後も以前にも増して世界の中での数学研究に忙しくしているので、その意味では満足している。しかし長年大学での教育にも携わってきたが、多くの人の真面目な取り組みにもかかわらず、残念ながら一般的に言って現今の大学教育がうまくいっているとはあまり思えない。しかも、わが国は国立大学法人に対して毎年一律に交付金を削減するという、まことに愕然とする施策を続けており、日本の大学の将来についてはは悲観せざるを得ない。これについては昔の職業柄、述べられることが山ほどあるが、ここでは述べない。しかし、こういったあれやこれやを考えると、年取った人間の繰り言でもあろうか、今から振り返ってみるに、どうも昔の高校時代というのが燦然と輝いて見えるのである。

両国高校の思い出

小坂寛己

　昭和39年4月、東京都立両国高校に入学（東京オリンピックが開催された年です）。当時、父親の仕事の関係で下町の錦糸町に住んでいましたので、小学校、中学校、高校と自然の流れで家の近くの学校に通うことになった気がします。家の近くには私と同じように進学した遠藤君、榎本君、秋山さんがいました。遠藤君の家は洋服の仕立て、榎本君の家はお菓子の卸、秋山さんの家は都議会議員だったと思います。私の家は砂糖の卸問屋でした。日本橋蛎殻町に本社があり、都電で時々行ったことを憶えています。

　さて、両国高校に入学し1年の時はI組でしたが、教室は屋上に増設された急造の校舎でしたので、夏は暑く、冬は寒かった気がします。担任は生物の薄葉先生でした。1クラス50人と大勢いましたので、活気がありました。私は部活動の勧誘を受け、ラグビー部に暫く在席し、放課後厳しい練習をしていました。ラグビーをプレーした経験はありませんでしたが、中学の頃陸上競技をして足が少し速かったので、ポジションは左ウィング（ゼッケン11）でした。坂巻先生にはラグビーのいろはから色々と教えていただきました。合宿もそうでしたが、練習の中でもランパス（全力で走りながらパスの練習）がきつく、フルバックの先輩から厳しい号令が飛び、練習後はへとへとでした。しかし、練習後にラグビーボールを梶原君、竹村君、高橋（英）君らと一生懸命磨いたのはいい思い出となっています。

2年の時はD組で、男女クラスでした。名簿順でしたから牧野なほみさん、松本律子さん、松尾由紀子さんの3人が席を縦に並べることになりましたが、そればかりでなく3人は目立っていたように思います。授業では、英語の杉先生が忘れられません。教室に入ってくるなり、いきなり出欠簿で頭を殴ることがあり、いつ自分の番かと恐れながら授業を待っていました。そんな杉先生でしたから、運動会でアキレス腱を切った時は皆複雑な気持ちでした。数学の田村先生、根津先生、英語の萩原先生、石平先生、生物の大滝先生、漢文の江連先生、古文の吉田先生、倫理社会の谷口先生、世界史の大谷先生など多種多彩な先生方にお世話になり、忘れられません。

3年の時はH組でした。1年の時と同じように男子クラスでしたが、大学受験を控え誰もがより真剣に授業を聞いていたように思います。とは言え、休憩時間に早弁をする者がいるなどそれなりに高校生活を楽しんでもいました。両校祭では、公害をテーマに展示物をクラスで用意しましたが、この経験が私の進路を決めたように思います。シビルエンジニアーとして働いていこうと考え始めたように記憶しています。後で知ることになりましたが、私と同じように土木工学を学んだ人に、

走り高飛びでベリーロールの練習をする小坂寛己

小山幸則君、坂巻明人君、高橋邦夫君らがいます。

4年目の時は「特別クラス」でした。グランド横の2階の大きな教室で、先生方は全く変わらず3年の時と同じように教えていただきました。この頃になると、自然と勉強に向かい合うようなり、朝から晩まで勉強した記憶があります。成績も次第に良くなり、翌年の受験では志望校全てに受かり、ほっとしたしだいです。入学金、授業料も安く、それぞれ6、000円、12、000円（年間）だったように記憶しています。親には心配をかけましたが、この点では少しは親孝行できたかなと思います。

最後になりますが、高校時代の思い出として、写真を1枚選びました。ベリーロールで走り高跳びの練習する我が姿です。東京オリンピックまでは、ベリーロールを最も多くの競技者が飛んでいましたが、フォスベリーが背面とびでメキシコオリンピックで優勝すると、その後はこの飛び方をする人はいなくなりました。

柔道部の思い出

関田孝正

小学生のころ、下町（千歳町）の柔道場へ通ったことがあった。半年ぐらい続いただろうか。練習の甲斐あってか緑帯（三級）をいただいた。

そもそもなぜ柔道に興味をもったのだろうか。マンガか映画かテレビか。黒澤明の「姿三四郎」（一九四三年）は、大学生になってから名画座で見たが、子供の頃はまだ知らない。テレビでは倉丘伸太郎の柔道ものに人気があったが、それは高校生になってからのことだ。当時、嘉納治五郎を描いた子供向けの伝記本があり、そのなかに客船の甲板で外国人を嘉納が投げ飛ばす挿絵が描かれていた。体の小さな日本人が大男を投げ飛ばす爽快感にあこがれたのかもしれない。町道場の開け放たれた窓の外から見た蛍光灯の下で技をかけあう男たちの練習風景にも魅了されたのかもしれない。

中学（両国中学）では、クラブ活動を柔道部にするかどうか迷った末にバスケットボール部を選んだ。ボールを追ってゴール下でジャンプすれば少しでも背が高くなるかもと淡い期待を抱いたからだ。だからと言って、殊更伸びたわけではない。身長が伸びることは期待できそうにもなかったし、以前からやりたかったので高校は柔道部に決めた。

柔道部の練習は、準備体操、打ち込み（技に素早く入る練習）、乱取り、ランニングなどだった。グラウンドを柔道着姿のまま運動靴をはいて何週も回った。一部の新入生は練習の仕方が厳しい（？）と異議を唱えて（あるいは他の理由があったのか）入部早々辞めていった。先輩に対してはなかなか抗議する勇気はわかないものだが、はっきり物を言う仲間もいるのだなと思ったものだ。僕は練習はこんなものなのだろうと思い、別段不満はなかった。ただ、軽い罰ゲームはあった。理由は忘れたが、先輩の気にいらない行動・態度があったのだろう、下級生全員が正座を強いられたことがある。普段は椅子の生活に慣れているので、しびれを我慢するのはけっこうつらい。僕らの仲間で伊藤雅夫君だけは、平然としていた。家でも正座の暮らしがしみついていたので、全然抵抗がないということだった。

同級生の仲間には、そのほか、同じクラスの関野吉晴君、藤原晴男君、金子昇一君、他のクラスの遠藤真広君、藤本和成君、関口英雄君、立岩達治君、大塚隆夫君、小坂哲男君、中学が一緒だった山田準一君らがいた。

藤原君は巨漢、見るからに強そう。父上がときどき柔道場にやってきて息子の練習ぶりを目を細めて見ていた。息子を柔道家にする夢があったのかどうか、熱心に見学していった。放課後とはいえ、サラリーマンはまだ勤務時間だ。会社を経営するかして多少時間が許される立場だったのか。それだけ子供の成長に期待していたということだろう。二年生になって四月に新入生向けのクラブ紹介が体育館で行われ、僕は背負い投げを披露することになった。藤原君を相手に技をかけたが、あまりの重さにつぶれてしまい、失笑の拍手を浴びてしまった。

大塚君とは、夏休みに何人かと連れ立って房総の海に行った。宿は大塚君の別荘。そこでの思い出は、高橋英夫君（ラグビー部）に目玉焼きを作ってもらったことだ。僕は高校生の頃は台所に立つことは一切なかった。それこそ箸（あるいは鉛筆）より重いものを持つことのない生活だった。だから目玉焼きひとつ作ることができない。高橋君のところは商売（米店）をやっていたと聞く、多分親が忙しく仕事をしており、食事ぐらい自分たちで当り前に作っていたのだと思う。すでに生活を実践している人間とそうではない人間。この事実を重く受けとめなければいけない。高橋君は腹を空かしている我々に人数分の目玉焼きを作ってくれたのである。

関口君は、のちに自衛隊幹部をめざす防衛大学に入学することになる。高校を卒業して成人式を迎える頃、テレビでアフタヌーンショーを見ていたら、スタジオに様々な立場の成人男女が出席して司会の桂小金治からインタビューを受けていた。そのなかになんと制服姿の関口君が国防を担う学生の代表として登場していた。真反対の立場に立つ革命家を自称する学生活動家と対抗する形でだ。ブラウン管の中に初めて仲間の姿を見た。

遠藤君とは校内クラス対抗試合で対戦する機会があった。柔道部員同士のやりにくさもあったが、躊躇することは負けにつながると考え、僕はすかさず背負い投げをかけた。が、たちまち押しつぶされ抑え込まれてしまった。息も絶え絶えだった。

遠藤君が「姿三四郎」（富田常雄・作）が面白いと言うので読んでみた。たしかにいろいろな敵と戦っていく話は興味をそそられた。三四郎は山嵐が武器。この技のかけ方を丹念に読んでみたものだ。なんとなくわかるのだが、実際はなかなか難しそうだ。映画やテレビでは技をかけられると派手に宙を舞うシーンが多い。現実的ではないのだが、映像的に面白くするための演出かとこれまで思っていた。今改めて読み返してみると小説のなかでも意外にみんな宙を舞っている。三四郎と村井半助の試合の場面。三四郎が相手に投げ飛ばされるところはこんなふうだ。「肩車！（略）ぶーんと唸る勢いで、三四郎の体が宙に飛んだ」「この裏投げで、三四郎は試合場の西隅から東の隅へ向けて鞠のように吹き飛んでいた」。今度は三四郎の必殺技・山嵐が決まるところ。技のかけ方にも注目してほしい。「三十畳の試合場を半周した時、堪りかねた半助の左足が三四郎の右足の踵をぱっと払った。出足払いとも、送足払いとも言える。間――三四郎の払われた右の蹠《あしうら》は半助の右の足首にぴったり着いて、飛び込んだ肩に二十三貫の肉塊を担ぐと、相手の足首を力の限り払い飛ばした。小兵な三四郎の頭上で、半助の足は遙かの空を蹴ると、体は三四郎を中心に車輪のような半円を画いて、ずしんと畳に落ちた。山嵐の大業である」。さらに、「半助は又も宙を飛んだ」

「一個の岩の塊に似て空を飛ぶと、真逆様にがくんと畳に落ちていた」。宙を飛ぶ様は映画のようなのだ。今思えば映画はこの小説の描写を映像化したと思える。

入学したその年は東京オリンピックの年で、高校の方で入場券を手配してくれたのだったか、関野君とレスリングの試合を見に東京都体育館に行った。試合前、渡辺長武選手（フリースタイルフェザー級金メダル）が練習の合間なのか通路を歩いていた。当時から金メダル候補で有名だったのですぐわかった。「サインをもらおうか」などと話をしているうちにすたすたと通り過ぎてしまった。後年、関野君は両国高校創立百周年記念で「グレートジャーニー」のことを語り、講演会後仲間の求めに応じて色紙にサインをしていた。高校の頃は自分がサインをする立場になるとは夢にも思わなかったのではないか。

オリンピックの柔道では無差別級で神永昭夫がオランダのアントン・ヘーシンクに破れたのが衝撃的だった。日本のお家芸で金メダルを外国人に奪われてしまったのだ。それでも重量級では、猪熊功が金メダルを獲得した。猪熊の得意技は一本背負いだった。関野君がどこで調べてきたのか、「猪熊の卒論（東京教育大）は一本背負いの研究なんだってさ」と教えてくれた。彼は柔道の入門書をよく読んで、技のかけ方をいろいろ研究していた。なかでも一本背負いをよく練習していた。僕は背負い投げの練習に励んだ。家でも自転車のチューブを柱に巻き付け、柱を相手の体、チューブの両端を相手の襟および袖とみなし、自分の体を反転させ素早く相手の懐に入る練習に精を出したものだ。

練習試合で日比谷高校に行ったことがある。試合は下校時に設定されていたので柔道部以外の生徒はいなかった。教室のたたずまいが、なんとなく精鋭を生み出す環境とはこういう場所なのかという雰囲気をにじませていた。有名受験校という思い込みがかなり強かったのかもしれない。試合では双方一人ずつ相手と対戦していった。名前を告げられ相手と対峙する。緊張感はあるが、組んだら技をかけてなんとかしなければならない。思い切り技をかけたら、背負い投げが決まった。破れかぶれで技をかけたら勝ってしまったということだろう。要は思い切りかもしれない。

校内クラス対抗試合、対外試合、昇段試合などで感じたことだが、三分間の試合時間は短いようで意外に長い。やられまいとするときにとくに長く感じる。勝負が始まって相手と組んだときにこの相手は自分より強い、弱いということがだいたいわかる。相手は自分より強いと感じたときは、負けまいとなんとか相手の技をこらえ、やられないように時間の経過を待ち、引き分けにもちこむことを考える。それでも力に差のある強い相手には、こらえる間もなく簡単にやられてしまうのだが。

力のある仲間は一年生の終わりには昇段試験（高体連主催）を経て黒帯になった。僕は黒帯を手にするまで、それからまだ練習を積み重ねなければならなかった。

一年時の主将は、二年生の福地先輩だった。得意技の内股にキレをみせていた。ときどき余技の前方宙返りを見せてくれた。下駄箱は柔道部の近くにあった。練習をさぼりたいときもままあり、関野君と「今日は練習休むか」など話しながら下駄箱まで向かうと、そういうときに限って福地先輩と会ってしまう。こそこそした動作から気持ちをみすかされたのか、「練習していけよ」とよく声をかけられた。ふたりして諦めて「練習していこうか」と、さぼる誘惑から現実に引き戻されて汗臭い柔道着に腕を通すことになるのだった。

二年生の六月に、高校の体育館に畳が四面敷き詰められたなかで昇段試合が行われた。まず予備審査があり、一勝一分けの成績で一週間後の昇段試合への出場権を得た。このときの一勝は、自分より二十センチ高い相手を背負い投げで決めたものだ。会場からは喝采の拍手をもらった。そして昇段試合。私は二人の相手と戦った。一人目は背負い投げで勝ち、二人目は背負い投げで敗れた。一勝一敗の成績で初段に合格した。関野君、伊藤君も合格した。黒帯は水道橋の武道具店にいっしょに買いに行った。帰りの水道橋のホームでのことだった。関野君が言った。「親父にこう言われたよ。昔は黒帯はそう簡単にとれるものではなかったんだよ」と。うなずきながら僕は心の中で思った。「関野君の親父に決闘を申し込んで、少し力をみせつけてやらなければ」と。あくまでも心の中でのことだ。余計な冗談は胸にしまいこんでおいた。

早逝した友人

岸江孝男

記憶の中の小出裕道君

一橋大学に進学した諸君を別にすると、今となっては小出裕道君を憶えている人は少ないだろう。彼は物静かな人柄であったし、なによりも、大学に入ったあと早い時期に死んでしまったからである。彼が死んでからもう五十年も経つ。しかし私の記憶の中では、今でも彼は静かにほほ笑んでいる。

一年のとき、私は小出裕道君と同じクラスだった。一年E組、担任は数学の根津寛先生である。そして学級の名簿はアイウエオ順だったので、彼は私の四人あと、直接くっついてはいなかったが、近い位置だった。

小出君は久松中学の卒業だったようだ。英語の教師が彼に向って「おい、ヒサマツ」と呼びかけたことがあったからだ。名前を呼ばずに、出身の中学校名で呼びかけるとは失礼な教師だと思ったが、当時の都立両国高校ではそういう生徒の扱い方が何の疑問も持たれずに通用していた。とんだ名門の受験校だったものだ。

　久松中学の卒業だったとすると、久松中学は東京都であっても中央区立だから、当時の都立高校の学区制では両国高校の第六学区ではなく、第五学区だったはずである。そうだとすると同じ中学校出身の仲間が両国高校にはいなかったことになる。なんとなく小出君はさみしそうな感じだったが、そういう事情があったからかもしれない。彼は小柄で、うりざね顔をしていた。髪の毛は黒く、顔の色は白かった。彼の成績はよかったといっていい。

　彼とは一度だけ二人で話をしたことがある。一年E組の教室であった。その教室は戦前の府立三中の口の字型の三階建ての鉄筋コンクリートの校舎の屋上に建てたプレハブの教室であった。口の字型の屋上の一辺にのみ、そのプレハブ教室はあった。数クラス分の教室が並んでいて、壁が薄いために隣の教室の教師の声が大きいときは聞こえることもあった。ある教師の説明では、消防署の査察で使用を禁じられてしまった建物であり、書類上は存在していないことになっていた。生徒数の増加に東京都の予算が対応できないために生じた、いわば幽霊教室だったのである。

　たしか二学期のある日、十月初めの放課後、小出君と私は帰り支度が遅くて、他のみんながいなくなってしまい、二人だけになったことがある。席がそれほど遠くなかったので、かばんの中に教科書などを詰めながら、私は彼に話しかけた。

「オリンピックの切符はもっと公平に配るべきじゃないのか。くじ引きにするとか。」

一九六四年の東京オリンピックは十月十日の開会式から始まるところであった。都立高校にもクラスごとに数枚ずつ開会式や各競技の会場の入場券の割り当てがあった。一年E組では切符をまかされたのはある女子生徒であったが、欲しいと申し出た人が少なかったから、その人たちと分けたと分配担当の彼女は言うのである。たしかに入場券がクラスに割り当てられていたことは、その女子生徒が蚊の鳴くような声で言ったのを聞いた覚えがある。だから彼女が自分たちだけで勝手に分けたという非難は当たらない。しかし、いつまでに欲しいと申し出よ、というような手続きの詳細は言わなかったと思う。そこに公平性がないと私は感じたので、つい小出君にそのことをぶつけてみたのである。

「そういうことは、ボクはどうでもいいと思っているんだ。」

小出君の返答はそっけないものであった。その顔には少し笑みが浮かんでいるようであった。話しかけてくれてありがとう、とは言わないまでも、決して軽蔑や敵意のこもった言い方ではなかった。それだけであった。二人は別れて、家路を急いだ。

五十年以上経っても、彼のことを思い出すと、必ずそのときの彼のかすかに笑った顔が私の中によみがえる。今だったら、少しばかりずるくなった私は彼にさらに問いかけたことだろう。「それじゃあ、何がどうでもよくはないことなのかい？」と。しかし彼の返答は想像がつく。「すべてがどうでもいいんだよ」と言ったことだろう。

（二〇一七年十一月三日）

新聞部の王子博夫君

体育館の横に新入生が百人ほど集まっている。春の陽気で暖かいが、グランドからは土ぼこりが舞ってきそうだ。通りかかった私はその集団の中に王子博夫君の顔を認めた。「ああ、東大に来たのか」と私は思った。体育の授業か。本来であれば、近寄って、「東大へようこそ」と声をかけ、すでに二年生になっていた私は先輩面をしてもよいところだが、とてもそういう気にはなれなかった。一九六八年春の東大駒場のキャンパスのことである。

その後も王子君の顔は何度か東大駒場の構内で見かけた。その年の初夏から東大はストライキで混乱し始めるのだが、構内の学生集会の中に、正確に言うと、集会のそばに彼はいたことがある。それでも私は彼に話しかけなかった。彼も私に気づいていたはずなのだが、彼からも私に声はかからなかった。彼の心の内はわからないが、私の方は単純である。彼が最後までいた両国高校の新聞部に私も高校入学当初はいたのだが、二ヶ月で私は辞めてしまったからである。このことが私にとっては何となく後ろめたく感じられていたのである。その後ろめたさは半世紀後の今でも変わらない。

卒業アルバムを開くと、新聞部の写真には九人の人物が写っている。後列に並んでいる四人は、今でも名前を言える。右から王子博夫君、浜田了君、大塚範一君、金子昇一君である。このうち浜田君と金子君は葛飾区立堀切中学校で一緒だったし、住んでいるところも近所だった。そして私は浜田君に誘われて新聞部に加入したのだと思う。新聞部の先輩は、三年生は受験勉強に専念するため部活動には参加しない慣行になっていたためだと思うが、二年生中心だった。先輩方はとくに威張るということはなく、むしろ親切だった。新入部員歓迎だと言って錦糸町駅の近くの店でささやかな宴を開いてくれた。先輩たちはビールを注文し、うまそうに飲んでいた。私たち一年生も勧められたが、私は「いやだな、これはルール違反だな」と思った。高校一年の私がとくに遵法精神に富んでいたというわけではなく、自分がアルコールを飲むと顔が赤くなる体質であることをすでに知っていたからである。後年、私は薬学部に進んで、顔が赤くなるのはアルデハイドデヒドロゲナーゼが遺伝的に少ないためであることを知った。

王子博夫君は当時小菅に住んでいた。お父さんが法務省の役人で、小菅刑務所の近くの公務員宿舎にいたのだと思う。ひょっとすると小菅刑務所の塀の中だったのかもしれないが、彼に詳しく尋ねたことはない。卒業アルバムに写っている浜田君と金子君、そして私は堀切に住んでいたから、王子君の小菅とは近かったのだが、使う電車が違っていた。彼は東武伊勢崎線、現在は東京スカイツリーラインとよばれているが、その小菅駅を利用し、私たち堀切の住人は京成線の堀切菖蒲園駅であった。だから、私は彼と一緒に家に帰るということはなかった。中学校も別だった。

新聞部の部室は口の字型の校舎の一階にあって、しっかりしたものであった。その口の字型の校舎は関東大震災後に建てられ、米軍の空襲で焼けた校舎をそのまま改装して使っていたのであるから、地震には強かったのだろう。その部室には六〇年安保闘争の直後に日比谷公会堂で刺殺された浅沼稲次郎の葬儀の写真がたくさんあった。先輩から浅沼稲次郎が府立三中の卒業であることを教えられた。彼は第一三回の卒業生として同窓会名簿には出ている。第六四回卒業の私たちからすれば五十一年前の先輩ということになる。しかし私が王子博夫君と一緒に新聞部にいたのは一九六四年の春であるから、浅沼稲次郎が暗殺されてから四年も経っていなかったのである。両国高校の新聞部も葬儀を取材し、そのときの写真が部室にあったのだ。

新聞部の活動のひとつとして、よその高校の新聞部の顧問である教師による研修のようなものを受けたことがある。講師の名前は憶えていないのだが、たしか大木薫という人だったような気がする。いかにも日教組あるいは高教組の組合員のような雰囲気の先生だったし、話の内容も面白くなかった。ただ文庫判の薄い本を受講者全員にくれた。明治書院発行の『学校新聞編集ハンドブック』（昭和三十七年四月十五日発行）である。これは便利な本であった。半世紀以上経った今も私はお世話になっている。原稿を渡して校正刷りが出来てきたとき、チェックして返す際に編集者にわかるように赤いボールペンで指示するとき参考にしている。

新入部員の役目に、新聞の広告を取りに行くということがあった。大学受験の予備校は当時の両国高校が受験校であったためか、受付にその旨を言うとすぐに広告掲載料を現金でくれた。こちらがお得意様の高校の新聞部ということだったためだ。駿台、代々木ゼミ、そして当時は代々木学院という予備校もあった。水道橋の駅のそばの研数学館には広告をもらいに行った記憶がない。これも今は表札だけ残っているが、予備校はないようだ。

予備校以外では出版社があった。副読本や受験用の問題集の出版社に広告をお願いしに行った。それまでに広告掲載の実績がある出版社は事務的に渡してくれた。驚いたのは、中小の出版社が小さくて汚いところが多かったことである。しかし、働いている人はてきぱきと仕事をしていて、見ていて気持ちがよかった。のちに、そういうところの問題集を使うときには、なんとなく親しみを感じてうれしかった。

新聞部の会議で、新しく広告を頼むところをさがすことになった。私は若い人向けの科学の本を出しているところがいいのではないかと思い、『子供の科学』を出していた誠文堂新光社はどうか、と提案した。そして自分で行くことにした。実はこれが躓きの石だったのである。

誠文堂新光社は九段から神田須田町に行く都電の走る広い靖国通りに面した小さなビルの中にあったと思う。

受付の女性に要件を告げると、四十くらいの男性が対応してくれた。「都立両国高校の新聞部なのですが、広告を出してくれませんか」と私は率直に切り出した。その男性は、この会社がどんな本を出しているか、知っているのかと問うた。私は『子供の科学』をあげた。私がいたのはその出版社の雑誌や本を飾ってある棚が横にある応接スペースのようなところのソファーであったので、彼はなんと、そこにある雑誌の名前を見て、私が『子供の科学』をあげたものと考えて、いかにも私がカンニングをしたかのような対応をした。『子供の科学』は私の愛読する雑誌だったのだが、この日をもって私は嫌いになり、もう決して読むまいと決意した。さらに、その男性は「広告は出せない。高校の先輩にこの会社にいる人がいないか捜して、その人を通して頼んできたら考えるよ」と言ったのである。科学関係の出版社なのに、コネでしか動かないのかと思い、がっかりした。さらには、一年生の新入部員に広告取りばかりさせる新聞部の体質に疑問を感じ始めた。ばかばかしくなって、新聞部を辞めることにした。それまで新聞部と同時に地学部にも所属していたから、これからは地学部の活動に集中するのだと決意した。辞めるにあたっては、先輩からの慰留も嫌がらせも全然なかった。この点はありがたいことだった。

王子博夫君は私と同じような広告取りをしながら、平気だったのであろう。私だけが不愉快な会社にあたったのかもしれない。ともあれ、私は新聞の広告取りに躓いて、新聞部をそうそうに辞めてしまった。私は結局、新聞には記事を書くことがなかった。一行も書かなかったのである。そして新聞部が作る両国高校の新聞も読む気がしなかった。

それにひきかえ王子博夫君は新聞部に最後まで在籍して活躍し、さらに東大卒業後は出版社で働いたのである。ただ惜しいことに、交通事故で若くして亡くなってしまった。残念なことである。しかし彼が大学入学直後に体育館の前で見せていた白く輝いた笑顔は、今なお私の中にある。

最近、クラス会や同期会の挨拶の中で「ずっと会を続けよう。百歳まで生きよう」ということを言う人間がいる。私は、そういうことを聞いて、どうかしている、頭がおかしいんじゃないのか、と感じる。「いのち長ければ恥多し」ということを知らないのかと言ってやりたい。まして、若くして逝ってしまった同級生だけでなく、毎年仲間は減ってきているのだ。早く死んだからといって、その人は敗北したわけではない。死なないことだけが目的であるような人生なんか、意味ないだろう。

もちろん若くして死んでしまった人の遺族は、「恥が多かろうとどうであろうと、生きていてほしかった」と言うだろう。残された家族はそう思うだろう。そのことを承知の上でなお、若くして急に断たれてしまった人生には、かえって、なにか完結したところを感じてしまうのである。こんなことを言っていると、あの笑顔で白い顔をした王子博夫君はほがらかに哄笑しただろうか。

（二〇一七年十二月五日）

Ⅲ　先生の思い出

両国高校教師列伝

岸江孝男

われらが浪漫主義者　吉田輝二先生

三年生になった。新学期が始まった。国語の時間である。古文の吉田輝二先生がさっそうと教室に入って来た。私たち生徒はガタガタと椅子と机を鳴らして起立し、礼をして、またガタガタと着席する。吉田先生は大きくよく通る声で、一語一語ハッキリと発音して授業を始めた。

「三年になると受験勉強が大変で、寝る時間も削って勉強しなければならないという人もいるが・・・」

ここまで聞いて、だから君たちもそのつもりで勉強しなさい、古文ができなくて試験に落ちることがないように厳しく指導してあげるから、と吉田先生は言葉をつなげるのではないかと私は思って、身を固くした。しかし、違った。

「・・・おかしい。睡眠時間を削ってまで勉強しなければならないというのは、おかしいよね。夜はちゃんと眠るべきだ。」

私は驚いた。私の予想とは正反対のことを吉田先生は言ったのである。しかし、なぜ「睡眠時間を減らしても勉強しなければならない」という主張がおかしいのか、吉田先生は説明しなかった。もしも、あの全員が例外なくスポーツ根性主義の数学の教師たちがこの吉田先生の言葉を聞いたなら、きっと顔を赤くして、あるいは青くして、「そんなことを、大事な三年の初めに生徒に語るとは、何事だ！」と怒ったに違いない。

吉田先生はそれ以上のことは何も言わず、いつもの完璧な、間然するところなき古文の授業に移っていった。

吉田先生の睡眠時間を削ることがおかしいというこの話を聞いたのは一九六六年の春だから、もう半世紀以上前のことである。そのころ両国高校は一学年が五〇〇人近くの生徒からなり、クラスは九つあったのだが、私はいちども吉田先生が担任をする組に属したことはなかった。卒業後は、ただ一回の例外はあるが、私は高校の敷地に入ったことがない。クラス会や同期会には吉田先生が出席することもあったようだが、サラリーマンとして働いていた間は、私はそれらに出席しなかったので、吉田先生に直接その発言の真意を質してみる機会はついになかった。

その後、睡眠時間を削らないという点では私は吉田先生の忠実な教え子であり続けた。夜遅いのが苦手で、徹夜の仕事もマージャンも、もってのほかという私にとっては、吉田先生の言葉は心強い支えであった。時代は一九六〇年代から七〇年代であって、モーレツ社員というコトバはあったが、働きすぎによる死、働かされすぎによる死は、まだ社会的な問題になっていなかった。吉田先生は私たちにとっては古文の教師であったが、先駆的かつ預言者的な先生であったと思う。

しかし、なぜ、睡眠時間を削ってまで勉強するのはおかしいということを受験校の三年生になったばかりの生徒たちに言ったのだろうか。

半世紀以上経過した今になって考えてみると、その答えは吉田先生の浪漫主義にあるというのが私の結論である。

吉田先生は自分の過去を授業中に語ることのある教師の一人であった。したがって私たち生徒は、先生が広島の高等師範学校を卒業して両国高校の教員になったことを知っていた。ところが、両国高校の国語教師の先輩方は、吉田先生は大学を出ていないから、古文や現代国語を担当させることはできないと言ったそうである。その結果として、吉田先生は国語科のうちでも重要ではない文法と習字を担当することになったらしい。この間のことは、吉田先生は何回も高校の「淡交会」という同窓会の機関誌に自分で書いていた。よほど癪に障ったのだろう。意地悪をした国語の先輩教師は戦前の受験参考書を執筆するような有名な教師だったそうである。そういうことから吉田先生は両国高校の校長に頼んで昼間の全日制の教師から定時制高校の職に変えてもらい、あらためて大学に入って勉強したのだという。

私は、戦前の師範学校というのは、高等師範学校も含め、新制の大学の教員養成課程と同格だと信じ込んでいたので、当時この話は理解できなかった。半世紀以上経った今、吉田先生の怒りはよくわかる。先輩教師による地方出身の新米教師いじめだったのだと思う。

このように吉田先生は努力家である一方で、生徒には必要以上の勉強を無理強いするということのない国語教師であった。ときには文法の教材のテキストの記載を訂正することもあった。これは国語学の進展に合わせて新しく、かつ、通説的な立場で教えておいて、生徒が入試で困ることのないようにしようという配慮だったのだろう。さらに生徒が効率よく暗記できるように工夫して作られたプリントも配ってくれた。今ここにその一枚がある。黄色く変色しているが、吉田先生の読みやすい字が謄写版で鮮明に現れている。「動詞の活用の種類の見分け方」というところでは「一、所属の動詞が少ないものを憶える、二、その他のものは未然形でしらべる」となっている。しかも、ナ行変格活用では「死ぬ・往ぬ」の二つがあがっていたが、先生は「去ぬ」を付け加えるように生徒に命じた。私の字で書き加えられていることからわかる。吉田先生は細かいところまで気を使いながら、生徒が楽になるような授業をしたのである。

ただ私は吉田先生の授業で一度だけ恥ずかしい思いをしたことがある。当時の両国高校では実力テストの国語の問題は担当の教師が分担して作っていたようだ。そして問題を出題した先生が全員の解答を採点していたのである。当時の受験校といわれる全国の公立高校には「四年生」がいた。

定時制高校は四年間で卒業だから、当然四年生は存在する。全日制はふつうは三年間で卒業であって、制度上四年生はいないはずなのに「四年生」がいたのである。これは高校により呼び名が違っていたが、両国高校では「補習科」といっていた。昭和四十二年度の「補習科」の講習料は一年間で一万二千円であった。この額はちょうど当時の国立大学の授業料と同一である。そして実力テストでは、科目によっては二年生から「四年生」までが同じ問題を解いたのである。二年生のときだったろうか、吉田先生の出題で私が一番いい点数だったということがあった。授業で吉田先生が出した問題の解説をするとき、私が一番いい点数だったと言った。私はいやな予感がした。そして先生は私にどのように解いたかを尋ねたのである。いい加減な当てずっぽうで解答したら、まぐれでいい点数になることもよくあることだ。解き方の解説などできるわけがないではないか。私はどぎまぎした。周りにいる同じクラスの仲間は、まぐれ当たりだということを知っているだろうと思って、私は恥ずかしかった。齢を重ね、今や年金生活をしている現在の私は、文章の前後の意味から考えてこうなると思いますとか、あるいは文法から考えてこうなると判断しました、と先生に答えればよかったのだと回想する。すなわち内容または形式から考えていくという思考の方向を示せれば、当たっていなくても高く評価されたのではなかろうか。

さて、吉田先生の浪漫主義に戻ろう。

十年ほど前、三島由紀夫の全集を読む必要があったのであるが、学習院時代の三島由紀夫を高く評価した蓮田善明が広島の高等師範学校の出身であることを知った。蓮田善明の著作は筑摩の『現代日本文学大系六一巻』で読むことができる。この巻は昭和四十五年十二月二十日の発行であり、陸上自衛隊市ヶ谷駐屯地での三島事件の直後であるが三島由紀夫は当然編集にかかわっていたはずである。そこでこの日本浪漫派の四人すなわち林房雄、保田與重郎、亀井勝一郎、蓮田善明を集めた巻を読んでみると、なんとなく両国高校での吉田先生の和歌の授業と重なっているような感じがした。広島の師範学校の流れなのだろうか。たしかに蓮田善明は一九〇四年の生まれであり、吉田先生より二〇年くらい年長であるから直接のつながりはないだろう。しかしながら短歌についてみてみると、悲劇の主人公を重視するという点では一致するのである。

蓮田善明の『神韻の文学』には大津皇子論がある。天武天皇が崩御したあと一月を経ずして謀反を理由として死を賜っている。そして大津皇子は蓮田によって高く評価されている。

吉田先生は大津皇子の歌をどう評価したのだろうか。残念なことに高校時代のノートはすべて捨ててしまったので、私の手元には記録がない。ただし和歌の授業の教科書は作者別に編集されていて便利だったので、捨てずに持っていた。遠藤嘉基・谷山茂共編『作者別時代順万葉、古今、新古今抄』（中央図書出版社、昭和三十二年二月十日発行）の文部省検定済教科書である。吉田先生は重要な歌にマル印を付けるように私たち生徒に指示した。マル印の数を私が使った教科書で数えてみると、万葉集が五十七、うち長歌は九、古今集が三十一、新古今集が二十六、合計百十四である。

そして大津皇子の歌にはマル印がない。したがってよくわからない。しかしながら大津皇子の同母姉である大伯皇女《おおくのひめみこ》の「ふたり行けど行き過ぎがたき秋山をいかにか君がひとり越ゆらむ」という歌に吉田先生のマル印が付いているのである。この歌には恋情のようなものが感じられるという吉田先生の説明があり、ドキッとしたような記憶がある。二人は父母とも同一なのであるから。さらに大伯皇女は伊勢神宮の斎宮《いつきのみや》だったのだが、賀茂神社であれば斎院と呼ぶのだということを先生は指摘し、私は教科書に書きこんでいる。要するに弟よりも姉の歌の方を高く吉田先生は考えていたように思う。

同じような悲劇の主人公としては有間皇子がいるが、吉田先生は万葉集に載っている二首の両方ともマル印を付すように言った。「いはしろの浜松が枝を引き結びまさきくあらばまたかへりみむ」と「家にあればけに盛る飯を草枕旅にしあれば椎の葉に盛る」である。有間皇子は年十九で絞首に処せられたと、この文部省検定済の教科書にはある。数え年だから、今なら少年犯で少年のまま死刑執行されたことになる。しかし後者の歌の「椎の葉」が理解できなかった。私が子供のころ江戸川べりの里見公園で拾って食べた椎の実を付ける椎の木の葉だとすると、飯を盛るには小さすぎないだろうか。だから「椎」は椎の実の植物とは別のものなのではないかと思った。もちろん、私は吉田先生に質問することはしなかったが。

そういうようなわけで、私は吉田先生を浪漫主義者であると考え、そこから睡眠時間を削ってまで受験勉強するのはおかしいと高校三年の私たちに言ったのだと思うのである。ただし激情によって人を殺し自分も死ぬという形をとるのではなく、吉田先生の浪漫主義は人間の生きたいという欲求を大切にしたのであろう。たとえば恋情の赴くがままに行動した結果として、望まれない赤ん坊が出生した場合にも、いのちは大切であるから殺すことなく赤ちゃんポストに入れようという主張に親和的であったと私は信じたい。もちろん匿名での出産も認めたのではなかろうか。

最後に、東大駒場の教養学部で私が受けた国文学の講義を吉田先生の授業と比較しよう。両国高校では一九六七年の一月まで吉田先生の授業があった。東大教養学部の国文学の講義の担当は稲岡耕二という教官であり、たしか教授になったばかりだったような気がする。内容は古事記と万葉集であった。東大の講義は一九六七年四月からだったのであるから、吉田先生の授業から三か月しかあいていない。稲岡教授の講義には何となく学生にこびるような風があった。エロいことを言うと学生が面白いと思うだろうと考えているようなところが感じられた。また、「昨日は家でウイスキーをちびちびやりながら原稿を書いていたんだ」と話すようなこともあり、緊張感が感じられなかった。もちろん国文学の業界では大物なんだろうが、私の好みには合わなかった。私の判断では吉田先生の方がいい授業だったと思う。元気のいいころの吉田先生にこのことを告げたら、さぞ喜んだだろうなと思う。その機会はついになかった。残念なことだ。

ただ、稲岡教授の講義では感心したことがある。彼は万葉集でもとくに柿本人麻呂に力を入れて講義したのであるが、ときどき師匠の犬養孝の節回しをまねすると言って、大きな太い声で和歌を朗詠したのである。大きめの教室によく響いた。ぼそぼそと小声で読むのではなく、みんなの前で大きな声で読むのが古代の和歌のあり方なんだとさとった次第である。両国高校で私の受けた授業では、吉田先生は和歌を朗詠してくれたことはなかった。

以上で私の吉田先生についての思い出話は終わる。

（二〇一七年十二月二十日）

古文を読む態度と寺尾先生

姫君は自分の日記に「われはこのごろわるきぞかし」と書く。寺尾先生は、「われ」というのはオレということだ、だからこの姫は「オレはこのごろ悪くなっちゃったなあ」と男の言葉で書いているんだぞ、面白いだろう、と私たち生徒に長い手足を動かしながら説明した。

それを聞いて、なるほどと私は思った。千年前の姫君の日記もわれわれと同じ人間が書いたものと考えて読めばいいのだ。ちょっと日本語が古いから、文法や語彙が違っていることもあるが、基本的には同じなんだ。古文はみんなそう思って読めばいいんだな、と考えると私の気持ちは急に楽になった。古文を読む態度はこれで決まった。

そう、古文を教えてくれた寺尾一先生の手足は長く背も高かった。やせ気味であった。その長い手に教科書を持ち、教壇の上や、机を並べている生徒の間の通路を歩き回りながら授業をすることが多かった。あるとき寺尾先生は教壇を踏み外して、大きな音を立てて生徒の視界から消えたことがある。

高校の教室の構造はだいたい同じようになっていた。前と後ろの壁に黒板がある。前の黒板に向かって左側に窓が大きく開いており、右側が廊下に面している。左側に窓があるのは右利きの人は右手で文字を書くから、ノートをとるときに手暗がりにならないようにする配慮なのだろう。前の黒板の手前には高さが約一〇㎝の木製の壇があり、先生用の高い机もあった。高さ一〇㎝の壇は運ぶのが簡単になるように左右に分かれていた。幅は約一ｍで長さが約三ｍの壇が二枚並んでいたのである。ある学年のとき右の壇の幅よりも左の壇の幅の方が一五㎝ほど狭いということがあった。他の先生方は落ちなかったのであるが、寺尾先生は歩き回りながら授業をするという癖があったため、授業に熱が入ってきたその瞬間に壇を踏み外し、ドカンという音とともに先生は生徒の視界から消えてしまったのである。私たち生徒は何事が起ったのか、一瞬わからなかった。教室中がしんと静まり返った。しかし、寺尾先生はやれやれといった感じで、尻もちをついた姿勢から起き上がると、「ワシは大丈夫だったが、ご老体の先生だったら大変なことになる。危ないから壇を変えてもらえ」と言い、私たちは先生が無事だったことを知って、はじめて大きな声でみんな愉快に笑った。「ご老体の先生」とは英語の教師である杉安太郎先生であることは教室の全員にわかっていたからである。

寺尾先生は、本人の口から直接聞いたことはないが、東大卒ということになっていた。それで、東大の入試問題を予想して両国高校で実力テストの問題を作っていたのではなかろうか。そのころの東大の入試は一次試験と二次試験からなっていた。昭和四十二年度の一次試験は一日だけで、午前中が文科系の受験生の試験で午後が理科系となっていた。それぞれ国語、英語、数学の三科目で全体で三時間ほどの試験時間だった。私は午後の理科系の試験だったが、国語の問題のうち古文の問題が、なんとそれまでに二度も両国高校の実力テストでやったことのある問題だったのである。素材は『十訓抄』の第四、花園左大臣に仕える歌詠みの得意な侍の話である。「格子おろしさして」の意味を問う設問まで同じであった。私は試験会場の大教室でこの問題を読んだとき奇妙な感覚にとらわれたことを思い出す。両国高校の国語の先生たちというのは、ここまで正確に試験問題を予測できるのか、不思議なことだ、と少々気持ちが悪かった。

ところが、それから三年ほど経ってから、東大の入試問題の予測はそれほど難しくはないという話を聞いたのである。東大の駒場のキャンパスの近くには有名な受験校がある。当時の呼び名では東京教育大学付属駒場といった。そこの出身の東大生はたくさんいたのであるが、そのうちの一人が次のような趣旨のことを自慢気に私に話したのである。「東大の入試問題は入試委員会で作る。

そのメンバーが誰であるかはそれほど秘密ではないので、調べるとわかる。そのメンバーが得意な分野や、入学試験にはこういう問題を出すべきだと常日頃言っていることがわかれば、出題傾向が予測できる。そうやって調べたことをもとにして教駒では受験対策をしているんだ」と彼は言った。それを聞いた瞬間、あの十訓抄を素材にした古文の問題は、東大の入試委員会のメンバーを調べやすい立場にいた寺尾先生が作って両国高校の実力テストに出題したのではないかと思った。しかし、その同じ予測問題を二回も重ねて出すというのも、ちょっとしつこい感じがしないでもない。だから、寺尾先生に会う機会があったら直接尋ねると面白かったのだろうが、その機会はまだない。

（二〇一七年十二月二十一日）

高尾先生と組合費返還

昼休みが終わって午後の授業である。今日は高尾先生の古文の授業だ。先生は勢いよく教室に入って来て、私たち生徒が起立と礼をし、着席する。余分なことを言わずに教科書を開かせて授業を始めるのが通常なのだが、高尾先生は今日は違った。「今、休み時間に組合費を返せと言ってきたんだ」と興奮気味に大きな声で語った。高尾政夫先生は五十代で背はやや低く体は太めであり、現在であれば生活習慣病の危険があるとされるような体形をしていたが、その顔は赤くなっていた。先生は生徒に向かってそれだけを言うと、興奮が収まったのか、いつもの無駄のない的確な古文の授業に移っていった。

私たち生徒は組合費の返還のことを大きな声で言われてきょとんとしていた。組合費というのだから労働組合のことなんだろう。日教組か。いや高等学校だから高教組だな。しかし誰に向かって組合費を返せといったのだろう。相手はどの先生なのだろうか。組合費の返還要求の理由はなんだろうか。組合の政治運動をめぐってだろうか。ちょうど一九六〇年代のまんなか、日韓条約が問題になっているころだった。アメリカの原子力潜水艦の日本寄港もあった。ベトナム戦争だってある。選挙の際の政党支援のことだろうか。これらのことには高尾先生は全然ふれなかったし、組合費の返還要求については二度と教壇で語ることはなかったから、まったくわからなかった。

後年、サラリーマンになり労働組合の組合費を給料から天引きされるようになったころ、私も高尾先生と同じように「組合費を返せ」と言いたくなったことがある。高尾先生が私と同じように「組合なんかない方がいい」と言ったとしても、もちろん組合費返還要求、労働組合否定の理由は私とは正反対だったろう。

しかしながら現在は、労働者にとって組合は、たとえ御用組合であっても、あった方がいいと思っている。労働者がたったひとり孤立して資本家や経営者と渡り合えるはずがないからである。たとえば労働時間の制限を考えてみよう。一日当たりの労働時間および一週当たりの労働時間は法律によって制限されている。それを超えて時間外労働させるには労働者の過半数で組織されている組合、または労働者の過半数を代表する者との間で協定すなわち「三六協定」を結ばないといけない。「三六協定」があると労働者は残業の義務を負うというのが現在の判例だが、個人的には「今日はプロ野球のナイターを見に行く予定だ」とか「コンサートの切符を買ってあるから、残業はしたくない」という場合がかならずあるはずだ。そのとき上司と労働者が個人で話し合うのは相当に困難だろう。企業の経営者ばかりでなく、職場で直接指示や命令をする管理職も都立両国高校の卒業生のように知能指数が高く、セクハラはいざ知らず、パワハラならいつもやっているような人間が多いのであるから、孤立した労働者に個別の交渉を期待することは現実的ではない。同期会やクラス会の席で酔余、「出版関係の会社に勤めていたときには仕事は二十四時間といつも言っていた」というようなことを挨拶のなかで自慢げに話すのを聞くこともある。それが同じクラスになったことのある男の挨拶であれば、即座に「くだらないことを言うんじゃない、馬鹿野郎」と反論するのだが、顔も名前も知らないときには私は黙っているしかない。

　ましてや、問題が残業の拒否ではなく検査データの改ざんや検査の省略などの不正だったときに、個人で「それはおかしい。不正行為だ」と言えるだろうか。言った結果はどうなるだろうか。会社などの組織からひどい扱いを受けるだけでなく、同僚からの冷たい視線を覚悟しなくてはならない。

だから、御用組合であっても建前上労働者の経済的地位の向上を目指すとされている労働組合の中で言い出してみる方が現実的だと私は考えるのである。それでも、内部告発者にとってはあまりいい結果は期待できないが。

高尾先生は先述のようにそれほど背は高くなかったが、衣冠束帯を付け神主の格好をさせたらピタッと決まったと思う。声は明瞭でよく通ったから、さぞ祝詞も気持ち良く響いたことだろう。ある説によると日本では仏教伝来前は日本人はすべて各地の神社に所属していたということである。つまり各地の神社を中心に氏子として組織化されていたから、神社は行政組織でもあって、だからマツリゴトが祭祀と政治の両方を意味していたのだとその説は解釈する。さい銭も供物も税金や社会保険料と同じである。神社に所属しない人間はヨソモノということになり、スーパーもコンビニもない時代には暮らしていけないことになる。食い物が手に入らないであろう。群れから離れた雄のニホンザルが足立区から葛飾区、江戸川区へ行き、千葉県に渡って行くようなものである。サルは草を食っても生きていけるが、人間はそうはいかない。高尾先生がおそろしく古い時代の神社の神主のような祭祀をつかさどる責任者だったとしよう。「組合費を返せ」と同様に「神社にあげた供物を返せ、収めたものを返せ」と言う氏子がいたら、神主はどう答えるだろうか。「人間は一人きりでは生きていけないぞ。人が集まる中心である神社は必要なんだ。もらった供物は返すものか」とでも言うのだろうか。

橋の欄干の上を渡って行く途中で、立ち止まって振り返った雄のニホンザルの赤い顔と尻をテレビの画面で見ながらそんなことを考えた。そういえば、「組合費を返せと言ってきたんだ」と私たちに興奮した様子で話したときの高尾先生の顔はテレビの画面のニホンザルのように赤かったことを思い出して私は笑ってしまった。がんばれニホンザル。

（二〇一七年十二月十五日）

エイゼンシュテインと石田先生

両国高校の三年間に学校で観た映画で記憶に残っているのは『真昼の暗黒』と『戦艦ポチョムキン』の二本である。

『真昼の暗黒』は高校の生徒会かサークルの誰かが企画したもので、どちらにしろ学校側の意思は入っていなかったようである。戦争中に反戦の立場を貫いた弁護士である正木ひろしの講演会も同じように高校で開かれた。正木ひろしは府立三中の出身であり、母校の後輩に話すとあって、くつろいだ様子で嬉しそうに話していた。ただ話の内容が論理的ではなく、理解しにくいところがあった。「男も人生で大事なときになると、子供を産んだ女の乳房が大きくなるのと同じように、乳が大きくなるんだ」という調子である。私には比喩の使い方が間違っているように思われた。しかしその後、彼は戦時中も自分の雑誌を出し続けたということを知り、あのわかりにくい表現は憲兵や特高警察に尻尾をつかまれないための工夫、一種の奴隷の言葉だったのではないかと考えるようになった。『真昼の暗黒』は単独犯の犯行なのに共犯者とされてしまった男たちの冤罪をそそごうとする運動のための映画、ハッキリとしたプロパガンダ映画であったからか、美術教師の石田先生が授業中にコメントするようなことはなかった。

これに対して『戦艦ポチョムキン』についてはかなり長い時間をかけて、教壇から石田先生は解説をした。社会主義リアリズムの旗手エイゼンシュテイン監督の傑作とされていても、戦前の日本ではこのソ連製の映画を輸入して上映することは検閲に引っ掛かってできなかった。ところが誰か頭のいいのがいて、映画を途中で二つに切って、前と後ろの順序を反対にしてくっつけ、それを日本に輸入し上映しようとしたのである。すると映画の筋はどうなるか。ロシアの水兵が暴れまわったから厳しく取り締まられたという、一種の勧善懲悪の映画となってしまったのである。ウジの湧いた牛肉も懲罰として水兵が食わされたというわけだ。これなら問題ないということで、日本でも観ることができたというのである。観た人は頭の中で前後を入れ替えて、「エイゼンシュテインの社会主義リアリズムは素晴らしい」と感激したという結果になった。このように石田先生は授業の中で説明したのである。

この石田先生の『戦艦ポチョムキン』の話は本当だったのか。

『戦艦ポチョムキン』を高校で私が観たのは一九六四年であったが、そのころ石田先生は年齢は五十代に見えた。明治の終わりか大正生まれだったのだろう。美術の授業のとき自己紹介で学習院の卒業、それも「戦前の学習院だからね」と先生は念を押した。学習院が皇学館とならんで戦後官立から私立に変わったことは、あとになって私は知った。石田先生は『戦艦ポチョムキン』は社会主義や共産主義、ソ連の宣伝映画というところに意味があるのではなく、映画の表現方法の点で素晴らしいとされたのだということを強調した。生徒として聞いていると、不自然なほど「オレは左翼ではないんだぞ」と言っているように聞こえた。

しかしながら、戦前の皇族や華族のための学校だった学習院にも左翼はいただろう。赤化華族事件というものも記録されている。したがって石田先生が学習院に学んでいたころ、あるいは卒業後も先生の仲間にはソ連に親近感を抱いたり、社会主義リアリズムを素晴らしいものと考える者もいたのではなかろうか。ただ先生の授業があったのは一九六四年であり、ソ連はまだ健在で、人工衛星の打ち上げに見られるように、ソ連の科学技術はアメリカにリードしていたし、核兵器でも負けていなかった。日本では総評を中心とする労働組合も、日教組も強かったから、却って日本の社会には緊張感があり、美術教師の石田先生は教壇から『戦艦ポチョムキン』の話をするとき、必要以上に慎重になったのだろうと私は想像する。背の高かった石田先生は戦前の学習院に学んでいたころ、さぞ女の子にもてたことであろう。そうだとすれば、エイゼンシュテイン監督の映画を観たということも絶対に損にはならなかったにちがいないと思う。

石田先生の真価を実感したのは、エイゼンシュテイン監督『戦艦ポチョムキン』の話を授業で聞いてから四十七年後のことである。

四十七年後というのは二〇一一年三月十一日の東北の大地震のときのことである。東京でも死者が出た。九段会館は戦前は軍人会館と呼ばれた。陸軍の将校のためのクラブであった。そのホールの壁がはがれて落下し、それに当たった人が死んだのである。

石田先生の美術の授業は一九六四年であったが、この年は新潟地震が起きた。六月十六日の午後一時過ぎのことである。この日は金曜日であり、私は田村惟士先生の数学の授業を受けていた。教室は戦前に建てられた府立三中の口の字型の三階建て校舎の屋上に載せたプレハブ教室の一室であり、天井からは一〇〇ワットくらいの裸電球が電線でぶら下がっていた。地震の大きな揺れで、その電球があっちに行ったりこっちに来たりしたのと、数学の田村先生が「アーアー」とその電球を見ながら馬鹿みたいに大きな声を出したのを私は記憶している。そのとき私はクラブ活動は地学部に所属しており、いっぱしの自然科学者気取りでいたから、「なんだ、数学の教師は根性がないなあ」と思って田村先生を観察していた。

新潟地震のとき東京では被害がなかったのであるが、そのすぐあとの美術の授業のとき石田先生は私たち生徒に対して警告を与えた。それをなるべく忠実に再現すると次のようになる。

「両国高校の校舎は府立三中時代に関東大震災で被害を受けたあと、地震に対して強いように四角く、ロの字型に建てられているから、地震で壊れることはない。しかし戦災で焼けていて、そのまま壁をモルタルで塗っている。だから壁がそっくり剥がれおちる危険がある。地震のときは注意しなければいけない。」

九段会館のホールの壁が東北大地震の揺れで剥がれ落ち、人が死んだというニュースに接したとき、私は四十七年前の石田先生の警告を思い出した。先生は美術の教師であり、壁画やモザイク、フレスコ画などに親しんでいたから、戦災で焼けた鉄筋コンクリート造りの校舎の壁にモルタルを塗っただけという補修の危険性をよく理解していたのであろう。

なお戦災とはアメリカ軍による一九四五年三月九日から十日にかけての東京大空襲である。このとき、東京都立第三中学校と改称されていた府立三中も被災し、校舎は全焼したのである。学校の脇の江東橋のたもとには黒焦げの死体が山積みされていたことは、授業の中で何人もの先生の口から私たち生徒は聞いた。それを話した先生がすべて日教組あるいは高教組の組合員であったとはいえないように思う。素朴に、人がたくさん死んで橋のたもとに黒焦げの死体として山積みにされるようなことは、もういやだという気持ちは、政治的立場のいかんにかかわらず当時生きていた人びとの大多数に共通していたものであろう。そして江東橋のたもとに山積みされていた死体は女子供老人がほとんどであった。日本は戦争末期で本土決戦の準備に忙しかったときであり、将校や兵士といった軍人はそこにはいなかったはずである。予備役は招集されていただろうし、せいぜい在郷軍人が住民に混じっていたくらいであろう。軍事施設のほとんどない東京の下町に焼夷弾で丸く円を描くように火災を起こして避難路をなくし、非戦闘員を焼死させることを目的としたのがアメリカ軍の戦略であった。その戦略は完成したばかりの原子爆弾を広島の市街地の医院の真上に落としたり、長崎のカトリック教会の真上に落とすことと同質である。広島大学医学部に行くと帝国陸軍の赤レンガ兵舎をそのまま医学部の校舎として使っていた。現在は資料館にしている。広島の市街地からすると比治山の蔭になっているので、原爆の爆風の被害がほとんどなかった。広島の原爆投下は軍事施設を目標としたものではなかったのだ。

そして、江東橋のたもとの山積みにされた黒焦げの死体を見た人、その話を聞いた人の「戦争はもういやだ」という気持ちが日本国憲法九条の戦争放棄につながっているのだと私は考えている。戦争の悲惨、とくに非戦闘員の死を避けようという国民の気持ちが憲法学でいうところの立法事実なのである。この点を出発点としない憲法改正論を私は信用しない。

私たちが石田先生の美術の授業で戦災の話を聞いたり、あるいは他の先生に教室の教壇の上から戦争のことを聞いたりしたのは一九六〇年代のことである。したがって、そのころまでは戦争の悲惨さは国民のフォークロア、国民の物語であったといえよう。その後、日本の学校でそのようなことを教壇から生徒や学生に語ることは慎重に避けられるようになったように私は思う。その原因はいろいろあるだろう。もちろんエイゼンシュテインの『戦艦ポチョムキン』のような映画はなお自由に観ることができるのだが、日本社会の自由は確実に狭められてきているように私は感じる。

（二〇一八年一月二十六日）

軍人勅諭と大谷先生

大谷泰象先生は世界史の先生である。大柄で骨太かつ筋肉質の体をしており、いかにも学生時代はボートの選手でしたと言わんばかりの体形であった。声は穏やかだったが、言葉がはっきり発音されていて、聞きやすい授業であった。何よりも授業の内容が面白く、眠くなる心配のないものであった。先生は授業の途中で、短い時間ではあったが脱線して、自分の経験や私たち生徒に対する示唆ないし勧告を話すことがあった。今でも憶えているものがある。大谷先生の言葉をなるべく忠実に再現すると次のようになる。「東京高等師範学校から東京文理科大学に進んだが、ボート部の先輩から、おまえはいい体をしているからボート部へ来いと誘われて、ほかにやることもないので、ずっとボートを漕いでばかりいた。君たちも人生のなかでやることがなくて困ってしまうことがあるかもしれない。そういうときはフランスのデュマの小説を読むといい。アンシャンレジームの雰囲気がよくわかって、とても面白い。『三銃士』とか『巌窟王』とか、翻訳が岩波文庫から出ているからすぐに手に入る。」

デュマとは父デュマのことであり、私も『巌窟王』は中学生のときに黒岩涙香の訳で読んでいたが、大谷先生の話を聞いて、『三銃士』は人生で追い込まれない限り読んではいけないような気になってしまった。現在に至るも、『三銃士』は読んでいない。そのうち暇を見つけて、大谷先生に感謝しながら読みたいと思う。

大谷先生の世界史の授業は詳しくて面白いのだが、当然のことながら授業の進み方が遅い。これについては先生自身が自覚していて、次のようなことを話した。「教師になって初めての年、一生懸命に授業をして一学期が終わったのだが、アッシリアのところまでしか進まなかった。これはいけないと焦った。」これを聞いて私たち生徒は大笑いをした。アッシリアはギリシアやローマよりずっと前の時代である。私たちが使った帝国書院の世界史の教科書は三百五十ページもあるのだが、アッシリアは十三頁に出てくる。そんなにゆっくり授業をしていては高校卒業までにルネッサンスはおろかキリストも出てこないであろう。

先生はあるとき軍人勅諭の話をした。東京文理科大学の学生であったときに、ある試験を受けるように上から言われた。戦争の時代であるから、軍人勅諭から出題されると考えて、軍人勅諭を暗記して試験に臨んだそうである。見事合格したということであった。しかし、君たちも軍人勅諭を読んでみなさいと勧めるとか、反対に、軍人勅諭の内容を批判するとか、大谷先生はそういうことは一切しなかった。したがって、先生はどういう理由で軍人勅諭を暗記した話を私たち生徒に対してしたのか、今に至るもまったくの謎である。試験のヤマのかけ方とか、暗記が必要になる時もあるとか、そういうことを話したかったのだろうか。そうではないように私には思われる。

大谷先生は英雄中心の世界史の授業をした。先生は英雄が好きだったのだろう。英雄ないしは人物中心の話の方が生徒にとってはわかりやすいし、自然と頭に入って大学受験のとき楽だろうという配慮だったのかもしれない。しかし授業の進み方はゆっくりだったし、受験のことなど授業中はまったく触れなかったから、やはり大谷先生は自分が好きなこと、話したいことを取り上げて授業していたのだろうと私は考える。私たちの世界史の教科書はそのころ受験上の標準とされていた山川出版の教科書ではなかったし、「ここは受験の上で重要だ」などということは先生の口からは一度も出たことがないのである。

思い出すままにあげてみるとエジプトではアメンホテップ四世、バビロニアではハムラビ大王、ギリシアではペリクレス、ペルシアのダリウス、クセルクセス、ローマではアウグストゥスにいたる人物とその後の皇帝たち、などなどであった。中国では秦の始皇帝はじめ皇帝たちが中心であったが、西洋史と中国史の対比という視点も大谷先生にはあった。たとえばフランス革命のジョセフ・フーシエが中国の五代時代の馮道と対比された。ギリシアとローマの対比であったプルタルコスの『英雄対比列伝』よりもユーラシア大陸の西と東にまたがっており、大谷先生の方がスケールが大きかったのである。大谷先生の授業を受けたことのある同期の人間と先日酒を飲んでいたとき、誰かが塩野七生よりすごかったと言っていたが、私も同感である。しかし残念なことに大谷先生は一般向けの本を書くことはしなかった。ペンネームで書いたかもしれないが、私は知らない。もっとも私たちが高校を卒業したあと、受験用の参考書を先生は書いたが、私にはもう用がなくなっていたので読んだことはない。

宗教改革に関しては大谷先生の授業は詳しかったが、私たち生徒の間では不安がひとつだけあった。先生は一般的にはカルヴィンあるいはカルヴァンと書くのを、カルベンと一貫して黒板に書くのである。カルヴィンはジュネーブでフランス語を話していたのだからカルヴァンと書くのがいいのだろうが、先生は説明抜きにカルベンとしたのである。たぶん東京高師ないしは東京文理大のときにカルベンとしてならったためだと私は解釈していた。しかし入学試験の答案でプロテスタントの宗教改革者をカルベンと書いても大丈夫か、私は不安だった。私はカルヴィンかカルヴァンで行こうと思っていたが、私たちの仲間のほとんどもカルベンとは書かなかったであろう。大学の入学試験の採点者に頭の固いのがいたら、カルヴィン（またはカルビン）とカルヴァン（またはカルバン）だけが正答とされ、カルベンは間違いとされる危険を冒すことになるからである。この点では私はカルベン派の大谷先生を裏切っていたことになる。

宗教改革と並んで政治革命も大谷先生の授業は熱を帯びた。清教徒革命ではオリバー・クロムウェルは英雄であったが、水平派の将校や兵士のことも出てきた。アメリカ独立革命ではワシントン中心で授業が進んだが、州権派と連邦派の対立の説明まで授業ではあったし、大谷先生は「アメリカは戦争は民主党で、平和で経済が活発になると共和党が政権を取る」と言っていた。第一次大戦から一九六〇年代までのことを念頭に置いたら、その通りであった。

しかし大谷先生は最もフランス革命が得意だったように思う。ここでもジロンド派と対立したのはジャコバン派でもジャコビン派でもなくジャコベン派なのであった。私はここでも「ジャコバン」派であり、大谷先生を裏切った。

フランス革命と並んでロシア革命の授業も面白かった。ナポレオンに影響されて起きたデカブリストの乱から始まって、ナロードニキ、エス・エル、日露戦争と第一次ロシア革命と大谷先生の話は続いた。そして第一次世界大戦の末期に、スイスに亡命していたレーニンは封印列車でペテルスブルクのフィンランド駅まで、ロシアの後方を撹乱する目的のために、敵側によって送られてくるのである。そして、メンシェビキのケレンスキーとボルシェビキは対立し、トロツキーは装甲列車に乗ってロシア中を回って各地にソビエトを作ったことを授業では説明したが、大谷先生はトロツキーを「組織化の天才」と言った。レーニン後の革命ロシアは一時トロイカ体制となるが、ここでブハーリン、ジノビエフ、カーメネフなどが出てくる。やがてスターリンの影響力が強まり、トロツキーは亡命を余儀なくされる。

ドイツ革命も大谷先生は詳しく話した。キール軍港での水兵の反乱、ドイツ社会民主党、独立社会民主党、ローマのスパルタクスの反乱から名称を取ったスパルタクス団、ドイツ共産党、ローザ・ルクセンブルク、カール・リープクネヒトなど、これらはすべて大谷先生の授業の中で私は学んだ。昭和二十年代の末ごろ、道端で紙芝居を小さな口をあけて子供が夢中になって見ているようなものだった。文句なしに面白い話であった。

「ローカルな話だ」という批判があるのは覚悟して、東大の駒場キャンパスでの経験を書く。一九七〇年のことである。私は数日前に本屋で手に入れた本を読んでいた。アメリカの学者であるダニエルズが書いた本の日本語訳であり、『ロシア共産党党内闘争史・上』(現代思潮社)である。面白そうに読んでいる私を見て、その後ロシアの専門家になる大学院生が「その本は数年前にわれわれの間で評判になった本だ」と言った。要するに、後輩に当たる私に対して、おまえは遅れていると言いたかったのかもしれない。当方は理科の学生であり、ロシア史は専門ではないから、「そんなこと、どうでもいいじゃないか」と言いたかったが、私は「そうですか」とだけ答えた。

その本を私が夢中になって読んでいたのは、何となく大谷先生のロシア革命の授業のネタ本はこれなんじゃないかと思い当たったからである。大谷先生の世界史の授業でロシア革命のところに話が及んだのは一九六六年である。ダニエルズの原著がハーバード大学出版部から出たのは一九六〇年である。日本語訳が出たのは一九六七年であり、私が読んでいたのは一九七〇年に二冊本として出された普及版の上巻であった。したがって大谷先生が読んでネタ本としたとしても、一九六六年にはまだ日本語訳が出ていないのだから、先生は原著で読んだのかもしれない。

どうして私がそう考えるかというと、スターリンの死が一九五三年、フルシチョフのスターリン批判の秘密演説が一九五六年であり、ドイッチャーの『スターリン』の日本語訳がみすず書房から出たのは一九六三年であるが、この本は客観性の点で疑問視されるところがあるから、ハーバード大学の図書館の資料を使ったダニエルズの本の方が歴史家から高く評価されており、大谷先生はこちらを使ったと思われるからである。もちろん、これは大谷先生が英語の本を読むことを嫌わなかったということを前提にしないといけない。

一九九一年の年末にはロシア革命によって成立したソ連は解体してしまうのだが、こういうできごとに遭遇した場合に、高校生に世界史を教えてきた大谷先生はどんな感想を持ったか、これは想像してみるだけでも楽しいことである。私の想像の中の大谷先生は「王政復古というのは歴史上何回もあったが、前と同じ状態に完全に帰るということはないよ。人間の社会は山や谷はあっても、進んでいくんじゃないか」と穏やかに言うかもしれない。あるいは「歴史は本質的なところは何回も繰り返すのだな。そこが歴史の面白いところだ」と笑いながら言うかもしれない。前者であれば進歩主義史観に近いし、後者であれば循環型史観になるだろうか。大谷先生がどんな歴史観を持っていたのか、私にはわからない。

（二〇一八年二月九日）

自称中国語教師　渋谷先生

渋谷優先生は細身の体形で、三十くらいに見えた。その話す言葉には何となく東北なまりか、あるいは山陰地方のイントネーションのようなものが感じられた。渋谷先生は教室に入ってくるなり、ほとんど自己紹介もせず漢文の授業を始めた。

漢文の授業は、いつも江連隆先生が担当した。三年間、江連先生の濃密で小うるさく権威主義的な漢文の授業を聞いたおかげで漢文がすっかり嫌いになってしまった学友もいただろう。私はというと、大学の入学試験の漢文の問題で苦しむことがなかった。もちろん正解に達したかどうかは確かめていないが、気分としては楽勝だった。その江連先生が何かの都合で漢文の授業を何週間か休み、その代わりに渋谷先生が漢文の授業を担当したのである。それは二年生のときだったと思うが、私の記憶はあいまいになっている。

渋谷先生の漢文の授業はオーソドックスなものだった。昌平坂学問所から東京高等師範学校そして東京教育大へつながる漢文教育の流れの中にあったのだろう。しかし先生はときどき奇妙なことを言った。たとえば次のような趣旨のことである。「首相をシュショウと言うのはいいだろう。しかし本当はシュソウと発音すべきなのだ。外相はガイソウと発音すべきだ。外務省を外省と略すこともあるだろう。厚生省は厚省とも新聞は書く。だから官庁はショウと言い、大臣はソウと言うべきだ。その方が区別できて合理的だ。」

たしかに当時は、内閣府はなく総理府だったし、首相についてはショウと言おうとソウと言おうと、混同するおそれはなかった。渋谷先生は漢字音も機能的に選ぶ方がいいという考えだったのだろう。

またあるとき渋谷先生は「自分は中国語の教師だ」とはっきり言った。これには驚いた。私たち生徒は国語の一部としてあった漢文の授業を受けていたのである。たしかに漢文は古い中国の文章や詩をなんとか日本語につなごうと訓読する科目であった。だから素材は中国語であることは否定できないが、現代中国語とは発音がかなり違う。もちろん渋谷先生は現代中国語も得意だったにちがいない。しかし先生の中国語教師だという言い方は私には理解できなかった。この出来事は理解不能の奇妙なこととして、心に刺さったとげのように現在まで消えない。

そこで五十年以上経過した今日、私がそのときの渋谷先生の心理を推測してみようと思う。

渋谷先生は非常勤講師のようなかたちで両国高校で教えることを頼まれた、と私は推理する。芥川龍之介の学んだ府立三中の両国高校なんだから、二つ返事でＯＫした。科目は当然のことながら国語だと思ったところ、なんと漢文だけということだった。古文や現代国語は教えないのか、と不満を少し感じたが、まあ名門高校なんだから我慢しよう、そのうち漢文以外も頼まれるかもしれない。学校に行ってみると、机の上にアンケート用紙のようなものがあり、住所や担当の科目を記入する欄があった。「漢文」と書こうと思ったが、「漢文」では「中文」と同じだ。「中文」なら中国語だから、そうだとすると漢文しか教えない自分は中国語教師だな。科目は中国語と書こう。アンケート用紙は生徒の保護者会が作る名簿のためだった。出来上がった名簿には渋谷優、担当は中国語と記載された。そのことが頭にあって、生徒にも自分は中国語の教師だと言ってしまったのである。

この私の推理が当たっているかどうかはわからないが、それほど的外れだとも思わない。

私は現在埼玉県に住んでいるのであるが、埼玉県の数少ない国宝のひとつに稲荷山古墳出土の金錯銘鉄剣がある。その銘文は当然のことながら漢文で書かれている。それを読んでみると、日本にそのころいた人の名前を漢字音で苦心して表している。

時代はやや下るが、隣の群馬県には上毛三碑というのがあり、そのひとつである多胡碑の漢文にはなんとなく変なところがあるのに気付く。たとえば、都立両国高校の漢文の授業で習ったことによれば、漢文のルールでは英語と同じく目的語は動詞のあとに置かれるはずなのだが、前に置かれている個所があるのである。日本語あるいは朝鮮語の語順と同じところがあるのだ。だからそれらの文章を書いたのは生粋の中国人ではなく、朝鮮半島か日本列島にいた人間であろうと推測できる。

少なくとも洛陽や長安のような華北の中国人ではないだろう。しかしこれらは古代の話だから、史料も多く残っておらず、確定的なことは言えない。だから文法的に正しくない漢文を書いたとしても仕方がないことだ、と私は考える。司馬遷が『史記』を書いていたころ、日本列島には自分たちの話すことを文章にできる人間はいなかったのだ。だから、邪馬台国が北部九州にあるのか、大和の纏向《まきむく》なのか、史料上はっきりしないのである。では、もっとあとの時代になると、どうなったのであろうか。

稲荷山古墳出土の金錯銘鉄剣の漢文に関連したシンポジウムの記録はたくさんあるが、そのひとつ『ワカタケル大王とその時代』（山川出版社、二〇〇三年）に森博達が「稲荷山鉄剣銘とアクセント」を寄稿していた。その内容は固有名詞を漢字音でどう表していたのか、アクセントはどうかという研究である。そして日本書紀や万葉集のいわゆる万葉仮名から逆に古い中国の漢字音をさがすというのが森博達の本来の研究なのである。それは中公新書『日本書紀の謎を解く』（一九九九年）になっている。それを読んでみると、大変にむずかしく理解しにくいのであるが、どうも『日本書紀』は三十巻のうち十一巻は中国人が、それも唐の長安の漢字音が使われていることから、生粋の中国人である続守言と薩弘恪が書いたものだというのである。ということは、日本の正史である『日本書紀』は中国語で書かれているだけでなく、直前まで唐の都にいた中国人が日本に来て書いたことになる。さらに『続日本紀』から『日本三代実録』まで『六国史』はすべて中国語すなわち漢文で書かれているのである。日本国家の正史が中国語で、しかもある部分は中国人の手によって書かれているということは奇妙なことに私には感じられる。

先日、埼玉県立嵐山史跡の博物館主催の講演会で女性の中世史研究者の話を聞いた。日本の中世にあっては夫婦別姓が普通であったし、女性も相続人になったり財産を所有したりすることも珍しくなかったという内容であった。その講演のレジュメに引用されている史料は『吾妻鏡』が中心であった。そして『吾妻鏡』は漢文なのである。日本の武家政権、鎌倉幕府の正史も漢文なのだ。

三重県松阪市の本居宣長の記念館に行ったとき、その残されたノート類を見て、「ヤマトゴコロだ、カラゴコロだと言っても、いやに漢字が多いなあ」と私は思った。しかし、細く小さい字で丁寧に書かれた展示資料を前にして、本居宣長が中国文化とは区別された日本独自の文化を明らかにしたいと考えたことはわかるような気がした。

山口県萩市の松下村塾に行ったときも資料館で吉田松陰の書き残したものを見たが、そこには本居宣長以上の漢字の多さがあった。姉に宛てた手紙は漢字仮名交じり文だったが、それ以外の文書はほとんどが漢字ばかりであった。清国は中華であって夷狄ではないから尊王攘夷の「夷」ではなく、尊王攘夷を漢文で論じても論理的な矛盾はないのだろうが、二十一世紀になった今日から考えると、十九世紀の日本にとっては実は清国も外国だったのではなかろうか。しかし吉田松陰にとっては日本は清国と仲間であって、西欧列強とは区別されたのだろう。

ある日曜日、数人で六本木で昼飯を食った。日比谷線の六本木駅から地上に出て、六本木ヒルズとグランドハイアットの下を南に歩いていった。やがて左手にコンクリートの塀が現れた。塀には一面に色が塗られ、そこには漢字の歴史が詳細に書かれてあった。中国大使館の塀であって、中華人民共和国が日本の国民に漢字とはどういうものであるのか、どのように発達してきたのかということを教える内容であった。私は文化大革命当時の壁新聞を連想したが、中国大使館の塀に書かれているのであるから当然見映え良く、きれいに書かれていた。しかし、その内容は「中国は知的財産権を尊重しないといわれるが、中国人が発明した漢字をタダで日本人は使っているではないか」と主張しているようで、日本人である私にとってはあまり愉快なものではなかった。

昼食をとったレストランは中国大使館の先にあった。昼食を終えて、同じ道を歩いて戻ったのであるが、街宣車が向こうの方から現れた。「尖閣列島は日本の領土である。テロ支援国家を許すな」という内容を大音量で言っていた。警視庁の若い警察官たちは急いで道路に車止めを置き、大使館の門に街宣車を近づけないように道路を封鎖した。街宣車は道路を右折して、中国大使館から離れていった。

六本木駅に向かって歩きながら、私は一瞬不安になった。尖閣、列島、日本、領土、支援、国家、これらはすべて漢語である。漢語を使って中国を非難しているときに、中国人から「だったら中国の言語由来の漢語を使うな」と言われたらどうしようか。「日本人が明治維新以来あらたに作った熟語は中国人も使っているのだから、いいじゃないか」とでも言おうか。

自称中国語教師の渋谷先生に尋ねたら、先生はどう答えるだろうか。「だから日本の若者には漢文をじゅうぶんに教育する必要があるのだ。日本人は中国人以上に中国の古典を知っていなければならない。江戸時代までは日本の武士はすべて普通の中国人以上に漢文を理解していたのだ」と答えるだろうということは、私にとっては明白である。


（二〇一七年十一月三十日）

石平先生に依頼されて

私たちが高校を卒業したのは一九六七年三月十七日である。この卒業式の日は金曜日であった。この日以降、国立大学の入学試験の合格者が東京工業大学をトップバッターとして順次発表された。早稲田や慶応といった私立大学の発表はすでに終わっていた。当時の国立大学の入試は一期校と二期校に分れていたのであるが、二期校の入試は三月の下旬であり、これからであった。

私は東大を受験していた。東大の合格発表は高校の卒業式の数日後であった。その年の東大の発表は駒場キャンパスのバレーボールかテニスのコートのフェンスに氏名が張り出される形式であった。私は運よく合格していた。その場で合格を喜んだ両国高校の者数人で、高校の担任の先生に合格の報告をした方がいいのではないかということになり、両国高校に向かうことにした。京王井の頭線の駒場東大前駅から渋谷に行き、山手線に乗って代々木駅で総武線に乗り換えると、それほど時間がかからないで錦糸町駅に着いた。両国高校に行くと、三年G組の担任であった石平快三先生に合格したことを報告した。

当然のことながら石平先生は嬉しそうにしたが、次の瞬間私に向かって「新しく三年生になる人たちに、勉強するときの心構えを話してほしいんだ」と言った。そういう依頼があることなど全然予想していなかった私は、虚を衝かれて、「はい、わかりました」と答えてしまった。

話をする日は二、三日後であった。会場に行ってみると、なんと二年生の全員がいた。今では考えられないことであるが、そのときの私は三十分以上しゃべっていた。話の主題は「勉強するときの心構え」であるから、自分の経験を話せばいい。たいして頭がいいわけでもなく、高校の成績もちょっとよいときもあったが、天才とか秀才と言われるようなレベルではないのに、現役で合格したのであるから、話をする資格には欠けていないだろうと私は素直に考えた。それに、私は高校の三年間に大学受験の予備校というところに通ったことがないのである。一年生のはじめの新聞部に所属していたとき、駿台、代々木ゼミ、代々木学院に広告取りに行ったことがあるだけだ。だから経済的に豊かではない家庭の子弟にも参考になるはずだと本気で思った。

私は何を話したか。これを思い出すのは簡単である。そのころから現在に至るまで半世紀以上経ったが、受験勉強に関しては私は同じことしか考えていないからである。

私は二つのことを話した。一つめは、割り切って考えるということである。高校を卒業して実社会に出てすぐに働くという道もあるし、大学に行くという道もある。大学に行くことにしたとき入学試験に合格しなければならないのであれば、この一年間は受験のための準備に集中する必要があるということである。そして他のことは一年間あきらめるしかない。そのあとはもう受験勉強のようなことはやらないことにしてもいいのである。ともかくこの一年だけだと割り切って考えることだ。このようなことを私は話した。

二つめは、苦手の科目に力を入れた方が効率的だということを話した。受験の科目が複数あるとき、百点満点で五十点の科目を七十点にすることはなんとかできるが、七十点の科目を九十点にあげるのはかなり困難である。だから点数の悪い科目を集中的に勉強した方がいいということを説明した。

以上のことを話して、私の持ち時間は無事に終わった。そしてすっかり忘れてしまった。それから四十年以上経って、あるときのクラス会の席で石平先生から「下の学年の人たちに君に話してもらった。ありがとう。何を話してくれたか、憶えていないけど」と指摘され、私は「そういえば、そんなこともあったなあ」と考えた。後輩に話すなどということは私にとっては極めてまれだったし、私が考えていることは単純だったから、話した内容を思い出すことは簡単だった。そして依頼した石平先生も話した私も今はすっかり忘れてしまっていたということは、印象に残るような突飛なことも危険なことも私が言わなかったためだろう。そうだとすれば、この種の講演としては成功だったろう。少なくとも石平先生の人選は、私が受験生に有害なことを言わなかったという点で正解であった。

しかしながら半世紀経って思い出してみると、新たに高校三年生になる諸君に対する話としては重要な点が欠落していると私は考える。それは大学受験に失敗するということもなく、却ってすんなりと大学に進んだ場合に遭遇する危険である。浪人時代を経験したり、何か苦しいことをしのいだりした場合、人間は強くなり柔軟性が増すこともあるが、順風満帆で進んでいくと、逆境に会ったときもろさが出てしまう。現役で大学に合格した人間は自信に充ち溢れ傲慢な割には、壁にぶつかると簡単に精神が壊れるといった例はたくさん見た。

しかしながら、これらは石平先生の「勉強するときの心構え」を話してほしいという依頼の趣旨を越えている。何よりも大学の合格通知を手にしたばかりで、まだ大学生にもなっていない私自身がまだ気づいていないことであった。

（二〇一八年一月十日）

早稲田出身の英語教師　江東初三先生

ここに一枚の写真がある。写っているのは、左から江東先生、私、渡辺洋、野口晴久、羽後貞通の諸君である。寒がりの私はコートを着ており、その私の左肩に江東先生はうしろから左手を置いている。場所は千葉県の習志野の先生のお宅の近くであり、みんなで散歩したときのスナップである。撮影したのは志鎌克己である。江東先生の右手はカメラの三脚を握っている。つまり、先生は三脚を使ってタイマーで全員の写真を撮ろうと思っていたのだが、先生のカメラが、私の記憶では、ニコンであり、それを見た写真好きの志鎌克己がひったくるようにしてカメラをとり、この写真を撮ったのである。先生は気をきかしてくれて、あらためて写真を撮ってくれた。一九六五年一月のことで

左から江東先生、岸江孝男、渡辺洋、野口晴久、羽後貞道

そのあと私と志鎌克己の二人を並べて、あるから、もう半世紀以上前のことだ。当時のニコンの高級なカメラを見れば、写真を撮ってみたくなるのは志鎌克己でなくても当然だったろう。サラリーマンの月給の何倍もしたのである。スマ

ホの写真が普通になった今では考えられないことである。

江東先生のお宅は習志野の原野が住宅地に変わりつつあるときの総武線の踏切近くにあった。私たち一年生の五人は「お正月に遊びに来なさい」と先生に誘われてお邪魔したのだが、志鎌克己と私は一年E組の同じクラスだったが、他の三人は別のクラスであり、まったく知らなかった。なんでこの五人がお宅に来るように言われたのか、まったくわからなかったが、そういうことは当時の私はまったく気にしなかった。

先生のお宅の床の間には中村不折の書が掛っていた。先生は中村不折を高く評価していた。そのほか、会津八一や日夏耿之介のことも先生は好きだった。要するに早稲田の文人が好きだったのであろう。

先生の書斎の日当たりのいい一角には大きな鉢植えの蘭が赤い花をつけていた。蘭の名前を尋ねると、「クンシランというのだ」と先生は自慢そうに教えてくれた。今、私の自宅にはどこからやってきたのか来歴はよくわからないが、紫色の花を咲かせる蘭の鉢植えがある。名前を調べてみると「ムラサキクンシラン」というのである。その「ムラサキクンシラン」という名前から、私は江東先生のお宅にあった立派な赤い花のクンシランを思い出し、懐かしい気持ちになった。

江東先生のご自宅では、十五畳くらいの広さの和室を書斎兼応接間として使っていたように思う。その部屋で生徒五人と話をして、そのあと散歩に出かけた。散歩のときに撮ってもらった写真が先に掲げたものである。誰もいなくなったあと、先生の奥様が手ずから夕食を用意してくれたと記憶している。料理はトンカツだった。私は料理をした人が喜ぶような態様で、パクパクとたいらげた。

その部屋の鴨居の上には額に入ったセピア色の写真が飾られていた。頚は短めであるががっちりした体形の三十くらいの男が帝国陸軍の将校の軍服を着て、なんと、馬にまたがった写真であった。怪訝そうな顔をしてその写真を見上げている私に気づいて、江東先生は説明してくれた。「ボクが行ったのは中国だから、たいしたことはなかった。みんなそういう写真を撮ったんだよ。中国人は日本人に対してシエンシャン、先生と言っていた。そう言うと日本人が喜ぶからね。」

私が不思議に思ったのは、軍服を着た江東先生が落ち着いた様子で馬にまたがっている姿が、高校の教室で英語を教えている姿と私の中でつながらなかったからである。

私はこれまでに一回だけ馬に乗ったことがある。正確に言うと、馬の背中にまたがったことがある。昭和二十年代の末、母方の伯母の家に行ったのであるが、そのとき東京の子供には馬なんか珍しいだろうというので、その家にいた馬に乗せてくれた。その馬は農耕用のあまり大きくない栗毛であり、ちょうど馬の散髪から帰ってきたところで、きれいにブラシを掛けられていたが、まずいことに鞍をはじめ馬具は付いていなかった。轡と手綱は付いていたが、それは地上に立っていた農家の主人が握っていた。さらに馬の散髪というのはたてがみを短く切りそろえることが中心であり、それから帰ってきたばかりの馬には、背中に置かれた小さな子供がつかめるようなたてがみがなかったのである。私はいやな予感がした。その予感は的中し、馬は軽く両前足をあげ、後ろ足で立ったのである。私は一人で裸馬の背中にいたのだから、頼るべきものがなく、恐怖に襲われた。次の瞬間、馬の飼い主は手綱を引き、馬を制したので、私は地面に落下することを免れた。私は飼い主の力強い両手によって、馬の背から地上に降ろされた。

馬の飼い主は、私の伯母の夫であるが、「馬は頭がいいので、乗る人間を見て、馬鹿にしたようなことをするんだ」と言い訳をいった。私は心の中で、そんな危ない馬に、鞍も置かず、しがみつくべきたてがみもないような馬に、小さな子供を乗せないでくれと思った。このことがあってから、私は馬が嫌いになった。古墳の副葬品の馬具もよく理解できない。中山競馬場に連れて行かれることはあったが、馬券を買うということはなかった。サラリーマン時代には上司に競馬が好きな人がいて、パドックでの出走馬の観察方法から始まって、いろいろと馬券の買い方を講釈してくれたが、私は馬券を一度も買ったことはない。小学校入学前の小さい子供として体験した落馬の危険が精神的トラウマになって全般的な馬嫌いになり、競馬も馬術も嫌いになったのだろう。

それに比べて馬上の江東先生は何と立派な姿なのだろう。馬の操縦も上手だったのだろう。馬上の人物は馬の鞍までの高さにその人の座高が加わるから、カメラを持った地上の撮影者からは見上げる角度になり、いやでも馬上の人物は自信のある人物に写る。尊大に見える危険すらある。

江東先生は支那事変ないし日中戦争についてはあまり語らなかった。これは先生が特別に沈黙したということではなく、私たちが質問しなかったためである。したがって、江東先生が行ったのは中国大陸であることはわかったが、それが華北なのか華中なのか、その点は私にはわからない。もっとしつこく訊いていれば、英雄譚もあったのかもしれない。ただ当時は、私たちの前の世代の男たちは戦争に行って苦しい思いもし、訊かれたくないことも経験しているものと思われていたから、軍服姿の写真を見ても、根掘り葉掘り質問することはマナー違反であるように思われた。

しかしながら、やはり奇妙である。私たち都立両国高校の一年生五人が江東先生の自宅に行ったのは一九六五年の正月である。日本の敗戦は一九四五年である。もう二十年も経っているのに、将校の軍装で馬にまたがっている写真を書斎兼応接間の鴨居の上に置いておくものだろうか。いくら中国戦線では日本軍は敗北していなかったといっても、全体では敗北したのだから、歴史の流れから見たら、軍装の馬上姿の写真は留保なく格好いいものだ、とはいえないのではなかろうか。

その部屋の書架にはオックスフォード・イングリッシュ・ディクショナリーが全巻並んでいた。また部屋の隅には横積みされたLPレコードが大量にあった。江東先生はどんな音楽を聴いているのか、レコードの箱の文字を読んでいると、先生は「君たち、それはだめだよ、音楽じゃないよ。シェークスピアの劇のレコードだよ」と言った。「なるほど、江東先生の自慢話に、早稲田の学生のとき坪内逍遥の最後の講義を聴いたというのがあったな。ということは江東先生は坪内逍遥の弟子にあたり、その江東先生から英語の授業を受けている私たちは逍遥の孫弟子か!」と思い至った。

そこで逍遥の世態人情ということを無理やり応用してみると、次のようなことになるのではないか。

江東先生は将校として支那事変ないし日中戦争に出征する前に、勧められるままに結婚した。戦地に落ち着くと、多くの仲間の将校がするように、留守家族に無事を知らせるために馬にまたがった将校の軍装姿の写真を撮って、内地に送った。江東先生の奥様はその写真を大切にし、神棚あるいは仏壇の近くに置いて、毎朝毎夕写真に向かって手を合わせて無事を祈った。夫が無事帰還した後もそのままにしておいた。江東先生は戦後も軍服姿の写真を飾っておくことに少しばかり恥ずかしさはあったが、奥様には一人きりで留守を守っていたころの心の支えであった写真をよく見えるところから移してしまうことなど、考えられもしなかった。そして戦後二十年になっても、江東先生の軍馬にまたがった写真は鴨居の上に鎮座していたのである。以上が私の推理なのだが、あまり真実から離れてはいないのではなかろうか。

写真を見上げていた私に対して、説明するとき、江東先生は当然のことを説明するような調子で話した。そこには何のてらいもなかった。しかし仮に私が「奥様は朝夕写真に向かって手を合わせていたんでしょうね」と言ったら、先生は「そうだろうね、イヒッヒッヒ」と恥ずかしそうにしたかもしれない。

江東先生は両国高校の先生のうち、教室の外で親しく話をしたことのある唯一の先生であった。

付き合いは高校卒業後も一年間、一九六八年の春まで続いたが、それで終わってしまった。残念なことであった。

（二〇一八年二月十二日）

草深清先生への感謝

草深清先生は国語の教師であり、日本文化に広く造詣が深いとされていた。私たち生徒は草深先生の授業で能について予習してから、水道橋の能楽堂に行き能を鑑賞した。『船弁慶』では子役が刀を持った両手を震わせながら「そこで弁慶少しも騒がず」と言うところで、私たちは笑いをこらえるのに苦しかった。草深先生の努力にもかかわらず、能のどこがおもしろいのか、私たち生徒のほとんどはそのとき理解できなかったと思う。

私が授業を受けたときには、草深先生は洋服を着ていたが、以前は時々和服を着て両国高校の教壇に上り国語の授業をしたそうである。私は和装の草深先生、たぶんそのときは袴を着けていたのではないかと想像するが、その姿を一度も見たことはない。先生自身が「みんなに日本の文化に親しんでもらいたいと思って、ときどき着物で授業をしたんだ」と説明したことを私は憶えている。

これは確かめたわけではないが、草深先生は高校の教え子であった女性と結婚したという噂であった。もちろん女性が高校を卒業した後結婚したのであろうが、このことと先生の名字が深草の少将と似ていることは、男子生徒からある種の尊敬の念をかち得るのに効果があっただろう。

しかしながら（ここで私は逆説の接続詞を使う）私は草深先生の国語の授業が苦手であった。授業内容と関係のない脱線が多い、教科書のしかるべき範囲をきちんと終えない、教材とされている古典のどこが面白いのか、はっきり理解できない、試験問題に対してどう考えていくのか教え方が充分でない、というように私の不満は数え上げればきりがない。ようするに草深先生の教え方は、ある程度日本の古典文学に親しんでいる人には面白い話なんだろうが、初心者である私は「もっときちんと授業をして下さい」という気持ちが強かった。

ただ私はあることで草深先生に今でも感謝している。

国語の授業の一環として、先生は手紙を私たち生徒に書かせた。便箋と封筒を用いて、宛名の書き方から、最後の署名まで一通りの説明をしてから、練習に手紙を書いてみるように命じた。私は「手紙の形式さえできていればいいんだな。では面白い内容にしよう」と考えて、自分の頭の中で手紙の相手を仮構し、緊迫した内容になるように努力して書いたのである。読む先生が面白いと感じるように、サービス精神を発揮してみたのであるが、これがいけなかった。

次の授業で草深先生は私の手紙を取り上げて、厳しく批評したのである。要するに「逆説の接続詞が多い」ということであった。読んでいると教師の頭が疲れるということだろうと私は解釈したが、私は不満であった。「それなら、もっと手紙の目的を明確に限定して、生徒に手紙を書かしたらいいだろう」と私は思ったが、私は何も言わずにじっとしていた。いやな気分であったし、恥ずかしかった。

私たち都立両国高校の生徒はそのころ府立三中の卒業生である国文学の権威、吉田精一の講演を高校で聞いたのである。吉田精一は鬱然たる大家の風があるものと思っていたが、自分の出身の学校に来て軽い気持ちになったのか、大変に気持ちよく話しているようであった。彼は「日本文学だからといって、日本のものばかり読んでいては視野が狭くなるからダメだ。自分はフランス文学も研究した」と言っていた。

高校を卒業したあと、プルースト、カフカ、ジョイスといった二十世紀の世界の文学に草深先生は親しんでいなかったのではないかと思うようになった。とりわけジョイスのように意識の流れに沿って展開する小説には先生は無縁だったろう。ヘーゲルの弁証法は逆説の接続詞を使わなかったら成り立たない。フロイトが無意識の世界、意識下の世界を探求しようとしたことを知っていれば、生徒が書いた練習の手紙が実は相手を仮構した小説のまねごとみたいなものであることを草深先生は見抜けたはずである。とりわけ、実際に生きた人間を相手に会話をしているときには、会話は逆説の接続詞を使って展開して行くことが多いと思う。相手の言うことに賛成してばかりいたら、話をしていても内容が深まらず、ちっとも面白くないではないか。酒もすすまないし、食事もおいしくないだろう。

もっとも、私が書いて提出した手紙は私に返却されなかった。もしかすると、書いてはいけない手紙の典型例として草深先生は次の年の授業で使ったのかもしれない。私は教室の授業以外では草深先生と会話を交わしたことは一度もない。別に会話を避けたということではなく、そのころの両国高校では生徒が先生と親しく話をするということはほとんどなかったのである。この点では区立中学校での先生と生徒の関係とはずいぶん違っていた。今考えると、極めて異常な高校生活であった。したがって、その点はよくわからないままである。

ともあれ、私に逆説の接続詞を多用しがちであるという文章上の癖があるということを知らせてくれた点で、私は草深先生に今でも深く感謝している。しかしながら、私はなお逆説の接続詞は重要であると思っている。いじめにあって苦しんでいるのに先生が助けてくれない子供たちには「いじめられて苦しい。しかし、でも・・・」と逆説の接続詞を使って考え、なんとか生き延びてほしいと思う。

（二〇一七年十二月三十一日）

地学部と小島先生

漫画やアニメに登場する博士という役柄を考えてみよう。白衣を着ていることが多い。頭髪は白いか無いか、どちらかである。牛乳瓶の底のように厚い近視用のメガネをかけている。小島先生はこれらのすべてに当てはまった。頭髪はまだ真っ白というわけではなく、ゴマ塩だったが、頭髪の量は多かった。

小島先生は伸夫という名前だった。したがって『抱擁家族』を書いた小説家小島信夫と似ている。しかし私たちが地学の授業を受けたのは一九六四年であるから、小説家の小島信夫が有名になる直前であった。私は小島信夫の小説が話題になったときに、「あれ、地学の小島伸夫先生とよく似ている名前だ」と思った。地学の小島先生は五十歳くらいで、噂によれば東京帝国大学の理学部地質学科を恩賜の銀時計をもらって卒業したということになっているから、同じ大学の文学部英文科を卒業した小説家の小島信夫と同時期に本郷のキャンパスにいたかもしれない。

小島先生は地学の授業を楽しそうにやっていた。しかし授業の内容は私にとっては理解がむずかしかった。その理由は、考えていくうえでの理論が私の方にないためであった。地学に私が興味を持っていなかったということではない。中学校でもクラブ活動で岩石の採集ということをやっていたし、岩石のプレパラートを作り偏光顕微鏡で観察することもしていた。小学生のとき学校の遠足

1964年。地学部と有志が千葉県・木下に化石の採集に行った

で長瀞に行き、誰かが見つけた大きな紅れん片岩を担任の教師が小さく砕いて配分してくれたのだが、その一片を大切に持っていた。

ところが、一九六四年という小島先生の地学の授業を受けた年には、まだプレートテクトニクスという考え方は一般的ではなかった。さらに日本列島の形成に付加体が大きく関与していることも、まだわかっていなかった。人工衛星も発展途上であった。だから、一つの理論を前提にして地球や宇宙を理解して行こうというところまで科学が進んでいなかったのだ。そして、そのことが小島先生の地学の授業を私にとってはむずかしいものとした。しかしながら、小島先生は私が所属していた地学部の顧問であり、私は地球ないし自然にどう向き合うべきかという態度を小島先生に教えてもらった。

ここに一枚の写真がある。写っている人物は小さいので、誰が写っているのか、よくわからないかもしれない。時は一九六四年で、場所は千葉県の木下《きおろし》である。そこには化石を多く含んだ成田層の露頭があり、そこに化石の採集をしに地学部の生徒と有志の生徒を小島先生が引率して行ったときの写真である。左の前の方で白いシャツを着て、めずらしく得意そうな姿で写っているのが私である。志鎌克己の姿がある。彼は地学部ではなかったから、地学の授業で化石採集に行くから希望者は参加しろという小島先生の誘いに乗って来たのだろう。私は彼と一年生のときは同じクラスだったので、私が誘ったということもありうるが、経緯は忘れてしまった。女子生徒の姿もあるが、誰の姿なのか、残念ながら同定できない。写真の撮影者は小島先生である。写真は小さいが、ルーペで拡大してみると細かいところまで写っているから、高級なカメラで撮られていることがわかる。一枚だけ私が小島先生からもらったようである。

その理由は単純である。私はクラブ活動の一環として化石を採集しに行ったのであるから、化石を高校の本館の屋上に出るところにあった地学部の部室に運び込むと、どうやって化石の名前を調べたらいいのか、考えねばならなかった。そのときには先輩の二年生がいたから相談した。「小島先生に頼むと貝の図鑑を貸してくれる」ということをその先輩が教えてくれたので、さっそく小島先生のところに行った。先生は書棚から一冊のB五判くらいの貝の図鑑を取り出し貸してくれた。「終わったら返して下さい」と先生は強い口調で言った。その図鑑は表紙も裏表紙もなくなっており、いかにもよく使い込まれていた。小島先生にとっては必要不可欠なものだったのだろう。残念ながら、書名はわからなかった。紙は薄く、写真はオフセットのようであって、説明は日本語であった。その後、「ああ、これが小島先生に借りた図鑑だ」と思われるような本に出くわしたことはない。借りた本を返す時に図鑑の書名を小島先生に尋ねておくべきであった。

そのときに出てきた名前にはアカニシ、ツメタガイがあった。もちろんカキ、シジミ、ハマグリ、バカガイもあった。カシパンは貝ではなく、ウニと同じく棘皮動物であった。その後、私は生きたカシパンというものを水族館で観たことはない。

二週間くらいして、私は貝の図鑑を小島先生に返しに行った。先生は理科の実験の準備室のような暗くて汚い部屋に一人でいた。たしか、本館の片隅だったような気がする。「ありがとうございました」と言って、貝の図鑑を返すと、先生はホッとした様子だった。そして「この間の写真だよ」と言って手渡してくれたのが、このスナップ写真である。人物の顔がもっとよくわかるくらい大きければ、ネガを先生に借りて希望者の人数分だけ焼き増しすることも考えられたが、自分の顔もわからないくらいの大きさなので、そういうことは一切しなかった。それで忘れてしまった。しかし今よく見てみると、人物は楽しそうな様子で写っている。そしてカメラを持って撮影するときの小島先生はとても機嫌がよかった。それもそのはずである。先生は東大の地質学の仲間に「これからは日本の若い世代に地質学に関心を持ってもらうために努力しなくてはいけない。先日、両国高校の一年生を引き連れて成田層の化石を取りに行ったよ」と自慢していたことはじゅうぶんにあり得ることだ。

あるとき、台風が接近してきた。本館屋上の出口のところの地学部の部室にたむろしていると、小島先生がにこにこしながらやってきた。強風に吹かれながら、先生は私たちに「台風だ。面白いな。雲の流れを見ろ。雲の流れから台風の位置がわかるぞ。やがて風の向きはこっち向きになるぞ。」と話した。台風で被害が出るかもしれないのに、単純に面白がってばかりいていいのか、と心配したが、たしかに自然をよく観察していると、台風の位置や進路がある程度予測できるなと思った。何よりも、「面白いな」という気持ちで自然に向き合うと、逆に「これはちょっと面白がっていてはいけない危険な事態だ」と判断することも、できるような気がしてきた。「面白いな」と心の中で呟いてみると、不思議と落ち着いてくるようだ。もちろん強風の中で白衣を着て、髪の毛を風に吹かせていたのは、漫画の中の強度の近視用のメガネをかけたクレイジーな博士姿そのものの小島先生であった。

この自然に直に向き合って、「面白いな」と思う気持ちを自然科学では大切にすべきだという考え方には、その後いろいろな機会に出会った。この考え方は、その反面では、自然科学の研究にあたって、まず先行業績を調べ、文献を精査することに反対するのであるから、どちらかというと競争原理を否定するのである。したがって、経済的余裕がない研究者にはなかなか実行しがたいのであるが、昨今話題になるデータのねつ造の危険は限りなく小さい。自然に直に向き合って、その結果得られたデータをねつ造しても「面白くない」からである。研究が飯の種であるような研究者からすれば、特権的な位置にいる研究者にしか可能ではないと批判するだろう。私の知っている文章のひとつに、生化学者であった宮本璋が安騎東野のペンネームで書いた「D教授の言葉」という昭和十四年の随筆がある。

さて小島先生は、私が二年生のときはいつも近くにいることになった。というのも先生は私が属していた二年H組の教室の隣に移っていたからである。体育館と口の字型の本館の間の狭いところに教室を四個重ねたような増築校舎が新しく完成した。そのうちの一つを二年H組は使ったのであるが、その教室だけはサイズが小さかった。小さくなったのは小島先生用の居室を作ったためである。その結果、五十三名ないし五十五名、平均は五十四名の他のクラスに対し、H組だけ四十六名だったのである。八名、率にして十五パーセント少なかった。その教室の平面図はほぼ正方形であり、東側の窓のある面を除く三面には黒板があったのである。普通の教室では前と後ろに黒板があるのに加え、私の使ったその教室は側面の一つにも黒板があったのである。その結果は私にとっては重大であった。三方向の黒板に精神的に圧迫されるだけでなく、数学の時間に問題をあてられる頻度が高くなったのである。教師は公平に生徒に問題を割り当てているのだが、生徒の方からすると、「なんだ、やったばかりなのにまた当てられた。あの先生に目を付けられるようなことはしていないはずなんだが」という気持ちになることもあった。一学期の半分が過ぎる頃、私は疲れてきたので少しセーブし出した。私の周りの同級生も十五パーセントしか人数が少ないだけなのに、きついなあと感じていたはずである。

後年、少人数学級についての論争があったとき、私は小島先生の居室のために生徒数が少なくなった二年Ｈ組のことを必ず思い出した。生徒をきめ細かく指導するという点では、疑い無く少人数の方がいいだろう。しかし、教師とうまく合わない生徒がいた場合や、問題がある場合には生徒は逃げようがない。大変つらいことになると思う。

そして、この小島先生の居室の隣の小さめの教室で、私は一九六六年三月まで授業を受けた。そしてクラブ活動はというと、二年生のときは地学部の一年生と合同して活動することが、ほとんどなかった。私個人は勉強がきつくて、その時間的余裕がなかったからである。一年生のときは二年生の先輩に頼んで名栗川の方に岩石採集に行ったこともあったのに、自分が二年生になったときには一年生との交流はなかった。もちろん一年生は自分たちがやりたいことを好き勝手にできたのだから、不満はなかっただろう。ところが二年が終わったときに、「これで二年生は三年になり、あとは受験勉強の一年間だから、追い出しコンパをする」という案内が下の学年の地学部員から届いた。なんと会場は今まで一年間使った二年Ｈ組の小さめの教室だったのである。つまり、地学部の顧問の小島先生の新しい居室の隣の教室である。

コンパといっても、ジュースとお菓子だけであって、至極健康的なものである。当時の両国高校では、血糖値が下がると頭の働きが悪くなるので、勉強によくないという大脳生理学者の林髞の主張が一般に信じられていたためか、高校の構内の売店でキャラメルとチョコレートは買えたのである。なんでもかんでも糖質を悪と決め付けて疑問を持たない現在の風潮に比べて、なんと健全だったことか。また現在のＪＲ錦糸町駅の北側にはお菓子の問屋があって、そこまで出かけると安く手に入れることも可能であった。ともかく、そうして会の準備を主導してくれたのは一年下の地学部員の女子生徒であった。丸顔で中くらいの背丈で、声が高く快活な女子生徒であった。

一通りお菓子を食べたあと、その女子生徒は椅子取りゲームをやろうと言い出した。そしてこれから三年になる数人と二年になる数人で、椅子取りゲームを始めた。女子は複数混じっていたと思う。したがって、椅子取りゲームに興じる生徒たちの声は男女混声であり、キャーキャー甲高い女の声も混じっていた。そしてゲームが進行するに従い、楽しそうな歓声と椅子をガタガタさせる音で、騒音は大きくなった。

突然、むっとした表情の小島先生が教室の引き戸を荒々しく開けて現れた。

「君たち、何やってんだ、静かにしなさい」と恐い顔をして言った。誰かが、地学部の追い出しコンパをしていることを説明した。先生は「ああ、そうか。もっと静かにしなさい」とだけ付け加えると、自分の居室に戻って行った。その日は春休み期間中であり、授業はなかったが、小島先生は毎日学校に来て、自分の部屋で白衣姿で自然科学の雑誌でも読んでいたのであろう。今考えると、当時はのんきなものであった。春休みの日に十人くらいの高校生が部活だといって空いている教室に入り込んで遊んでいたのだから、平和な高等学校の話であった。こうして地学部から追い出され、三年になってクラブ活動をしなくなった私たち数人は小島先生との付き合いも当然なくなってしまった。

ところが、この地学部の追い出しコンパで騒いで小島先生に迷惑をかけた話には続きがあるのだが、それはまたの機会のために取っておくことにする。

昨年の秋の一日、私は群馬県の下仁田《しもにた》に行った。廃止された中学校の校舎を使った下仁田ジオパークを見るためである。二百円の入場料を払って番をしていた若い地質学者の説明を聞いたのだが、小島先生のことを思い出した。下仁田は錦糸町からは遠いが、プレートテクトニクス、付加体、中央構造線などを現地で見られるのだから、夏休みに一泊する日程で、地学部の部員を顧問の先生が引率する形にすれば有意義な活動になるのではないか、と考えた。

（二〇一八年二月十六日）

暴力教師擁護論

暴力教師はもちろん同時にパワハラ教師であったのだが、それだけではなくセクハラ教師でもあった。ここでいう暴力教師とは英語の杉安太郎先生のことである。多くの人々の考えに逆らって、セクハラ・パワハラ教師の杉先生の弁明をしてみたいと思う。

英語教師杉安太郎をひとことで表すとすれば最高の反面教師であったということになると思う。彼の英語の授業を受けた人の過半数はこの言い方に賛成してくれるだろう。たしかに杉先生は生徒の頭をひっぱたいたが、平手を使ったのであって、負傷させるような態様ではなかった。私は教室では真面目そうな顔をし、なるべく目立たないようにしていたから、杉先生に殴られたりひっぱたかれたりしたことはなかったが、他の生徒が犠牲になるのを見ていて、やはり気持ちよくはなかった。私にとって一番つらかったのは、杉先生が怒っている理由がよくわからないことであった。

杉先生は旺文社が嫌いのようであった。生徒がその当時はやっていた赤尾好夫の通称『マメタン・アカタン・赤短』を持っていると大変に怒った。『赤短』を辞書として使おうとすることを怒っていたのだろう。英和辞典はしっかりしたものを使うべきだという意味なら、これは理解できるかもしれないが、不思議なことに、杉先生からすると旺文社の英和辞典はすべて不可なのであった。これはどうしてなのか、よくわからなかった。その理由を杉先生に質問することは明らかに危険であったから、そういうことを質問する生徒は皆無であった。

私が都立両国高校に入ったのは昭和三十九年、一九六四年であり、ちょうど東京オリンピックの年であった。それよりも前の両国高校では、生徒たちは両国高校はまるで「牢獄」高校だ、と言っていたそうである。たしかに、囚人は監獄の規則についぃて疑問を持っても普通は獄吏に質問しない。質問したら、懲罰房に入れられる危険がおおいにある。だから黙って監獄の規則に従っておいた方が安全である。早く刑期を終えた方がいい。私たち生徒もまったく同じだった。刑期の三年間が、嵐の三年間が、過ぎるまで我慢したのである。

一九八〇年代になって私はお茶の水あたりを歩いていると、頻繁にアメリカ人の若い二人連れの男に呼び止められることが続いた。モルモン教の布教であった。そのたびごとに彼らの話す日本語の見事さに私は驚いた。あるとき時間の余裕があったので、彼らにどこで日本語を学んだのか、尋ねてみた。彼らによると、ミッションとして日本に派遣される前にユタ州あたりで集中的に日本語をアーミーメソッドで教育されたということであった。あとでアーミーメソッドというものを調べてみると、それは基本的な少数の単語をまず暗記させ、それから文法など複雑な言葉の学習に入って行くという外国語の教育方法であった。米軍が第二次世界大戦中に日本占領をみこして若い将校や兵士にこの方法で日本語の教育をほどこし、占領後の軍政に役立て成功したことはよく知られている。したがって、われわれ日本の高校生が英語の勉強のために『赤短』を使って英語の単語を憶えようとしたことは、英語の学習方法としては間違っていなかったと思うのだが、それを嫌った杉先生はその理由を私たち生徒にわかるように説明してくれなかった。したがって最後までわからなかった。

『赤短』以外にも杉先生の怒りはたくさんあったのだが、ことごとくその理由は私にはよく理解できなかった。生徒の緊張を高め、授業に集中できるようにするために必要以上に怒って見せているようなところも私には感じられた。

杉先生は運動会のトラック競技でアキレス腱を切り、教室に復帰するまで数カ月かかったことがある。復帰すると先生は教室に以前と同じような調子で現れ、怒りの授業を始めた。冒頭、「お前ら、オレがアキレス腱を切って、ざまあみろと思ったんだろう」と言った。その杉先生の言葉を聞いた私は、なんて生徒の気持ちを正確に理解しているんだ、恐ろしい先生だ、とそのとき感じ入った。

つぎに杉先生のセクハラとはどんなものだったのかというと、女子生徒に対して「女はダメだ」ということを繰り返して発言したことがまずあげられるだろう。カテゴリカルに「女はダメだ」と言うことは二十一世紀の現在であれば典型的な女性蔑視、女性差別と評価されることは明らかである。だいたい女子生徒でも成績優秀な者はいたし、その後の人生においても優秀な女性という存在に出会うことはたくさんあった。そしてこのセクハラ発言に関しても杉先生は自分の主張の理由を私たち生徒に理解できるように説明しなかったのである。

それどころか、別の機会ではあるが、自分の妻が、噂によれば杉先生は再婚しているということだったので先妻ということになるが、ともかく、妻が戦争中に死んでしまった、ということを授業中に話したのである。「わずか三十だよ。三十といえば女盛りじゃないか」とまで言った。そのとき十五歳だった私は、「そうか、女盛りは三十歳なのか」と変に感心したことを昨日のことのように思い出す。

したがって杉先生は女性一般が嫌いなので「女はダメだ」と言ったわけでもないようである。それでもなお杉先生の女子生徒に対する接し方は傍で見ていて気持ちのいいものではなかった。私は一年のときは男子三十五名、女子十九名の男女混合のクラスであった。杉先生はTさんという女子をあるとき怒りの対象にしたことがある。英語教師の期待するほどTさんが英語を理解していないということが原因なのだろう。ただTさんには十五歳の私の眼からすると充分女性としての魅力が現れていたから、杉先生はなよなよとした女子生徒がいやなのではないかと私は思ったりした。しかしTさんはその後消えてしまって、どうなったのか、わからない。他の高校に転校したのではなかろうか。ただ彼女は杉先生が女盛りと定義する三十歳になったころ、魅力あふれる美しい女性になったであろう。いま私はそれを確信している。

さて、本題の擁護論である。暴力教師、セクハラ教師の杉先生をどのように擁護するか、それがここでの課題だ。

まず第一に、時代が変わったのだ、ということが理由としてあげられよう。かつては勉強をさせるためにひっぱたくことは、重大な傷害を負わせない程度であれば、許容されたのだ、だから杉先生は教育的効果を上げるために両国高校の生徒を暴力も使って努力させたのだという解釈である。私が経験した杉先生の授業は一九六四年から三年間なのである。敗戦から十九年しか経っていない。教室では教壇から両国高校のそばの江東橋のたもとには黒焦げの死体がたくさん積み上げられていたという話をする先生もいた。昭和二十年三月九日から十日にかけての東京大空襲のあとのことを話したのである。その黒焦げの死体はすべて非戦闘員の住民なのである。予備役や在郷軍人は死者の中に含まれていたかもしれない。しかしほとんどの死者は女、子供、老人だったであろう。そういう悲惨さから出発して、恐ろしい米国の焼夷弾で住民が殺されるような事態に陥らないように、英語の能力を高校生に暴力を使ってでも叩き込もうとしたのかもしれない。

しかし五十年以上経ってみると、日本の経済力は大きくなり、日米は同盟関係だということになっている。空襲で焼き殺され江東橋のたもとに積み上げられた人々の魂があったとしたら、今の日本の日米同盟の議論は何のことだか、さっぱりわからないだろう。さらに靖国神社の英霊は、そのほとんどが米軍との戦闘の中で命を落とした将兵のものなのだから、自分たちの仇を討つのではなく、米軍と同盟して再武装するなどと聞いても、混乱してしまうことだろう。

要するに、時代が五十年前とは変ったのだから、同じ行為も正反対の評価がされることもあるということである。今なら即刻懲戒解雇になるような地方公務員の英語教師も、当時は熱心な先生だと考えられていて高い評価だったのだから、仕方がないという弁明である。

第二に、杉先生は英語という教科の本質からして、暴力行為やセクハラ発言が教育的効果を上げるのだと信じていたのかもしれないということがあげられる。教室で杉先生は「英語はお稽古なんだ」ということを何度も言っていた。つまり、英語は三味線のお稽古の如く、お師匠さんが竹の棒で生徒を叩きながら教えるものだという考えである。つまり英語には理論も理屈もない。英語には規則性が少ない。だから教えることについても理論なんかないんだ、というわけである。

杉先生は自分で東京外語大の卒業であると語っていた。だから語学の専門家であったのである。ただ「外語大なんかに行くんじゃない。通弁じゃないか」とも言っていた。これを聞いた当時、「通弁」とは通訳であることは分かったが、杉先生が何を言っているのか、どうしてそんなことを言うのか、全然わからなかった。外交関係を考えたら通訳というのは極めて重要である。日米開戦の前夜を考えてみてほしい。ハルノートを日本の当局者は理解できていなかったのではないかと疑う説がある。終戦の直前も、ポツダム宣言の理解をめぐって混乱しているうちに、広島と長崎に原爆が落とされたのである。

「英語はお稽古なんだ」という杉先生の理論に戻るが、この考え方のもとには教育の効果の問題があると私は思う。つまり、どう教えたら生徒は英語を理解するか、三味線の演奏に上達するのか、この点の考え方の違いに帰するのである。教えられる生徒の立場からすれば、三味線の面白さ、英語の面白さを師匠や先生が生徒に気づかせれば、そこで師匠や英語教師の仕事の半分は終わったも同然である。あとは生徒が引っかかるところや理解できないところを、ちょっとだけ手本を示してやれば先生の仕事としては足りるのである。

反対に杉先生の英語の教え方では英語が嫌いになる生徒が続出していたのではなかろうか。半世紀経って両国高校の同期の人間と話をしていて杉先生の英語の授業の思い出に話が及ぶと、ほとんど全員が杉先生に対して否定的なのである。「いいところもあった」というように肯定的なことをいう者は、私の周りでは二人しかいなかった。それは高校生のときから英語が好きだった人間である。私もいやだった方である。

そこで、最後に第三の擁護論は杉先生の戦前と戦後の落差の大きさに原因を求めることになる。東京外語大を優秀な成績で卒業し英語が専門であったとすると、戦前の日本では貴重な存在であったことになる。とりわけ帝国陸軍や海軍にとっては傍受した英語の通信の翻訳には不可欠だっただろう。もちろん軍に協力することは国民として当然のことであった。ところが一九四五年八月十五日の日本の敗戦のあとは状況が一変する。英語の専門家は占領軍にとって重要な存在になる。占領軍は日本で国民個人の郵便の検閲までしたのである。もちろん新憲法のもとでは検閲は禁止されていたのだが、米軍は積極的に検閲を実施した。郵便の開封のあと、日本語から英語に訳して検閲当局に渡すところは、中等教育以上の英語教育を受けていた日本人の男女が狩りだされて協力させられたのである。この占領軍による検閲に協力することも、敗戦国の国民としては仕方ないことであった。年齢からすると杉先生もその一員であったことは大いにあり得ると私は考える。

そして、杉先生は戦前と戦後の落差のゆえに、自らを処罰するために、あえて都立高校の英語の暴力教師・セクハラ教師に自分をしたのだと解釈するのである。しかし、残念ながらこの解釈には根拠となる資料がない。杉先生をモデルに小説を書くなら、そういう解釈にも意味があるが、それでは杉先生を擁護することにはならないと思う。

というのも、杉先生は英語の授業の中で脱線した話をすることがほとんどなかった。ともかく真面目な英語教師だった。授業時間中の余談はきわめて少なかった。冗談を言うこともあったのであるが、私たち生徒は緊張のあまり、大きく笑い声をあげるということはほとんどなかった。笑ったとしても、無理して笑うためか、笑いが引きつってしまって、教室の全員が腹の底から大声で笑うということは皆無であった。先生が人生の先輩として両国高校の生徒に教訓を与えるような話も少なかった。私の記憶に残っているのは先述した「女盛は三十歳」と、手紙や葉書、書類は綴じておかないと散逸してしまうというようなことだけである。だから、杉先生に関する情報が極めて少ない。戦前と戦後の落差のために暴力教師が誕生したという解釈は私の推測、私の妄想にすぎない。

では、当時の両国高校の同僚の英語教師は杉先生のことをどう考えていたのだろうか。不思議なことに、若い世代の英語教師は杉先生に対して肯定的だった。これは年季が入っている教師の方が強いということだろう。つまり英語の実力の点で、杉先生は若い英語教師の及ぶところではなかったということか。しかし、杉先生と同世代の英語教師である江東先生は批判していた。「ボクはいやだね」と言うのを私は直接聞いた。これは英語教育が英語を教えるのか、英文学を教えるのか、という議論と深く関連していると私は考える。

杉先生のスパルタ式英語教育は成功したのであろうか。私自身は、杉先生の授業を受けたおかげで英語の実力が付いたとも、英語が面白くなったとも全然思わなかった。したがって、杉先生の弁明をしようにも無理があるのであって、以上のように杉先生の擁護論はみじめな失敗である。

ところで、杉先生は生徒からきた葉書や手紙はすべて将来のために保存していると言っていた。「この教室にいる生徒のなかから、偉くなるやつがいるかもしれないから。そうしたら価値が出るからな」と。ということは、杉先生は教え子の立身出世を楽しみにしていたのであろう。残念ながら先生は早めにこの世を去ってしまったから、保存しておいたとしても教え子の出世を、それが仮にあったとしても、確認できなかったのである。そして杉先生の怒りの形相は私たちの生きている限り消えないのである。

合掌。


（二〇一八年二月三日）

Ⅳ　来し方

地球散策　私流　―人生五十年をふりかえる―

福田川八重子

「八重ちゃん、オンナはね、結婚したからと言ってもそれで幸せになるとは限らない。自分の人生を自分で責任を持つためには、キャリアを目指しなさい。」と周りの大人たちに言われ続け、大学は、「商学部会計学科」公認会計士を目指した。

社会人となってからの勤め先は、のちに、ＴＶでよくお目にかかる大企業となった、『ＰＣ会計の先駆的研究所』だった。

皇居前にあった、この麹町のオフィスは、経営者の理想を実現したような研究所で、「経営ブームの波に乗り」ぜいたくなほど自由だった。

ここの所長の協力を得て、『新手法による経営分析』という、いいかげんな本を書き、私は24歳で思いもよらぬ「印税収入」を手にした。

春の息吹があふれている時も、梅雨あけの青空の日も、一日中ビルのガラス越しに外を眺めているようなオフィスワークに嫌気がさしていた私は、「初志」を忘れ、「結婚退職」の届を出した。

そして、この印税で、大学院進学を決めた。


私たち団塊の世代は、ビートルズ、大学紛争、ベトナム戦争、ヒッピーなど、特異な文化や時代背景を持って育っている。

皆、どのようにその影響を受けて自分の生き方を作り上げてきたのか？

両国の64期生はどうだったのか？　それが今回の「文集」の目的であり、楽しみでもある、と私は思う。


公認会計士を志しながらも、20歳の成人式に、私は考えた。

大学では、革マルの白いヘルメットの学生たちが、学生会館を占拠して、大学も一年間閉鎖されていた。

高校時代の親友で、英語が得意な「シンちゃん」は、お互いに、ビートルズの歌詞の聞書きなどをした親友だったが、一年遅れの上智大学に入学して、上智闘争以降、行方不明になった。

大学では、ケインズ左派の浅野栄一教授、のちの学長、川口弘教授、大学院では、東大から来たマルクス理論の先鋭富塚良三教授のゼミに学び、鶴見俊輔「思想の科学」や小田実の影響もあり「なんでも見てやろう」と、世界に出て行った。

「自分の学んでいる理論と現実を照らし合わせてみたい。」「中国や東ヨーロッパでは、本当に個人の尊厳や男女平等が実現しているのだろうか?」「ジャーナリズムや評論家の話ではなく、この世界の現実が、どうなっているのか? 自分の目で確かめたい。」と思った。

当時、大多数の知識人と呼ばれる人たちは、中国や東欧に希望を繋いでいた。島崎美代子教授は、東大から来ていた経済思想史の先生で、この分野では、珍しい女性の教授で、いつも、私を励ましてくれた。

マスター論文は「大戦間のイギリス経済」、―29年恐慌をはさんだ時代、―世界の経済の中心がイギリスからアメリカに移っていった特異な時代を扱った。

オーバーマスターでイギリス・ケンブリッジに留学をした。20代の私は初めての海外生活を体験した。

論文を書くときお世話になったMr. Tom Conwayさんは、ケンブリッジの医学部を出て、比較言語学、社会学、文化人類学、宗教学と学位をもっている知識人で、ドストエフスキーに出てくる「万年青年学生」のような55歳。彼からは、言葉に尽くせないほど、いろいろ学んだ。

短期ではあったが、ロンドン、ケンブリッジ、サザンプトン、サセックスとアカデミックな大学生活を無我夢中で送った。

帰国して、論文を仕上げながら、自分の将来を考えた。
このまま大学に残っても、私には研究生活は無理だろう・・・
29歳の私は「そうだ、子供を産もう！」と人生を次のステップに進んだ。

藤野は東京都民に残された「自然の宝庫」。高尾山を東に、西は山梨県、北は陣馬山、南は裏丹沢を控える神奈川県最北の町だ。

山間をいくつもの川が縫うように流れ、相模湖へと注ぐ、多くの谷や沢に恵まれた静かな森と湖の町だ。

ここに生後一ヶ月の息子を連れて移ってきた私の子育ては、公園よりも山歩きや木登りを、プールよりも川遊びを、というふうに30代の私の子育ては「子供と自然」をワンセットにしたものとなった。

早春の野にはふきのとう、近くの農家のキャベツ畑に群がるモンシロチョウとその卵、甘酸っぱい桑の実、夏には岩から川に飛び込み魚や虫を捕まえる。川の水量、色、流れの速さが毎日違う。

ここの遊びの多様さは、一日中子供を引きつけて離さない。

息子は藤野の自然を体いっぱいに感じながら育っていった。


この町で成長していったのは、子供ばかりではない。母親となることによって、私はきわめて現実的にこの地域と関わる様になった。

中央高速道路で都心から一時間足らずのところでありながら、未だに多くの自然を残していて、高度成長から忘れられたようなエポックの町が、実に様々な困難を抱えていることがわかってきた。

相模湖が県民60％の水瓶のため、この地域への企業誘致もままならず、取り残されている。さらに近年維持管理が難しくなっている山林が、産業廃棄物などのゴミ捨場として売られる。まさに「狙われた水源地」なのだ。

「自然は良いな。」と言っていられない現実だった。

「緑と水を守るための住民運動」が始まった。

最初、台所から飛ぶのを躊躇していたお母さんたちの手で、町史初めての市民派女議員を誕生させた。

鎌倉・湘南で女性議員が出始めた時よりも、はるかに以前の出来事だ。

私は、24歳年上のこの女性から、「仕事をする女性」の凄さを学んだ。

越してきた当初は、一日に一度、ポトリと郵便の音を聞くだけの静かな生活が、このことをきっかけに、都会並みの忙しい日々を送るようになった。

その後、藤野は「神奈川の芸術村」指定になり、今はシュタイナー学園の町として、ユニークに発展している。


我が家では、「イギリスから新住民が来た。」と聞きつけた近所のお母さんたちが集まってきて、リビングルームで「英会話教室」が始まった。

結果、一人息子の私の家に、たくさんの子供たちが集まってきた。

そんな生活にくたびれる頃、夫の二年間の留学、イギリス、アメリカが決まった。


１９８１年3月より、一年間、かつて学生時代に学んだケンブリッジにもうすぐ4歳になろうとする息子を引き連れて住むことになった。

その後アメリカ・ニュージャージー州に一年間滞在した。この頃の私は、次のステップとしての「仕事」を考えていた。アメリカではたくさんのキャリアウーマンと出会った。

ケンブリッジでは、あの有名な女性経済学者ジョーン・ロビンソン教授の最終講義を聴いた。中国ファンの彼女が今の中国を見たら、どう思うだろう。

アメリカでは、女性労働論のルルベス・ベネリア教授の教室で「日本の女性労働市場における二重構造」の話をした。

海外では、大学院卒は「研究者」扱いなので、望む講義や教室への自由な出入りが許された。

日本に戻り、子供が日本社会への適応も順調に行った頃、私の英語教室は「ホームステイや留学」に力を入れるようになってきた。

本格的に外国語を学びたい生徒さんのために、八王子の駅前でネイティブの先生を雇ってスクールを始めた。

1977年に私が、英会話クラスを始めた当時は、YMCAでも「児童英語」と言った白黒のわら半紙程度のテキストしかないレベルだったが、英会話ブームは広がり、結果的にスクール経営は25年間続いた。

ここからたくさんの生徒さんたちが海外に出て行った。

私が50歳になったとき「留学でも、仕事でもなく、興味だけで、世界を歩きたいね。」と夫からの提言があった。私の仕事も、「海外から日本に入ってくる会社の手伝い」という分野が広がってきた。

ケンブリッジでの知り合い等が日本に仕事で来ると、私に雑用を頼むことから、自然にコンサルタントのような仕事になり、本格的な販売戦略の手伝いとなる。スエーデンのＪ・Ｐ、エジプトのＪＡＩＣＡ絡み、某大使館の一等書記官の手伝い等が、面白かった。毎日多忙だった。

「自分の興味だけで、なんの義務もない旅行がしてみたい。」と思うようになっていた。それが「地球散策」の始まりだった。

住んだことのあるイギリスやアメリカ、友達に呼んでもらったヨーロッパを除いて、行ってみたいところは、昔の王様たちが欲しがった、コンスタンチノープル、「イスタンブール」だった。その後そこを始点として、いろいろな国に気ままに行きはじめた。

70歳になろうとする現在まで、世界の「地球散策」は続いている。中東を中心に、一部のアフリカやキューバや南米等、春と夏、毎年、それぞれ、約２週間をブラブラと旅した。たくさんの人々に会い、たくさんのカルチャーに出会い、たくさんの経験をした。

途中からペルシャ語の翻訳家、イラン人のナイエルさんを、私たちの旅行にいつもご招待した。イランをはじめとして、トルコ、シリア、イスラエル等政情が比較的安定していた時に、何度か訪れた。忘れられない人たちとの素晴しい出会いがあった。

その都度、ブログに、即席書きをしているが、そのことについては、いつか、きちんと書いてみようと思う。

補考　大いなる教養として残った両国高校の教育

高校時代「軽い結核」にかかっていた私は、スポーツもその他の活動も、「ドクター・ストップ」状態で、毎日を「ぼーっ」と過していた。

高校時代の思い出が希薄であるのは、そんなワケで致し方無かった。

そんな私が、「両国高校教育の凄さ」を実感したのは、イギリスに留学した時だった。

そこは、シェークスピアの国でもある。

大学や本屋の文学関係の書棚は1／4位は「シェークスピア関係」が並んでいる。

有名な「夏のエジンバラ祭」では一ヶ月続く、素人芝居の多くが、シェークスピアの作品だ。

英語の副読本として、シェークスピアの「原書」を読んでいたという経験は、大いに助けになった。

イギリスの大学では、日常生活においても「教養」が問われる。

専門以外の知識を幅広く持っていないと、「普通の会話」に困るのだ。

ケンブリッジには、イートンやハローなどのスクールからの学生、そして、そこでの「習慣」を持ち込んでいる人たちもいたので、イギリスのボーディング・スクールの内容を書いた、池田潔著「自由と規律」を読んでいた事は大いに役に立った。

また、そこでの「日本研究サークル」の方々との会話では、「百人一首」を暗記していた私は、皆さんに「一目置いていただく」存在になれた。

これも、正月休み、両国高校の「宿題」だった。

大先輩である、芥川龍之介の本は、もちろん、在学中に、いろいろ読んだ。

だから中国・洛陽に行ったときは、「杜子春の街」と想い、感慨深かった。西安にて、楊貴妃や遣唐使・空海の留学先、青龍寺を訪ねたときは、歴史の授業が蘇った気がした。

世界史を興味深く教えていただいた事は、その後、イランなど中東を中心に「地球散策」して行くことになる、私の興味のキッカケとなった。

また、高校三年のときの必須読本「沈黙」遠藤周作著は、ヨーロッパのキリスト教圏、中東イスラム圏を旅する上で、宗教を見るときの私の視点になった。

そういえば、高校の入学式の歓迎演奏は、当時、同学年の人たちが奏でる、オーケストラ音楽を身近に感じる機会だった。

「歌のサークル」では、楽しい気分転換の時間を持てた。

そして、流行のビートルズやミュージカル映画の英語歌詞の聞き取りに、級友たちと熱中した。

これは、英会話の発音に大いに役に立った。

結論として思うのは、両国高校では、固い受験教育を受けていたというイメージが強いと思うが、実は、教養あふれる先生方による、奥深い教育をしていただいた。という事が、後になって解った私の実感です。

（２０１７．５．２）

下町で生きて

桒原《くわばら》周成

下町育ちの私たちに、「文化果つるところ」「無知蒙昧、粗暴野卑」と辛らつな言葉を投げつけてきた草深先生。同じ東京に在っても、山の手の学校と比べると学力水準の低かった私達に、「日比谷、西、何するものぞ。」と競争心を煽ってきた祥雲先生。先生方のこんな言動も、できの良くない生徒たちを発奮させようとの愛の鞭だったのだ、と今なら理解できる。

しかし、この様な高校生活で、私は山の手的なものに対して、関西人のアンチ東京的感情に似た感情を持つようになっていた。

大学に入ると、時は学生運動の最盛期。学生の間では「反帝国主義」「反独占」といった言葉が飛び交い、反体制的気分が横溢していた。

そんな時代の気分の中で、すんなりと大企業に就職していくことには抵抗を覚えた。加えて、自分の育った周りに大企業のサラリーマンの姿は殆どなく、自分のそのような姿は中々想像できなかった。

そんな理由で弁護士を目指し、母校のすぐそばの共同事務所で弁護士生活をスタートした。私が弁護士になった当時、全国の半分の弁護士が東京にいたが、墨田区は東京の弁護士過疎地域で法律事務所の数は極めて少なかった。

しかし、アンチ山の手派の私が錦糸町で弁護士をするのは、ある意味必然であった。

下町での弁護士の仕事は、借金、破産、離婚、相続といった一般市民事件が多数を占めた。町医者ならぬ町弁の日々であった。「酔って電車に乗って、隣の女性のおっぱいをわしづかみして強制わいせつで逮捕された男に成り代わって被害者の女性に頭を下げる。」「女房が5人の子供を残して蒸発してしまったら、借金取りがワッと押し寄せてきた。怖くて夜も寝れない。うちに来て一緒に泊まってほしい。」・・・こんな事件に翻弄される日々を体力と忍耐力で頑張ってきた。多少の知性が必要ではあるが、文化的とは言いかねる日々でもあった。そんなこんなで幾星霜。もはや古希も、目と鼻の先になってしまった。

錦糸町を中心とした下町地域の風景も、私たちの高校時代と随分変わってしまった。高層ビルが増え、すっかり都市化してしまった。両高の前を走っていた都電の車庫の跡地は、マルイと墨田産業会館に変わり、精工舎の跡地はオリナスのショッピングビルに変わった。かつてのメリヤス工場、菓子問屋街は、すっかり姿を消し、その跡地にはどんどんオフィスビルやマンションが建てられていった。辛うじて墨田区京島辺りには今も木造住宅がそこここ残っていて、下町気分を味あわせてくれる。でも、そんな場所は本当に少なくなってしまった。

都市化の進展は、大型店舗の増加と町の商店街の減少とがワンセットになっていたから、八百屋、魚屋の店先で粋な鉢巻きを締めた大将と遠慮のないやり取りをするような交流の場は、どんどん消えていった。

このような変化と平仄《ひょうそく》を合わせるように、正義感が強くて情の深い下町人間も、少なくなってしまったように思う。

そういえば、Yさんは土建屋さんだった。仕事々の私に、「仕事ばかりじゃ駄目だ。ゴルフでもやれ。」と言って突然ゴルフセットを送り届けてきた。人の不幸話を聞くとすぐ涙ぐんでしまうが、ヤクザ者等には一歩も引かない真っ直ぐで温かい人だった。でも大雑把で、税務署が調査に入ったが余りの杜撰さに調査を諦めたとの逸話が残る人でもあった。自宅に招いたこともあった。そんなYさんが、突然逝ってしまった。だいぶ経ってから、借金を苦にしての自殺だと聞いた。

下町人間が少なくなったのは、地域の助け合いの場がなくなったからだけではない。

大企業の労働者を主体とした労働組合の存在感が次第に失われてきた。その結果、労働者の実質賃金はどんどん減り、相対的貧困率は、年々最悪を更新し続けている。墨田区は、２０１３年の東京23区の平均年収ランキングによると17位で３５０万円である。これで家族を養うのは容易なことではない。（因みに1位の港区は９０２万円である。）

このように賃金は減りつつあるにも関わらず、逆に労働時間は増える一方だ。依頼を受けた事件の打ち合わせをしようにも、休日か夜遅くでないと時間がとれない人が少なくない。一日24時間から寝る時間と仕事する時間を引くと、残された時間は殆どないという人がごまんといる。

下町人間にとって失われたのは、交流の場だけではない。給料と自分の時間もどんどん奪われてしまっているのだ。

学生時代を過ごした１９７０年前後、これからの日本はもっともっと下町人間が住みやすい国になっていくのではないか?と、私は期待を持った。しかし、学生運動・市民運動が下火になるにしたがって、そんな期待は実現しないまま、保守化の波がとうとう押し寄せてきた。

そして、１９８９年にベルリンの壁が崩壊すると、社会主義と一緒に平和と民主主義、自主・連帯といったものへの信頼まで薄れていってしまった。

このような状況の中、下町人間は、助け合いの場を失い、助け合いの余裕もなくなりつつある。もはや自分のことは自分一人で対応するほかない厳しい状況に置かれている。

それなのに、大企業は好景気の絶頂にある。内部留保は増大し続けて、その額は４００兆円を超えている。何てことない、労働者からカットした賃金をそのまま溜め込んだものだ。

このような貧富の格差の拡大を目の前にしながらも、異議申し立ての声は、あまり大きく聞こえてこない。

そして、一人ぽっちに置き去りにされた心の隙間に、「国を守れ。」「日本の良き伝統を守れ。」「外国人を追い出せ。」といった復古的、利己的な言葉が、時にヘイトスピーチといった残酷な方法まで取りながら撒き散らされていく。

いま下町人間の置かれた状況は厳しい。さりとて、今更単なるノスタルジーから、町工場、路地裏、夕暮れと土手といった昔の下町風景を懐かしんで、下町の人情が無くなったと嘆いてばかりでは、始まるまい。

下町に東京スカイツリーができた。私の事務所のすぐそばを南北に走る道、タワービューストリートは、錦糸町からスカイツリーまで徒歩30分弱、スカイツリーの全体像を眺めたまま歩ける通りとして整備されている。

　未だ商店街が整備されるに至っていないが、スカイツリーを訪れる人々で賑わう下町の一大商店街になり、下町再生のきっかけになる可能性は十分ある。

　下町人間を包む社会が変化しても、「すぐ仕切りたがる」「身びいきしたがる」といった下町人間を揶揄する場合に使われる言葉とは一線を画した、「人情の人」「自立心を持った人」、こんな下町人間の遺伝子を持った人間は、必ず生まれてくる。

　こんな夢を見続けながら、もうしばらく下町で頑張っていきたいと思っている。

リベラルアーツ

清水愼一

大学を卒業してから、日本国有鉄道、ＪＲ東日本、ＪＴＢに勤めた後、各地の地域づくりのお手伝いをするために立教大学に転じ、今は大正大学地域構想研究所に籍を置いている。大学では、観光を手段とした豊かな地域づくり（観光地域づくり）をテーマに講義を受け持ったり、学生を連れて全国各地に出向いて住民と一緒に活動している。

さて、最近の大学では、専門教育とともにリベラルアーツ（幅広い教養）教育に関する議論が活発に行われている。リベラルアーツとは、語学や歴史、古典を学ぶなど単に知的な関心を満たすためのものではなく、人間が自由で独立した人格であるために身につける学芸のことを指すと言われている。

専門教育、実利教育重視の風潮の中で、教養課程などリベラルアーツ教育が実質的に縮小され、存在感を失ってきたせいか、このところ高等教育におけるリベラルアーツの重要性が強調されるようになってきた。かつては日本の旧制高校が担ってきたリベラルアーツが、混迷する時代を生きるための羅針盤として見直されてきたためだ。

　翻って、両国高校といえば、一生懸命勉強をやったという思い出しか残っていなかった。不器用で、頭の回転が良くなかったせいか、毎日の宿題と予習でテレビを見る暇は全くなかった。たまたま東京オリンピックのチケットをもらったが、授業に遅れるという強迫観念からもったいないことにドタキャンしたこともあった。

　しかし、最近地域づくりのアドバイザーとして各地を巡る度に、両国高校で学んだ基礎知識や様々な経験が「身を助け」てくれることが多いことにびっくりする。様々な経験をさせてくれた両国高校は旧制高校の伝統をしっかりと保持して、リベラルアーツの教育に熱心に取り組んでいたことに、今になって気が付いた。

　2年の夏休みの宿題でじっくりと読んだ夏目漱石「三四郎」。ストレイシープを題材に書いた感想文が江連先生に褒められたが、いまだにその意味を追っている自分と地域づくりが重なる。幅広い古典に接した古文や漢文の講義。中国蘇州に行ったときに「楓橋夜泊」が自然と口に出て、現地のガイドにびっくりされ、急に仲良くなったこともあった。

　初めて、草深先生が連れて行ってくれた能楽堂でお能に接したときは何もわからなかったが、東洋文化研究家のアレックス・カーさんと仕事を共にしているいま、あの時の鮮烈な感動が彼との人格的な橋渡しをしてくれたと、感謝している。地震の予知ということで地下水の水位を毎朝のように計測していた地学クラブ。今の専門知識からすると無駄なことらしいが、その経験が学問の意味合いを教えてくれた。

今思うと懐かしい思い出ばかりだが、両国高校の授業は若僧にリベラルアーツとか教養を植え付けてくれたのだと、つくづく感じる今日この頃だ。教養は、必ずしも学んで知識を蓄積することで得られるものではないが、そのきっかけは高校時代の生活だったと、改めて痛感した。

そんな両国高校の先生方に感謝している。

「NPO法人 小さな思い」設立の経緯

浅野 実

私は墨田区の鐘淵に生まれ、30歳の時に江戸川区葛西に転居し、同地において税理士事務所を開設し、現在に至っています。

10年ほど前、私の属している東京税理士会が公益的業務として「成年後見人」の育成を提唱したのをきっかけに勉強会をはじめ月1回の割合で会合を重ねました。

基礎的なテキストの読み合わせをまず行い、事例研究へと進み、最終的には、制度の普及活動に眼目を置き、金融機関、ケアマネージャーの団体、マンション自治会等に説明会を行いました。

そんなときに、私の妻が同じマンションに住む親しくしていた女性に成年後見の話をしたところ、私に任意後見人になってもらいたいとの話になり、引き受けることになりました。

任意後見契約の作成は、公証役場で行うので、一緒に公正証書遺言書、死後事務委任契約書も作成することになり、私と妻が遺言書の証人として立ち会うことになりました。

遺言書の内容が公証人により、読み上げられているのを聞きながら、「勿体ないな」と思いました。その内容は、全財産の３分の２をユニセフに、残りの３分の１をお世話になるであろう施設というものでありました。

上記３つの書類は、成立し、任意後見契約受任者となったが、健康で普通の生活をしていたので、受任者として、特別なことをしたわけではありません。

しかし、私の頭の中では、どうすれば、勿体ないと思わないような形にすることができるのかを考えるようになりました。数年がかりで人間はどうすればより安らかに死ねるのかを考えたときに、自分の思いが他の人に伝わった時ではないかと思うようになりました。

命が受け継がれていき、各人のもっている思いも受け継がれていくと感じられた時、人はその人生に納得し、その人生を肯定して死に向かうことができるのではないか。

子供がいる人は財産も思いも子供に託せばよいが、いない場合には、伝えたい思いを受け継いでくれるところはなく、財産も最悪、国庫に帰属するという形になってしまいます。

統計では、その人数は１万３千人ほどであり、一人当たり、２００万円で、年間２６０億円が国庫収入となっています。

そして、次のような形に考えがまとまった。

名称　小さな思い

人間一人ひとりが持っている思いはほんの小さなことかもしれないが、その小さな思いを集めることで大きな存在となることもあるとの考えでこの名称にしました。

制度　個人個人が社会において生きていくうちにこうすればもっとよい社会になるのにという思いを抱いて生活していると思われます。しかしながら、その各人が抱いている思いは諸般の事情から実現化することは少なく、ほとんどの各人の思いはそのままに葬られています。また、社会の共通経費たる税金が有効に使われず、特定の人間にのみ恩恵が与えられているという問題もあります。

以上の2点の問題を解決するため、各人が抱いている「小さな思い」を実現化するための資金をお預かりして、本人になり替って社会に広く働きかけることを行う。

勿論個人の抱いている思いの一つ一つは小さいかもしれないが、各人の思いを直接的に社会に働きかけていくことにより、その人間がよりよい社会になると信じたことを社会に広く知ってもらうことができ、そして、その思いを実現化する資金をその思いに適した人に交付することにより、その思いは少なくとも交付を受けた人には刻み込まれ、語り継がれていく。

平成25年5月に上記の名称、趣旨でＮＰＯ法人として、発足しました。

任意後見契約をした女性は、その後、事情があり、私との契約は解除し、別の方が後見となった時点で、公正証書遺言書を作り直され、遺産の一部が「小さな思い」に遺贈される形になり、平成25年8月に亡くなりました。

平成26年より、その方の思いを伝えるべく、「小林雅子奨学基金」として、大学生、短大生を対象に毎年１名ずつ、月４万円の奨学金の給付をする形で活動しています。

給付の条件は、毎年みんなで上野寛永寺にある小林雅子さんのお墓にお墓参りすることにしています。

以上のようなＮＰＯ法人ですので、お知り合いの中で、このような形を望んでいる方がいらっしゃれば、ぜひご紹介していただければと思います。

V　異国の地で

中国を見つめて34年

長野輝雄

両高卒業後、一橋大学で学び、富士銀行（現みずほ銀行）に入行、主に融資や外国為替業務に従事していた。

１９８４年のある日、突然人事部に呼ばれ、「北京に留学して中国語を勉強してほしい」と言われた。何故、自分が選ばれたのか、考えてみたが、思い当たるのは「麻雀ばかりしていたからか？」ということしかなかった。家族を置いて、単身で北京語言学院に９月から１年間留学した。

北京語言学院は世界90ヵ国から９００人の外国人を受け入れていた。当時、中国は第三世界のリーダーたらんとして特にアフリカ各国から多くの留学生を受け入れていたが、北朝鮮からも多くの留学生が来ていた。

北朝鮮留学生は全員男子で金日成のバッジを付け、鍛えこんだ体格だった。大半が軍人、という話だった。彼らは毎週末になると北京市中心にある北朝鮮大使館まで分列行進して、国旗掲揚儀式に参加し、訓示などを受けていた。

アフリカの留学生たちは夜になると、血が騒ぐのか、キャンプファイヤーもどきにたき火をたいて、その周りを踊りまくっていて、うるさかった。そして、運動会では大半の競技は彼らが上位を独占した。

当時、首都北京でも車の数は僅かで、自転車が主要な交通手段で、朝夕の通勤ラッシュ時には道路は自転車の大群で埋まった。

人々の生活も質素で、決して豊かではなかったが、生活を楽しんでいた。

「これからは銀行のお取引先も中国との交流や仕事が増えることが予想されるので銀行のビジネスチャンスも広がる」として、各都市銀行は拠点を開設した。

事実、銀行のお取引先の中国進出は非常に活発になり、業務は多忙を極めた。

そして１９８９年6月4日、北京で天安門事件が発生し、自由を求める多くの若者が犠牲となった。この時、私は上海に駐在していて、難を避けるべく家族とともに日本に一時帰国した。

上海には約６年勤務した。

日本でも国際部中国室で中国関連業務に従事し、お取引先の中国進出支援に注力した。

銀行に勤めたからには一度だけでも支店長の職につきたい、と希望したところ熊本支店長を拝命し、約3年間務めた。熊本は海（有明海）あり、山（阿蘇山）ありの自然に恵まれた土地で、熊本に来訪されるお客様をお連れして加藤清正公がつくった熊本城にも数えきれないほど行った。

１９９９年12月、前橋支店のお取引先であるサンヨー食品（株）（サッポロ一番ブランドの即席麺メーカー）が中国の即席麺メーカー「康師傅《カンシーフ》、上場は香港市場」に資本参加したので手伝ってほしい、と言われ、２０００年1月、康師傅の本部のある天津に出向した。

康師傅は当時、日の出の勢いで即席麺のみならず飲料やお菓子部門にも進出していたが、折からのアジア金融危機で資金繰りに苦しんでいた。

銀行借り入れを行うべく、日本、台湾、香港の主要な銀行を巡ったが、アジア金融危機下、新たな借り入れは困難であった。そこで何とか投資家に有利な条件の社債を発行したりして危機を乗り切った。

その後、康師傅は順調に発展し、売り上げ1兆円前後の中国最大手の総合食品企業となった。結局、私は富士銀行からそのままサンヨー食品に転籍し、康師傅には２０００年１月〜２００７年８月と２０１０年10月〜２０１３年12月）の２回、合計約11年勤務した。

日本に戻ってからは今でも月１回は康師傅本部に出張している。

富士銀行とサンヨー食品を合わせると18年間の中国駐在となったが、数えきれないほどの中国出張を含めれば実質駐在は20年を超えるであろう。

１９８４年留学していた頃、今の躍進・発展する中国は想像すらできなかった。隔世の感がある。「一帯一路」政策は明の時代、鄭和が行った大航海以来の海外展開であるが、その成否や如何、見守っていきたい。

（サンヨー食品（株）顧問）

パプア・スナップ

坂巻明人

パプアニューギニアについては、敗戦時の悲惨な話を耳にするくらいで、現在は馴染みがない人が多いと思う。

この1年間、建設コンサルタントの仕事で度々訪れる機会があったので、私の見たパプアニューギニアの一部を紹介する。言わば、パプアニューギニアのスナップショットである。

1. 満開のブーゲンビリア・ゴールデンシャワー

初めてパプアニューギニアの首都ポートモレスビーを訪れたのは、暑い盛りの7月初旬、ピンクのブーゲンビリアの花が満開のときで、その華やかさが私の第一印象となった。

その後ほぼ毎月1、2週間パプアを訪れたが、ブーゲンビリアは12月にも咲き続け、年間を通じて咲いているのかと思ったくらいだったが、年が明け雨季に入ると勢いが収まってきて、別の花が最盛期になった。花の種類は豊富で日本の日々草なども見かけるが、熱帯性の初めて見る花も多い。

一年中暑く、日本のような四季はない。雨季と乾季があるというが、私にははっきり分からなかった。いつも何かしらの花が咲いていて、咲いている期間が日本より長いようだ。

事務所は公共事業省の建物の一部を間借りしている。敷地は広く公園並みの広さがあるので、昼食後は運動不足を補うため敷地内でウォーキングをしたが、初めて見るいろいろな花が楽しみになった。

ブーゲンビリアは垣根としてフェンスに沿って植えているものが多かったが、敷地内にあった高木は花の密度も濃く素晴らしかった。花の色はピンクと赤が多いようだが、ブーゲンビル島〔ブーゲンビリアが多い?〕から来た運転手に聞くと白も多いとのことだった。

咲いている期間の長い花が多いパプアには珍しく、クリスマスの頃に短い期間にしか咲かないゴールデンシャワーという黄色い花がある。背の高い木でソメイヨシノを思わせる花の咲き方だ。たまたま滞在中にNHKワールドで和服の模様にする花は、桜、藤、梅など日本的な花が定番だが、藤の代わりにゴールデンシャワーを模様にするという新しい試みを紹介していた。花びらが散る様子はまさに黄色い花吹雪で、その名に恥じず豪華で美しく着物の柄にする発想も頷ける。

敷地に隣接して職員の住宅もあり職住近接の職員もいる。時々木の下で小さい子供連れの家族がピクニック・ランチしていたのは微笑ましい。

2. お勧めニューギニア航空・国際線

成田から首都のポートモレスビーまで直行便がある。水・土の週2便のみだが成田から首都のポートモレスビーまで約6時間半、21時過ぎに発って5時前に着く。時差は1時間である。

LCC並みの料金で食事も飲み物も付き、映画などのエンターテイメントもLCCと異なり無料だ。

WEB等で情報を得るからか、オーストラリア旅行のトランジットで利用する若者が多い。100人近い乗客がトランジットの入り口で長い列を作り、出国へ向かったのは15人くらいのときもあった。土曜の便は混むこともあるが、水曜の便はガラガラのことが多い。

パプアに観光で行くことはないと思うが、オーストラリアに行くのであればお勧めである。トランジットの際に待合室でパプアの土産も買うことが出来る。パプアのコーヒーは珍しいし味もよいという評判もあり、一度試してみる価値はある。

空港はまだ新しく待合室には軽食施設もあり、2、3時間は過ごせる。食べ物はミートパイ系がお勧めでワインはオーストラリア産なので結構いけるが安くはない。

3. 悲惨な国内線

工事現場のあるウエストニューブリテン島のホスキンス空港へは国内線を利用するが、国内線の状況は悲惨である。

待合室で出発の20分前に、「搭乗開始」のサインではなく「キャンセル」の表示が出て、翌日の朝6時に臨時便が出るので4時に来いと言われる。午後便がキャンセルで翌日早朝に特別便、というのはよくあるパターンだ。キャンセルの理由がいまひとつはっきりせず、翌日は3時起きになるので不満は残るが、飛んでからトラブルになるよりはいい。

オーバーブッキングだからとカウンターでチェックインを断られることも多い。カウンターに長い列が出来ているので時間を気にしながら並んでいると、2、3人前で満席と言われた。大事な会議があるのでと強引に交渉し、最後の一人で乗せて貰った。カウンターに居たきびきびした女性職員が搭乗口まで一緒に走ってくれて、搭乗口で半券まで切ったのには、パプアでもこういうこともできるのだと感心した。後の便で来る予定だった公共事業省の役人が同様な事情で飛行機に乗れず、現地での会議は延期されたが。

ホスキンス空港で朝7時発の飛行機が来ずに9時間待った挙句、16時にキャンセルされた。宿泊はホテルを取ってくれるが、その翌日の朝一番の便がまたオーバーブッキングで夕方の便にと言われたときはさすがに頭にきた。夕方の便もまた飛ばない可能性もあるからだ。2泊も待たされるのは理不尽だ。

ほとんどの乗客が諦めて家に帰った後、フロアの片隅で若い警備員にぶつぶつ文句を言っていたら、責任者はあいつだとカウンターの一人を指差し名前は「ネイサン」と教えてくれ、後で裏の事務室に戻るとき付いて行って交渉したら、とアドバイスしてくれた。そのとおり勝手に付いて行って「ネイサン」と声を掛けて交渉して結局乗れたのだが、離陸するとまだ空席が2、3ある。そういう融通の利くシステムなのだと知れる。その後も何回かネイサンにはお世話になった。

現地人の連れが乗れず、何とか行くからと言われて先に搭乗し、到着後再会したときに機内で見かけなかったのでどうやって来たのかと尋ねたら、コックピットに乗ってきたと答えた、という嘘のような話もあった。

ウエストニューブリテン島から首都のポートモレスビーまでジェットで1時間、プロペラで1時間半だが、国内線での移動は大騒ぎである。

4．治安

ポートモレスビーは世界で一番危険な首都と言われている。街中は一人では歩けない。移動は車で、レストランもスーパーも塀で囲まれ入り口はゲートがあり警備員がいる。運動不足になる所以である。

宿泊したロッジの近くに競技場があり、ここで女子ワールドサッカーのU20の大会があって、日本は銅メダルを取った。大会が始まる直前に帰国し応援に行かれなかったのは残念だった。この競技場まで歩いて10分も掛からないのだが、運動のためにと歩いていくこともままならなかった。

総選挙の後は不満分子が毎回暴動を起こす。今年7月の選挙後も、暴動が収まらず10月になっても旅行自粛勧告が継続している地域が残っていた。賄賂と汚職が多いとも噂されている。

強盗があったとか、誘拐があったとか、大使館等から出される安全情報は貴重である。実際に現地に居ると、本当に身近に起こらないと実感を伴わないので意外と危機感が薄くなってしまうからだ。よく通る道路で、ここで最近外人女性が襲われてその後行方不明になっていると教えられたこともある。

警察署が近いからといって安心は出来ない。警察署に近いバスターミナルには仕事のない人間が一日中溢れていて見るからに物騒である。警察に一番近い店（コンビニのような）では、品物も店員も鉄格子の中に入っている。

イスラムのテロが取り沙汰されるなか、キリスト教が中心なので命をとられることはないからいいか、などと話してはいたが。

5. 火事

滞在中、スーパーが3軒焼けた火事が近くにあった。火事場泥棒が多すぎて、警察が来たが手を出せず見ているだけだったと新聞に出ていた。２台のパトカーが盗んだ商品を山積みにして走り去ったという目撃証言があり、警察署長がカンカンに怒っていて、必ず見つけ出して厳重に処罰すると言っているという落ちまで付いていた。

この火事は、消火栓の中に水が無いため、消防車が来ても消火活動が出来ず、3日間黒い煙を上げ続けた。住民に消火栓の水を使わないように教育しないといけないという記事が少し前に新聞に載ったばかりだった。また、すぐ近くに消防署があるのだが、そこに配備されていた2台の消防車は、一台は修理中、もう一台は故障で使えず、遠くの消防署に頼らざるを得なかったことも災いしたようだった。

小学生くらいの子供と父親がそれぞれ、盗品の入った大小のダンボールを抱えて火事現場から並んで帰って行く姿を見かけた道路技術者のN君は、こうやってこの国での生き方を学んでいくんですね、と変な感心をしていた。

6. オイルパーム

ホスキンス空港から現場までは車で約3時間、延々と続くオイルパームの林の中の道を走る。格子状に整然と並んでいるので、植林されたものであることが分かる。パームオイルの生産はパプアの主要産業である。

途中、植林したばかりのところ、若い林、成熟した林、枯れて伐採中のところなど景色が変わる。

オイルパームの実。1粒1粒に油が…

それが距離感の目安になる。

ときどき小さな集落があり、林の中にも高床式の家（小屋）が散在している。オイルパームの落ちてきた実を拾い集めて生計を立てている者もいるようだ。実の大小により1個5～40円と聞いた。道端に林の中から運んできたオイルパームの実が所々積んであって、パームオイル会社の産廃収集車に似たあおりの高いトラックが収集していく。そのシステムが出来ている。そのトラックとよくすれ違った。

パームオイル産業のおかげで仕事があるので、ウエストニューブリテン島はポートモレスビーと違って治安はいい。島の西側の中心地のキンベの町のスーパーで数年振りに強盗があったが、警察が面子を賭けて数時間で犯人を逮捕したと報じられた。

7．ゲストハウス

私のニューブリテンでの宿泊先は現場から車で20分ほどの、パームオイルの会社の社宅群のある丘の上のゲストハウスだった。すぐ隣にインターナショナルスクールもある。この丘一帯は入り口でガードマンがゲートを守り一般の人は入って来ないので安全である。夕食前にこの丘の周回道路を一廻り散歩するのを日課とする健康的な毎日だった。１周２、３０分であるがかなり急な坂道もありいい運動になる。

すれ違う小学生の子供たちには「GOOD AFTERNOON！」と声を掛けてくるのも居る、もちろん大人も。歩いていると少し離れた家の裏で洗濯をしていた数人の女性たちが、「サカマキ！」と声を揃えて皆で手を振って来た。そのうちの一人がゲストハウスで食事を交代で作っている賄いさんで顔見知りだったのだ。予期せずに名前を呼ばれてけっこう嬉しかった。

周回道路の外側の斜面は深い椰子の林でまさに熱帯の観がある。とても高い木に大柄な鳥が群れて「グエッ・グエッ」と上げる声を聞きながら散歩していると、目に入る光景はジュラシックパークのそれで、木の間からラプトルが顔を見せても驚かないな、と想像した。近くにクラブ（酒が呑める／ゲストハウス内は禁酒）がありパームオイルの会社で働く連中が飲みに来る。オーストラリア人も居るが、彼ら同士の会話は訛りが強くとてもわかりづらい。日が落ちてから一人で帰るのは心細く、懐中電灯を持って行かなかったときは、電灯の無いところでは足元も見えない真っ暗闇で冷汗が出た。

8．レインツリーロッジ

ポートモレスビーでの主な宿泊先である。客室12室あるが、部屋は広く、ベッドはキングサイズでホテル並である。塀とゲートの標準的なセキュリティスタイルである。車で着いたときにクラクションを鳴らすと開けてくれる。事務所棟と客室棟があり、オーナー家族、従業員が住む棟もあり、コンパクトにまとめられている。家族的な経営の印象がある。

受付けカウンターは格子状の木枠が嵌っていて、常時は鍵が掛かっているドアを開けてもらって建物の中に入ると、レインツリーという名の示す通り熱帯植物をふんだんに植えてある。1階の部屋に居ると昼間でも暗いくらいである。

朝食付きで1泊1万5千円くらいであり安くはない。全般にパプアでは物価は高い。特に家賃・宿泊費・タクシー（危ないから乗らないが）などは日本より高いくらいだ。朝食は、食パンとスクランブル又はオムレツ、ホットケーキとフルーツの3種類から選ぶ。従業員が交代で調理しているようで、人が違うと量が異なり、ホットケーキなどはかなり大きくなったり小さくなったりして素人っぽい。野菜を取ろうとコールスロサラダを頼んだら２００円でどんぶり一杯が出て来たのには驚いた。

野菜と白身魚の小さなフライが入ったニース風サラダはヘルシーで、好んで頼んだが、調理の担当により内容がずいぶん変わる。最近ではついに野菜が姿を消して茹でたポテトだけになってしま

Nicoise Salada
上が１年前、下が最近

った。見た目も全然違う。赤ワインをグラスで頼むとオレンジジュースを頼んだように、ワイングラスの縁までなみなみと注いでくれるので割安感がある。ときどき残りが少なくなったからと二杯目をサービスしてくれるのは好印象だった。

　地元のビールはＳＰという銘柄で、旨いと評判で外食するときは皆でよく飲んだ。よく行くレストランは、中華・韓国が多く、ソウルという名の韓国レストランで出すサーモンの刺身はうまいと評判だった。

9．ショッピング

我々がよく買い物をする大型ショッピングセンターは、入り口に金属探知ゲートがあり、チェックされる以外は物も豊富で日本のショッピングセンターと変わらない。ピーピー鳴っても外国人は調べない。ここはパプアで一番セキュリティーがしっかりしていると新聞で特集していた。

レストラン・フードコート等食べるところもいろいろある。街中のスーパーもあるが、何でも揃うこのショッピングセンターに来る。広いので歩き廻れば少しは運動になる。電気かみそりを忘れて安全剃刀を買いに行きたいと言ったところ、「この国では誰も髭を剃っているかどうかなんか気にしていませんがね」、N君の弁である。十一月早々にはクリスマスツリーも立てられた。

街中の市場は、ただ品物を地面に並べていて人がごちゃごちゃ集まっているという印象である。それでもこの十月に行ったときは、色の鮮やかなパラソルが林立している市場が通勤路の途中に新しくできていた。設備がない＝初期投資がないから、変化が早い。もちろんこういった市場には外国人が一人で中に入って行ってはいけないとアドバイスされている。

ビルムという色鮮やかな手編みのバッグが土産としてはお勧めだが、こういう市場の近くでは道端のネットフェンスにかけて売られている。旅行者のブログに５００円で買ったとか言う話を見かけたことがあるがこういうところで買ったのだろうと思う。空港とかショッピングセンターで買うと三千円以上はする。

土産は前述したがコーヒーがお勧めだが、お肌用のパームオイル、ココナッツ石鹸もある。ペンキを塗った顔の土人の木彫りは不気味で手が出ない。木の皮を編んだ小物もあり、いわゆるペニスケースも空港の売店に置いてある、買うかどうかはお好みであるが。

●結びに

ウエストニューブリテン島の東の端がラバウルである。あのラバウル小唄の、・・と話したら息子に怪訝な顔をされた。そうか、ラバウルの歌は知らないのか、酒の席で軍歌を歌ったのは我々の世代までなのか、と今更ながら思った。

淡交会のＯＢの囲碁クラブに参加している。月1回の例会の他、両高祭で中高校生への囲碁普及のデモ・展示を行なっている。昨年、今年と2回参加した。空き時間に見て廻ると、生徒のクラス展示は教室を使ったミニ劇場が中心で、隔世の感がある。卒業して50年だから当然なのだが。一つ観てみようかと入ってみる。教室の窓を黒い布で覆って暗くしてミニ舞台を作っている。観客は数人の父兄を除き中高生ばかりで、床の上に隙間なく座り開始を待っている。若い人の熱気と人いきれに圧倒されて、劇が始まる前に出て来てしまったのにはさすがに年齢を自覚させられた。

ブーゲンビリア㊤
ゴールデンシャワー㊦

ここで紹介した2つの花の花言葉だが、
ブーゲンビリア　・・・・「情熱」「あなたしか見えない」

ゴールデンシャワー・・・「可憐」「印象的な瞳」

さて50年時計を巻き戻したとすると、あなたはどちらの花言葉で想いを語りたいと思うだろうか。

（二〇一七年 十二月）

Ⅵ 趣味

自分を支えてくれたチェロ

軽部信雄

私は中学時代フルートを吹いていましたが、陸上短距離も捨てがたい気持ちでした。しかし身長が伸びなくなったこともあり、高校では当時は全国的にも珍しかったオーケストラ部（当時は「音楽部」と称していた）に入部しました。しかし目指すフルートは既に埋まっており、オーボエへのチャレンジを試みたものの、これまたタッチの差で定員1の席を取られてしまいました。途方に暮れていたところ、部長から「チェロだったら僕が教えるから」と救いの手が差し伸べられ、どんな楽器かも良く判らないまま、〝オーケストラで演奏したい〟という強い思いには勝てずに、「はい」と返事しました。

今思うと、現在私がこうして音楽中心の楽しい生活をおくれるのも、この時の運命的な出会いによるものです。

私を教えてくれた部長は、3歳からバイオリンを弾いていて、チェロの腕もユースオーケストラで活躍していたほどの実力者。後でわかったことですが、2つ上のバイオリンのお兄さんと共に早大オケで活躍され、のちに私が入団することになる淡交フィルハーモニー管弦楽団（都立両国高校卒業生オーケストラ）では伝説の兄弟として知られていました。お二人とも物理系で、それぞれ群馬大学、横浜国立大学の教授として、更には地元のオーケストラでもご活躍されました。私は大学時代に淡交フィルに入ってからは一番下っ端として連絡係を担当しましたが、お二人に随分かわいがられました。

その後私は社会人になって最初の赴任地が仙台。それまでチェロは、当時大学にオーケストラがなかったため自己流で弾いていたこともあり、「やはり本格的に先生に付いて勉強しよう」と先生のレッスンを受けることにしました。先生は20人ほどのお弟子さんを抱えていましたが、ほとんどが東北大の学生。社会人の私は必然的？に宴会幹事役を任され、お酒の好きな先生から「そろそろ花見のシーズンですね」「忘年会は？」などと言われれば即座に段取りしていました。

実は初めて先生の門を叩いた時、学生時代に弾いていたことを話すと、先生は「では弾いてみてください」といって弓を渡してくれました。勇んで得意げ？に弾き始めると、先生はおもむろに「軽部さん、それでは私は教えられません」と一言。私は予想していなかった先生の言葉に「!?」とただびっくりするばかり。先生は続けて「軽部さんのその弓の持ち方を変えない限り、私は教えられません。お引き取り下さい」と。私は高校時代に部長から教わった持ち方が正統だと思っていましたので、すぐには先生の言葉が理解できませんでした。しばしの沈黙の後、先生はご自身で弓を持たれ、「親指をこう持って弾かないとダメですね」と親指を曲げて弾く奏法を示されました。私は親指を伸ばしたまま弾いていました。基本的なことなので、私の頭は大混乱に陥り、一瞬のうちに「直すか？いや諦めるか？」とフル回転の堂々巡り。そして、すぐに腹を据えて「いやせっかくここまで来たのだから、先生の指示に従おう」という結論を導き出しました。しかしその後は7年の間で定着してしまった癖を直すのに一苦労。今でもしっくりしませんが…

レッスンに通って半年ほど経った頃でしょうか、私の直前に習っていた人から「私の入っている弦楽合奏団に入りませんか」と誘われました。全国合唱コンクールに何度も出場している音楽の名門、五橋中ＯＢＯＧで結成されて8年目を迎えている地元の弦楽合奏団で、立ち上げたメンバーが私と同じ世代ということもあって、すんなりと仲間に入ることができました。

そして代表となった2年後に、東京からフルート界の大御所・吉田雅夫さん、バイオリンの瀬戸瑶子さんを迎えて、結成10周年記念演奏会〝バッハの夕べ〟を開催することになりました。私は雑務に追われていたため、組曲第2番のポロネーズ（フルートとチェロソロの掛け合い部分）の練習が思うに任せませんでした。案の定、ステージリハーサルでも間違える始末。そして本番。70歳を過ぎていたものの、吉田先生出演というだけで１０００人収容の仙台市民会館はほぼ満席。組曲第2番が始まり、「ブーレ」が終わっていよいよ「ポロネーズ」に入ると、緊張感は頂点に達していました。

Ｔｕｔｔｉ（全奏）のあとに私のチェロがメロディーを歌うと、フルートがきらびやかなオブリガートで応えます。静まり返った会場内で響いているのは、この２つの楽器だけ。そして再びＴｕｔｔｉに戻り、無事「ポロネーズ」が終了しました。私は「無事終わった！」と、演奏会をダメにしなくて済んだ安堵感に浸ってしまい、次の曲は夢遊病者のように魂の入っていない弾き方をしてしまいました。演奏が終わって舞台袖に下がり、コンサートマスターとがっちり握手した時、「心配かけて悪かった。でもちゃんと責任を果たしたぞ」という気持ちで強く握り返しました。演奏会後の打ち上げは何と午前２時まで。美酒に酔

運命的な出会いをしたチェロと軽部信雄

ったのは言うまでもありません。
この「ポロネーズ」の一件は、私自身に〝いくらそれまでうまくいかないことがあっても、本番はしっかり弾ける〟という大きな自信を植え付けてくれ、その後の演奏活動は言うに及ばず、仕事の上でも大きな支えとなりました。

ちなみに、前述の淡交フィルでは縁あって2005年から8年間団長を務めましたが、同窓生の集まりのため何となく気心が知れる面もあり、指揮者との確執以外はそれほど苦労しないで済みました。長く務めるのは弊害が多くなるばかりだと思い、後任を探していたところ、幸いしっかりした後輩が復帰してくれたので、安心してバトンタッチできました。私は今は一団員として、チェロの末席を温めています。

（2017．4．26）

卒業後半世紀、今思うこと

滝沢　清

小中学校を深く考えずに過ごしてきた私は、高校に入って、刺激的で新しい環境におかれることになります。たとえば萩原先生の最初の英語の授業で、休み中どこまで予習してきたかをひとりひとり聞かれたとき、みんなかなりのページと答えたのです。私はその時間分くらいしか予習をしていなかったのに、「第一章」とつい嘘をついてしまいました。すごい人が集まっているのだと思いました。でも話をしていると、みんな個性的で素敵なところをたくさん持っていることにすぐ気が付き、自分のちっぽけさを思い知ることになります。

先生のいろいろな思い出はありますが、中学校のときの先生同様、覚えているのは先生のしゃべり方、身振りなどといった雰囲気や個性の部分が多く、教わった中身自体はだいぶ薄れてしまっています。教科に精通している「いい」先生ばかりだったのに、きちんと勉強しなかった自分をはずかしく思います。

高校時代、教育や人間といったことに無関心だった理系の私が、大学は教育学部に進学することになりました。といっても一応教科ごとの専門に分かれていて、数学を学びました。人と話すこと自体苦手だった私が、どうしても人と話さざるをえません。子どもの心理も、教育を取りまく社会状況も考えなければならなくなりました。だからものすごく鍛えられた大学時代になりました。

数学をやるようになったのは、数学以外に興味を持たなかったからというのが理由で、先生の影響というのはそれほどありません。根津先生、田村先生、祥雲先生と教わったのですが、教科書を離れて、もう少し数学のいろいろな話が聞けたらよかったのにと思います。教育の世界に足を踏み入れるようになったのは、大学で最初に話をした先輩の影響が大きく、人生何が起こるかわからない不思議な気持ちでいます。

大学卒業後は数学の研究と教育をおこなってきました。定年になった今、趣味のマジックを細々と続けています。高校時代の思い出も記憶が遠く、書き出すと脚色してしまいそうなので、以後マジックを通して考えていることを書くことにします。

昔はデパートのおもちゃ売り場にマジックコーナーがありました。そこで売っていたマジックを私の家の隣りに住んでいた二歳下の幼友だちが買ってきて私に見せてくれたのです。タネがバレバレでしたが、なぜかその不思議さにすっかり取りつかれてしまいました。その後、中学一年生の最後のお別れ会でみんなの前でカードマジックを披露しました。高校時代は公にしなかったのですが興味は続いていました。大学にマジックサークルはなかったので、地域のアマチュアサークルに入って、素晴らしい先生に出会い、だんだんのめり込んでいきました。

以前は飲み屋で勘定を払うとき、「お札が消えるから気を付けな」と冗談をよく言われました。最近でも酔った知人に「ペテン師」と言われてしまいました。ここではっきり言っておきます、マジシャンはそんなこととは無縁です。なぜならマジックはマジックと断った上で演技をするエンターテインメントだからです。

マジックは心理的な錯覚をよりどころにしています。たとえば青いカードケースから一組のカードを取り出せば、暗黙のうちにすべてが青い裏模様だと思ってしまいます。一番上の一枚だけを青いカードにし、それ以外を全部赤いカードにしておいて、一番上のカードを何らかの方法で処理すれば（これは簡単です！）、青い裏模様のカードが赤い裏模様のカードに変わったように思わせることができるのです。青を赤に変える方法はいろいろ考えられますが、テクニックを使わずに相手の思い込みを利用するこの方法が簡単で、手っ取り早く、効果絶大です。白い羊を見たとき、体がすべて白だと思ってしまうのと同じです。ありえないことですが、ひょっとしたら見えていない反対側は黒かもしれないのです。でもそんなことを考えていたら生きていけません。一部分を知るだけで全体がわかってしまうという能力のおかげで生活が滞りなく送れるのです。一方、人のほんの僅かな情報から相手のことを決めつけていないか、振り返って反省したい気持ちがいつもあります。

教育もそうですが、マジックは相手がいなければ成り立ちません。人と関わる中で卒業後気付いたことは、相手とのコミュニケーションをとることの大切さです。昨今でいえば、メールではなく直接顔をあわせて話をすることも大切でしょう。残り少ない人生、このことを心にとめて生きていきたいと思います。

たかが音楽、されど音楽。

白川公一郎

「音楽というのは一度奏でられると、空気の中に消えてゆき、二度と取り戻すことはできない」夭折したジャズサックス奏者エリック・ドルフィの残した美しい言葉だ。捉えどころのない音楽に心を奪われた男の、高校3年間を中心とした体験記（体感記）である。記憶違いや勘違いが多々あると思うがどうかご容赦願いたい。

♪コンプレックスから聞き始めたクラシック

中学校に入ったばかりの頃に放送室で昼時や下校の音楽を流していた時、その場に居合わせた仲間が「私は田園が好きだ」「いや運命が一番」などと話していて私には何のことだかさっぱり分からなかったが、実は交響曲の名前だった。知らないというコンプレックスが私をクラシック音楽に向かわせた。父親にせがんでステレオ装置とともにリーダーズダイジェスト社の「世界の名曲」12枚組みLPを買ってもらい、まず交響曲から聴いてみた。モーツァルトの「40番」、ベートーベン

「英雄」、シューベルト「未完成」、メンデルスゾーン「イタリア」、フランクの「ニ短調」、チャイコフスキー「悲愴」、ブラームスの「第3番」。誰でも知っている超有名な交響曲達であるが、一つ一つが個性的で何度聴いても飽きない。私が歳を重ねても聴く度に昔の友に再会するような気持ちになる。その全集には毛色の変わったものとして「トリスタンとイゾルデ前奏曲と愛の死」、「春の祭典」、「牧神の午後への前奏曲」なども含まれていて、重厚な交響曲ばかり聴いていた耳になんと新鮮に響いたことか。特にドビュッシーの「牧神の午後」。フワフワと空中を浮遊するような、いつ終わるとも知れぬ、またはいつ終わってもいい、起承転結などまるで無視した不思議な音楽に耳を奪われた。

忘れられない経験がある。これも高校に入る直前、フランスの名指揮者ジャン・マルティノンが63年に来日しNHK交響楽団を指揮したのであるが、5月11日の東京文化会館の演奏を私は聴きに行った。お目当ては「牧神の午後」であったが、プログラム最後の曲のラヴェル「ボレロ」も楽しみだった。同じメロディーを様々な楽器で延々と繰り返す曲だ。トロンボーン奏者の独奏の時に素人の私の耳にも分かるミスがあり、固唾を呑む雰囲気で演奏は続行した。ソロが佳境に入り音が3段階ジャンプする箇所があるが、その直後とうとう音がひっくり返ってしまったのだ。なぜこんなにはっきり言えるのかというと、この時の演奏がCDになって発売されていて今手元にあるからだ。記憶というのは曖昧なもので3段階ジャンプの箇所で私は「音が上がらなかった」とずっと思

N響の実況録音盤。私はこの演奏会場にいた。なぜ、わかるかと言えば……。

い込んでいたのだが、CDを聴くと実際は「音が裏返ってしまった」のだ。マルティノンはさすが大指揮者で、ソロをとった奏者を次々に起立させその演奏を称えたが、最後にトロンボーン奏者を指名し労をねぎらったのだ。ライブ録音ゆえミスの修正が不可能だったのだろうが、N響はよくこのCDを発売してくれたと思う。その場に確かに私がいたという証であり、私の宝物になった。

　聴きに行った演奏会がCDになっているのがもう一つある。現代音楽の「オーケストラル・スペース―新しい耳のために」だ。66年に3回に分けて開催されたもので私は最終日の5月4日、日生劇場国際会議場の演奏会を聴いている。武満徹と一柳慧が企画構成を担当し、日本の現代音楽シーンを引っ張っていた作曲家や、クセナキスなど外国人の作品も紹介し「現代音楽の演奏会としては珍しいほどの充実感をもっていた」とCDの解説に書いてある。その日は2年のとき同じクラスで、当時成績で学年トップを争っていたI君を誘って行った。数学の集合論の法則を使って作曲されたという高橋悠治の曲も演奏されたが、I君はそれをどう聞いたのだろう。私はというと「現代音楽もここまで来たか」なんて境地には程遠く、「何回も聴いていればその内慣れるだろう」と強がりを言い、実際は次々に襲ってくる音の洪水にひたすら圧倒されていた。

♪ジャズは頭をマッサージする

ジャズの曲で初めて好きになったのはたぶん「ジャンゴ」だ。朝日ソノラマから出ていたソノシートというぺらっぺらのレコードに入っていたものを、市川駅前大杉書店店頭の段ボールにあるのを見つけて購入した。その号はジャズの特集で、他に何曲か入っていたが覚えているのはこの「ジャンゴ」だけだ。そもそもジャズとは元気のいいアドリブが繰り出されるご機嫌な音楽と思い込んでいたところに、こんな静かで物悲しい演奏もあるのかと初めは違和感があったが、聴く度に惹きつけられていった。リズムの感覚が微妙に変化するのに伴い曲想も移ろい変わり、暗い情念が静かに沸騰するといった感じの曲だ。何よりも不思議なのはこの曲を聴くと必ず私は昔に連れ戻されることだ。演奏者はモダン・ジャズ・カルテット（ＭＪＱ）でたぶん６６年、サンケイホールだったと思うが来日公演を聴きに行き、広いホールの片隅で「ジャンゴ」を聴いたのだ。

高校時代は専らラジオがジャズの先生だった。確か「サントリーオンザロック」のような名前の番組を結構聴いていた。ハスキーな声の妖艶な女性パーソナリティーがＭＣを務め、ピアノがノンストップで軽快なスタンダードジャズを奏でる。定期的にリスナーを集めて公開放送をやっていて私も応募して参加した。番組のピアニストである八城一夫も出演していて生の姿を拝んで感激した上に、柳原良平のアンクルトリスグッズを土産にもらったのを思い出す。

若き小林克也が司会をやっていたＦＭ放送のジャズ番組を毎週楽しみに聴いていた。選曲がホットでセンスも申し分なく、実際にオンエアされたジャズメンのＬＰを買い求めては繰り返し聞いてジャズの勉強をした。その番組のテーマ曲がジョン・コルトレーンの「ビッグ・ニック」だ。アグレッシブな演奏の多い中にあって珍しく優しさに満ち溢れていて、大先輩のエリントンと競演する喜びが伝わってくる稀有な曲だ。私は昔から興味を引くものに遭遇するとそればっかり追いかける。この時以降コルトレーン（以下トレーン）一色だ。「モダンダンサーがトレーンを踊る」、そんなにも反応してしまう。トレーンの「至上の愛」のレコード演奏をバックに、篠井世津子というダンサーが一人で踊るという催しだ。会場は渋谷の山手教会の地下にあった「ジャンジャン」という不思議なお店というよりスペースで、あらゆるジャンルのアートや音楽のライブをやっていて、私はとても好きな場所だった。後に入った大学で能研テストに端を発して紛争が始まったが、学園に反対する教職員が集会を開いたのもこの「ジャンジャン」であった。余談だが当時講師でありながら終始学生の側にいた反骨の聖書学者田川建三の著作を、私はいまだに愛読している。

くじ運のまるで無い私にもラッキーな思い出はある。トレーンカルテットを支えていたドラマー、エルビン・ジョーンズのライブを滑り込みセーフで聴くことができた。６６年に来日した彼が、一人だけ麻薬所持容疑で帰れなくなり、裁判費用を支援するために日本のジャズ仲間がライブを行った。場所は当時開店したばかりのジャズ喫茶「新宿ピットイン」で40席くらいの小さい店なので、どうせ駄目だろうと行ってみたら、奇跡的に入れたのだ。競演したのは渡辺貞夫とベース奏者のトリオだった思うが、内容はきれいさっぱり忘れていて、残っているのはナベサダの演奏が熱かったという記憶のみだ。この時の録音を誰か残していないかしら。

トレーンの思い出の最後は行徳のM君のことだ。彼は自宅にいい音を出す再生装置を持っていたので、レコードと酒持参でよく押しかけた。私が持ち込んだのはトレーンの「至上の愛」、それに対して彼が取り出してきたのは「チェット・ベイカー・シングス」だ。一聴して女性かという声でジャズの名曲を歌うのだが、何というか耽美や爛熟、退廃などこの手の言葉を一身に背負っているという感じで迫ってくるのだ。片や神を志向するとか、真のジャズへの探求は続く、とか言ってトレーンに心酔している私の頑なさを、この演奏は粉々に吹き飛ばしてくれた。この頃から私はあらゆるジャンルの音楽を片っ端から聴いてみようと思ったようだ。

♪尽きない魅力の映画音楽

私が生まれて初めて買ったレコードは「ベン・ハー序曲」という映画音楽だ。当時住んでいた家の近く、亀戸十三間通りにある天盛堂レコード店で、ドーナツ盤として出ていたものを購入した。当時は映画音楽というジャンルが確立していて、新作の映画の情報はまずラジオでそのテーマ曲や挿入歌が紹介され、中にはヒットする曲もあり、実際の映画の上映を心待ちにしたものだ。特に映画で使われた音源はサウンドトラックとして、他の有名なオーケストラがカバーしたものより権威があり、まさに「本物」として奉ったものだ。この序曲を演奏しているのが「カルロ・サヴィーナ指揮ローマ交響楽団」。名前を聞いただけで本物だ！　と思ってしまう。因みに映画史や文学で批評活動をしている四方田犬彦という著作家がいるが、彼が初めて買ったレコードも「ベン・ハー序曲」だと、どこかで書いていたのを読んだ時は本当に驚いた。こんな経験をする人が他にも居るなんてビックリだ。

皆さんは「ミーハー」の語源をご存知だろうか？　絶世の美男子長谷川一夫を好きな女性が、揃って「み」つ豆と「は」やし長二郎（本名）が好きだったことから、それを揶揄したキャッチフレーズということらしい。その他当時の女性の名前にはみやはの付くのが多かったからという説もある。どっちでもいいけれどこれから書くのは、私が正真正銘のミーハーであることの証明二題だ。

其の一。高校1年の時だったと思うが黒澤明の「赤ひげ」を楽天地に見に行き感銘を受けた。山本周五郎の原作も読んでだいたい忠実に再現しているが、原作に無いプロットもある。例えば女郎屋から引き取る「おとよ」の物語は、ドストエフスキーの「虐げられた人々」からの引用だと後に知った。いずれにしても黒澤のヒューマニズムは私にとって強烈だった。ここからが本題である。映画でその「おとよ」を演じた一つ年下の女優二木てるみに、私は一目惚れをしてしまった。これ以降二木てるみを追っかけた。66年5月に新宿コマ劇場で上演された菊田一夫演出のミュージカル「南太平洋」を見に出かけている。元はブロードウェイミュージカルで主演は高島忠雄と越路吹雪であり、そこに彼女がチョイ役だが出演していたのだ。お金が無いので一番後ろの方の席で、私はドキドキしながら彼女を見詰めていたのだ。

其の二。中学の時だが「罠にかかったパパとママ」という映画に出ていたヘイリー・ミルズという子役女優が好きになってしまった。彼女は前年にも「ポリアンナ」というディズニー映画に主演していて、それ以来のファンだ。劇中で彼女が歌う「レッツ・ゲット・ツゥゲザー」という高々1分半の曲が大好きだった。今でも手元に「不滅のS盤アワー・ベスト200」という10本組カセットテープを所持しているが、その中にこの曲が入っている。CDの時代になって同種のベスト盤が星の数ほど発売されたが、そのどれを探しても「レッツ・ゲット・ツゥゲザー」は入っておらず、この1曲のためにカセット10本組を捨てられないでいる。余談だが杉先生の英語の時間に「うまくやっていく」という例文を板書する問題が私に回って来たとき、思わず浮かんだ「ゲット・トゥゲザー」を使ったら丸をもらったのを思い出す。

私のCDの棚にはサウンドトラック盤が沢山並んでいる。「ベン・ハー」、「アラモ」（ジョン・ウエインの）、「ピーター・ガン」、「シャレード」、「ティファニーで朝食を」、「ウエスト・サイド物語」、「マイ・フェア・レディ」……　今でも時々思い出したように聴くのだが、一旦聞き始めると終わりまで一気に聞いてしまう。途中で止められないのだ。昔の映画音楽は初めから終わりまで、尽きない魅力が詰まっていたということか。

♪ポップミュージックは百花繚乱

私達の高校時代はビートルズに始まりビートルズで終わった、と言えるくらい時代のトレンドはビートルズだった。しかし私に関してはなんといってもベンチャーズだ。その頃アメリカや欧州では歌の付いたロックが主流となる直前で、エレキギターを中心とした楽器のみのロックがまだ流行の覇権を握っていた時代だ。その流れを日本に持ち込んだ立役者がベンチャーズだ。４人揃っての来日は６５年１月から始まったが、テレビの「勝ち抜きエレキ合戦」が始まったのが６５年６月、エレキギターが爆発的に売れ下駄屋やたんす屋まで〃エレキ屋〃になるほどの凄いブームだったのだ。私は３回目の来日公演を６５年８月31日に見に行っている。会場は私の記憶では大田区体育館だが、ネット上の記録では大田区民会館となっている。舞台には派手な飾りは

時代のトレンドはビートルズだったが、私に関してはベンチャーズだ

一切無くアンプとドラムセットだけが置いてあり、観客席もパイプ椅子を並べただけという有様だったが、私達にとってはそれだけで十分だった。レコードで聴いている通りの場所にテケテケという お決まりのフレーズが登場しただけで大受けの大喝采だ。高速の切迫したリズムに乗って折り紙付きのテクニックを駆使してギターとベースが暴れまくる。セットリストもジャズやヒット曲のカバーなど多彩で完成度は並大抵でなく、初めから終わりまで息つく暇も無い。その日の演奏会はドン・ウィルソンの弦が切れて中断するといオマケが付いて、意気揚々と家路に着いたのを思い出す。そうだ、ベンチャーズは日本に来る運命だったのだ。後に彼らの作った「二人の銀座」がヒットしたが、これなど誰が外国人の作だと思うだろうか。津軽三味線で彼らの曲を演奏する動画も星の数ほどアップされているし、平成が終わろうとしている今も、全国津々浦々で水沢ベンチャーズや福岡ベンチャーズが、本家のコピーをし続けている。

エルビス・プレスリーも私たちの同時代人だが、この頃彼が力を入れていたのは映画の世界だ。映画の中でも必ず歌を歌うのだが年間3本（！）も撮るのだから歌も薄味となり、ロックンロールの寵児の面影は自然と薄れ、65年のビルボード9位「涙のチャペル」を最後に一旦チャートから姿を消してしまう。再び登場するのは68年の「カムバック・スペシャル」を経て69年「サスピシャス・マインド」（全米1位）まで待たなければならない。私にプレスリーを教えてくれたのは中学で一番仲の良かったI君だ。彼はプレスリーの映画は全部見ていて、たぶんレコードも日本で手に入るものは全部持っていたと思う。時期は特定できないが彼に連れられて63年の映画「アカプルコの海」を読売ホールに見に行ったのを覚えている。プレスリーは生涯を通して本当に歌が上手かった。ポップミュージックの世界ではNo．1だと私は思う。日本で彼に匹敵するのは美空ひばりくらいだ。高3のとき授業が終わってからジョニー・マティスという歌手の来日公演を聴きに行ったが、彼も歌が上手かった。ジャズとポピュラーの中間に位置する実力派シンガーで、スタンダード曲を少し高めの潤いある声で朗々と歌うのを聴くのは大変な快感であった。

歌手は歌が上手くなくてはという常識を覆したのがボブ・ディランだ。62年のレコードデビューの頃はあのしゃがれた声とギター1本で所謂フォークソングを歌っていたが、段々とロックへと変貌していく。日本で最初に彼のアルバムが発売されたのは65年のことだが、初めてディランを聴いた時私は、何だこの声は、これで歌手か、と違和感のほうが強かったが、段々慣れてくると快感に変わっていった。それ以来ずっとディランを聴き続け、78年に初来日した時は武道館に聴きに行った。ディランのことを私に教えてくれたのもI君だ。フォークからロックへと後戻りできない変貌を遂げていく姿を、I君から借りたレコードで体感することができた。プレスリーやディランを私に教えてくれたI君も、2008年突然に逝ってしまった。

66年頃だと思うが「フォークとボサノバの集い」のような名前の一風変わったコンサートを渋谷公会堂に聴きに行った。前半はフォークソングで小室等率いるPPMフォロワーズが登場し、ピーター・ポール&マリーの「パフ」などを歌った。女声は山岩爽子で皆歌が上手でPPMとそっくりだった。後半はボサノバで、登壇したのはアルトサックスの渡辺貞夫やトランペットの日野皓正だ。ジャズではなくボサノバ？　と一瞬思うが、日本にボサノバを持ち込んだのは実は渡辺貞夫だと言われている。62年にバークリー音楽学校に留学したがそのころアメリカではボサノバが大流行していて、65年に帰国してから彼はボサノバのLPを何枚も出しボサノバブームに火を付けたのだ。この日演奏したのはボサノバだが、何となく違和感が残った。ナベサダは本当はメインストリームジャズをやりたかったのではと思ってしまったし、日野皓正も短髪でしかも就活みたいにピチピチのスーツで、この場に居ることが窮屈そうだと思ったのは気のせいか。何はともあれ演奏は申し分なく素晴らしかったので満足したが、不思議な余韻を残し、かえって忘れられないコンサートになった。

私は色んな音楽を聴いてきた。きっかけは様々だがとにかく聴いてみる。いくら批評家が良いと薦めていても、自分が聴いてどう感じるのか、これからも聴き続けようと思うかどうかが大切だ。でも一体音楽って何なのだろう。ドルフィの言葉のように音楽とは、一度空中に放たれると二度と取り戻すことはできない。その音楽を好きになっても単なる自己満足に過ぎないのではないだろうか。しかし「たかが音楽、されど音楽」。この答えは私が空中に消えて行くときまでお預けだ。

Ⅶ 創作

ダジャレ集大成

山田　徹

・ここ20年ばかりの間に生まれたダジャレ、小話の類をまとめてみました。
・山中湖のリゾートクラブの会員懇親会で、ここ10年ほど余興に披露して来ました。
・実際に声に出して読んだ時に面白味が発揮される類のものが多いです。
・オチの部分は括弧内にカタカナで表示してあります。（オチの解説はつけておりません）
・基本的に自分で考えたと信じている作品が主ですが、他人の作品（＊）、仲間とのコラボから生まれたり、進化／深化した作品（＊＊）も含みます。

０　ヒット作ベスト３

（１）抽選会
ある抽選会で賞品にビデオが出ました。
↓「アタルトビデオ！」

（２）悪妻
悪妻を英語で何と言いますか？
↓悪妻は英語で「マイワイフ」と言います。
①20年ほど前の作品で折に触れて披露して来ましたが、10年程前に女房にこう言われました‥「私が隣に居るときだけは、あのシャレは勘弁してほしい。さすがにツライ」と。
②中にはこのシャレを全く理解しないヤツも居りまして、「山田、なんでそれが面白いんだ」と喰ってかかられる始末。コイツの奥さんはほんとに「マイワイフ」かも知れないと思ったりして…

（３）頭の薄い人の会話
頭の薄い人が２人で何か大声で言い合っていました。
↓これを見ていた一人が言いました‥きっとあれは「ケナシアイ」だ！

↓もう一人が言いました：そんなことはない、あれは「ハゲマシアイ」だ。だって二人とも「ケナゲな」人なんだから。
①オマケ１：頭の薄い人は正社員になってはいけない。ずっと「ハゲンシャイン」で居るべきだ！
②オマケ２：頭の薄い人は商売が下手です。「モウケガナイ！」
③オマケ３：愛人が年を取って鬘を使うようになったら：「アイジンカツラ」です。

1　英語ネタ

(1)離婚シリーズ（＊＊）
離婚しようとしたけれど考え直すことを「リコンシダー」と言います。

↓離婚した夫婦がヨリを戻すのを「リコンバイン」、それを確認するのが「リコンファーム」です。
①オマケ：離婚を確認する契約を「バイバイ契約」と言います。
(2)前夜祭
前夜祭のことを英語で「オール・ベジタブルズ」と言います。

(3)宅急便
宅急便のことを英語で「ピンポンエクスプレス」と言います。
①オマケ(＊＊)：宅急便はチャイムを鳴らす：「ピンポン！　宅急便です」
(4)サッチャー首相
サッチャーさんのような女性は嫌いですを英語で：「アイ・ドントライク・サッチャーウーマン」
(5)アイアコッカ
アイアコッカがクライスラーの再建に取り組もうとした時に言いました：私はこれからルイ14世のように振る舞うぞ。「アイア？コッカだ！」
(6)シーバスリーガル
シーバスリーガルを4本持ち込もうとしたら税関職員に言われました：「シーバスイリーガルだ！」
(7)こぼれそう！
お酒を注ぎすぎて溢れそうになったらこう言いましょう：「アイアム・アフレイド！」
(8)講演
「講演する」は英語で：「パーキング」
(9)E電

それまでの「国電」に替わって「E電」という愛称を使うキャンペーンがあって、英語のキャッチフレーズが考え出されました↓「E電と言おう!」↓「レッツセイ・イーデン」↓「レッセイ・イーデン」↓「レッセイ・イデン?」

(10)どうぞご自由に!

「ご自由に!」を英語で言うと:「フィフティーツー」

2　外国語ネタ(英語以外)

(1)ドイツ語で

ドイツ語でありがとうをダンケと言います。お坊さんがありがとうと言うときは、これが活用して「ダンカ!」になります。

↓2人連れのことをツバイと言います。男女ペアの場合は「ツガイ」になります。

↓犬はドイツ語でフントです。↓犬が100回ウンチをすると、「フンデルト」になります。

(2)スペイン語で

花粉症で鼻炎が深刻になったことを「ムイビエン」と言います。

(3)イタリアのミラノで

ミラノのタクシー会社の電話番号は「8585」で、これはイタリア語で「オッタンタ・チンケ、オッタンタ・チンケ」となります。

ミラノには中央駅以外に北駅もあります。ミラノ・ノルドです。

↓そこで、北駅までのタクシーを呼んでもらうには：「オッタンタ・チンケ、オッタンタ・チンケ。ノルド！」

3　数字ネタ

（1）洗剤
センザイが10ヶ集まると「マンザイ」になります。
（2）千足屋
センビキヤが10軒集まると「マンビキヤ」になります。
（3）東京都民が横浜市民にこう言って自慢してました：「トミンの方がシミンより2・5倍偉いんだぞ！」
↓これを聞いていた地方出身者がこう言いました：何言ってるんだ、それなら俺なんか「チョウミン」だぞ！

(4)バイアグラ

胡坐を2回かくと:「バイアグラ」になります。

↓バイアグラが2ツ集まると:「フォアグラ」になります。

4　短い小話

(1)大は小を?

大は小を兼ねる。↓「ダイワショーケン!」

(2)ラブミーテンダー

ラブミーテンダー?↓「ナニイッテンダー!」

(3)機内食

飛行機で出される食事は裸で食べましょう。↓「キナイショク」

(4)薬剤師

ヤクザが医師の免許を取ると、薬局も開業することが出来ます。↓「ヤクザイシ!」

(5)加湿器

加湿器を買ったら、おまけにお菓子がついてきました。↓「カシツキ!」

(6)沖縄のへび
沖縄で歯を磨いているとへびが出てきました。↓どうもこれが「ハブラシー!」
(7)禁酒のための運動
禁酒中の人にお奨めの運動は…「サカダチ」です。
(8)かわいそうなタワシ屋
かわいそうなタワシ屋さんに呼びかけることば…「オイタワシヤ!」
(9)頭から血を出している人
頭から血を出している人を見たらこう思いましょう。↓この人は「頭のキレル人だ!」
(10)退職したら
会社を辞めたらたくさん食べるようになりました。↓「タイショク」です!
(11)障子の前の和服姿
障子の前に和服を着て座っている女性を見たら、こう思いましょう。…この人は、「ショウジキモノ」に違いないと。
(12)オリンピック精神
オリンピックの選手村では、酸化しかかったワインが出されることがあります。↓我慢して下さい。「サンカする」ことに意義があるのですから。

(13)ランの下でデート

ランの花の所で待ち合わせをしました。一人がオナラをしました。↓「ランデブー！」です。

(14)アンズと桃

アンズと桃ではどちらが高いでしょうか？　アンズの方が高価です。

↓「アンズよりモモがやすし」

(15)次男坊

二人目は女の子が欲しかったのですが、また男の子でした。

↓女房曰く：「イチナン去ってまたイチナン！」

(16)ヤキブタ？

街の看板に「ヤキブタ茶」と書いてあったので何かと思ったら、「ヤブキタ茶」の間違いでした。

(17)コラーゲン

女の子はコラーゲンと聞くと目の色を変えて、独り占めしようとします：誰にもあげない。

「コラアゲン！」

(18)落ち葉

晩秋になると歯科医でかぶせたり、詰めたりした歯が外れることが多いです。↓「オチバの季節」ですから。

(19)カラスを美味しく食べるには？
カラスはこんがりと黒焦げになるくらいに焼きましょう。↓「カラスミ」になって美味しく食べられます。（これはオオボラです！）
(20)寿司職人
寿司職人にはゲイが多いそうです。‥「オス」がなくては生きて行けないから。
(21)不登校の児童
学校に行きたがらない子供はロシアに送りましょう。大歓迎されるはずです。
↓ロシアは昔から「フトウコウ」が欲しくてたまりませんでしたから。
(22)遠藤周作
遠藤周作はよく韓国人と間違えられたという事です‥「コリアン？」
(23)ＮＴＴドコモの子会社
ＮＴＴドコモの子会社は‥「ＮＴＴコドモ」です。
(24)紫式部
源氏物語の作者は、紫色のシーツを使っていました‥「ムラサキシキフ」
(25)小豆島
小豆島の隣に、噴火で大きな島が誕生しました。↓小豆島より大きいので「オードシマ」と呼ばれるようになりました。

(26)パスポートの代わりに

終戦直後、アメリカへの渡航に限ってパスポートの代わりに日本固有の証明書が有効でした：「ベイコクツーチョー」です。

(27)国際人

あなたは国際人。私は「コ」がなくて「クサイジン」！

5 一口話

(1)パン屋のミュージカル

パン屋さんを主人公にしたミュージカルをつくりました。

↓タイトルは、ウエストサイド・ストーリーに対抗して「イーストサイド・ストーリー」としました。

①オマケ：なおこのタイトルは「コウボ」によって選定しました。

(2)統計学者

ある統計学者が男性のアソコの長さに興味を持ち、データを集め始めました。何千人もの男性のサイズを測ってグラフにすると、12・5㎝をピークにした左右対称のカーブが出来ました。

↓それ以来このカーブのことを「セイキブンプ」と呼ぶようになりました。

(3)最後の晩餐?
キリストが最後の晩餐を取ろうと弟子にレストランの予約を命じました。ところが弟子は間違えて昼食を予約してしまいました。
↓「最後のゴサン!」

(4)ナン
カレー屋でランチを食べたら、サービスでナンが少し付いてきました。
このナンの出来が悪かったので店に文句を言いました。
↓店の人曰く‥お客さん、しょうがないでしょう。元々「少々ナンあり」ですから。

(5)イトーヨーカドー
イトーヨーカドーに買い物に行く打合せをしていました。
一人が言いました‥私、六日は都合が悪いの!
↓もう一方が言いました‥じゃあ「ヨーカドー?」

(6)古今の名著
マルコポーロが山梨県にやってきて「ほうとう」を食べました。↓この時の印象を元に書いたのが「ホートー」見聞録です。

アレクサンドル・デュマが34歳の時に書いた有名な小説が：「サンジュウシ」です。

杉田玄白が岩波新書のために本を書きました。これが好評で、その年の「カイタイ」新書のナンバー1に選ばれたという事です。

(7)太めの花嫁
太めの花嫁が持つバッグは：「エルメス」です。

太めの花嫁は、化粧直しでなく、「ケショウマワシ」をします。

太めの花嫁がカラオケで歌うのは：「ヨコハバタソガレ」です。

(8)諸子百家
孔子曰く：「コーショウ」
荘子曰く：「ソーショウ」
孫子曰く：「ソンシチャッタ！」
墨子曰く：「ボクシラナイ！」
孟子曰く：「モウシワケナイ。モウシマセン」

(9)車いろいろ
働き過ぎの人のための車：「カローラ」

危ない運転をする人のための車…「ヒヤット」

運転がうまいと自慢していた人が、ベンツをぶつけてしまいました。↓「ベンツマルツブレ」です。

(10)ありそうでないもの／なかったもの
カードローンで車を買ったら、すぐに盗難にあってしまいました。↓「カー・ドロン」です。

アンテナのついた「ムセンマイ」

「冷やしナベヤキウドン」

急行「越中」(昔、急行「越前」や「越後」はあったのに、「越中」はなかったですね)

(11)お茶／コーヒー
先生はお茶ばかり飲んでいる…「ティー・チャー」だから。(＊)
お茶を淹れてもらったらこうお礼を言いましょう…どうも「オチャヤワカセしました！」
カフェオレを2人で飲むときは、複数にして「カフェ・オレタチ」と注文しましょう。

(12)プロ野球の監督
広岡監督の洋服を着ると疲れが取れます…「ヒロオカ・イフク」

古田監督を解任したヤクルトの経営陣は「フルタ・ヌキ」です。

野村監督がうつ病になりました…「ノムウツ」です。

昔、広島の古葉監督が就任する時、もう一人の候補として左腕の大庭投手が挙げられたんだそうです。↓「オオバカ、コバカ？」

(13)傘

雨が降るか降らないか迷っている時：「カサフランカ？」と言います。

大した降りでなく、傘をさす人が少ないような時は：「サシて降ってない」

傘をさしながら子供を寝かしつけるときに歌うのが：「コーモリ歌」

6　動物／魚介類編

(1)サキイカ

「サキイカがホシイカ？」↓「ホシイカ？」「アタリメだろう！」

(2)カキ

カキを採取することを「カキアツメル」と言います。

↓カキが古くなると「ワルガキ」になります。

↓ワルガキになるのを避けようと冷蔵庫で冷やし過ぎると「カキゴオリ」になります。

①オマケ（＊）：休みを取ってカキを食べに行くのを「カキキュウカ」と言います

（3）カニ
よそを向いてる隙に隣の人にカニを食べられてしまったらこう言いましょう。
↓（ホッペタをピシッとたたきながら）「カニクワレタ！」
（4）土壌改良剤
土壌改良剤をドジョウにかけると、改良されてウナギになります⁉
（5）サラブレッド
パンをお皿に載せて‥「サラブレッド！」
（6）隣に羊
ある人が、座る時はいつも羊を脇に連れて来させていました。何故かと尋ねたら‥
↓これが私の座右の「メイ」です！
（7）フクロウとミミズクの違い
ミミズを食べるのが「ミミズクウ」。ミミズクの母親が「おフクロウ」です。
（8）キジのメス
キジのメスは遠くから見るとハトと同じように見えます。でも大丈夫、キジにはちゃんと印が付いてますから‥「キジルシ」が！

7　病気／薬編

(1)かかりやすい病気

成績が悪くて、全く「優」の取れない人：「ムユウビョウ」

ＳＬの運転士にインタビューした人：「キカンシカタル」

高速道路建設に反対している人：「ノーコーソク」

学校を休んでばかりいる人：「ケッセキ」

①オマケ１：結石で悩んでいる人が海釣りに行って釣れる魚は「イシモチ」です。

②オマケ２：治療で無事結石が出てきたら：「シュッセキ」です！

(2)太田胃散

火事の時は太田胃散で「ショウカ」しましょう。

↓消火が間に合わない時は太田胃散をもって避難しましょう：「オオタイサン！」

↓太田胃散の海外販売のキャッチコピーは：「太田胃散を世界イサンに！」

(3)製薬会社

製薬会社の研究者にとってのバイブルは「シンヤクセイイショ」です。

(4)点滴

女房が体調を崩して病院で点滴を受けてきました。

↓改めて認識しました…やはり女房は「テンテキ」だったんだと。

(5)長男、次男
私は、食べ過ぎたり、飲みすぎたりすると必ず後で下痢をします。これが「アトピー」です。

↓体質的に腸が弱いようですが、もう一つの理由に気づきました。私は「チョウナン」でした。

↓それならお尻に難があるのは「ジナン」ということになりますね。

(6)アルツハイマー
アルツハイマーになりやすいのは「ボケー家族」の人に多いです。

8 地名／駅名編

(1)東京駅の切符売り場で
親子連れが来ました…「名古屋、大人1枚、子供1枚」

↓次はカップルがやって来ました…「熱海、おとこ1枚、おんな1枚」

↓次は三島由紀夫さんがやって来ました…「ミシマユキヲ！」

(2)駒ヶ岳

木曽にあるのが「キソコマ」、山梨（甲斐）にあるのが「カイコマ」

↓それではアメリカに駒ヶ岳があったら「べーゴマ」ですかね？

（3）私鉄（＊）

1回乗っても「ナンカイ」電車。

全身乗っても「ハンシン」電車。

早稲田が乗っても「ケイオー」電車。

何にもくれない「ケイヒン」電車

（4）駅名で

漬物を安く買うなら「新子安」

別れ話をするなら「長津田」↓「ナガッツタこと」にしてくれ！

「大磯」でお菓子を買うときは急いで下さい。↓「オオイソガシ」ですから。

（5）都留市の仕立て屋さん

山梨県の都留市は昭和29年に5町村が合併して誕生しました。

↓その際、仕立て屋さんが一斉に廃業したそうです：みんな「ツルシ」になったから。

（6）東京の地下鉄

昔、共産党を取り締まった駅：「赤坂見附」↓「アカサカミツケ！」

リンゴを磨いて一所懸命新鮮に見せようとしている果物屋さんが乗る地下鉄…「副都心線」
↓「フクトシンセン！」
ダイエット中で、毎日痩せる決意を新たにしている女の子が乗る地下鉄…「日比谷線」
↓「ヒビヤセン！」

(7)青梅市の停電
夕食時に青梅で停電があったら、みんなご飯をたくさん食べたそうです。
↓「オオメシクライ！」

(8)竜飛岬
竜飛岬で誕生日を迎えた人には…「タッピ・バースデー！」

(9)足摺岬
足摺岬に向かって歩いていると足がつってしまいした…「アシツリ岬」でした。

(10)空気清浄器
空気清浄器は米国製が優れています。やっぱり「セイジョーキ」はアメリカです。

(11)中国の言い分
尖閣諸島は中国固有の領土である。
中国地方は中国固有の領土である。

東京の「シナノマチ」も中国固有の領土である。
(12)小田急江ノ島線
相模大野を出ると、「東林間（リンカン）」、「中央林間」、「南林間」と続きます。
↓そろそろ「アブラハム・リンカン」が出てくるかと思ったら、「鶴間」でした！

9　シモネタ／スカトロジー

(1)コンドーム
コンドーム、穴が空いてりゃ「コンドウム」
(2)子造り
子造りは男女とも一生懸命に取り組まねばなりません。特に男子は、「セイシをカケテ！」
(3)亭主関白？
夜の営みに長い間ご無沙汰なので、女房に言われてしまいました：「亭主淡泊だ」と。（しまいには：「タッテの願い」？）
(4)発起人？
①オマケ：男性が年を取ってくると「ガキノタネ」がなくなってきます。

いやらしいことをやろうと言い出す人のことを「ボッキニン」と言います。
↓ボッキニンさん、タッテの願い！
(5)義理の父でも（＊）
自分の父親と不倫をした女房に亭主が怒りました。
↓女房曰く：だって「立ってるものは親でも使え」というでしょ！
(6)徒然草？
一緒に小便に行くのはツレションョン。では大の方だったら？
↓「ツレヅレグソ」と言います。
(7)ハイテク？
パンツは「ハイテク」商品です！
(8)冷血動物？
オシリの冷たい人は「レイケツ動物」です。
オシリの暖かい人同士で「ダンケツ」しましょう！
(9)ベンツ
小型のベンツを省略して「ショーベン」と言います。では大型は？
↓汚くてとても私には言えません。誰か私の「ダイベン」をして下さい！

10　会話（基本的にコラボ作品です）

（1）笛
僕は笛が「フエテ」でね。そういう人が「フエテ」ますね。

（2）ビール（飲み会でサッポロビールを勧めながら）
「サッポロ」飲まないね。↓「キリン」がないもの！

（3）キムタク
山田さん、キムタク知ってる？↓　知ってるよ。キムチの宅急便だろ！

（4）消費生活アドバイザー
昔、後輩の女性社員が言いました：山田さん、私、「消費生活アドバイザー」の資格を取りましたよ！↓ああそう。俺なんか「飲酒生活バドワイザー」だもんね！

（5）婚期
婚期を逃してしまいました！↓大丈夫「ライキ」があるから！
①オマケ１：40歳過ぎで結婚した友人に昨夜バッタリ。思わずこう言ってしまいました：
「バンコンハ？」
②オマケ２：結婚前なのにＳＥＸすることを「コンゼンイッタイ」と言います。

(6)短足
オレは足が短いといつも「タンソク」してるんだ！↓山田さんのシャレは「チョウソクの進歩ですね！

11　言葉遊び

(1)言い替えてみると
顔で笑って、心で笑って
負ける時もあれば、勝たない時もある
美女と、ヤジウマ
(2)チョット変わりますⅠ
イルカがダイエットすると、「カルイ」になります。
マントヒヒがミスをすると、「トンマヒヒ」になります。
カジキマグロが貧乏すると、「コジキマグロ」になります。
(3)チョット変わりますⅡ
仁徳天皇がネコババすると、「イントク天皇」になります。
後醍醐天皇がドラムを叩くと、「コダイコ天皇」になります。

12 食べ物／飲み物編

（1）納豆
納豆を食べる時は十分吟味して、「ナットクー」してから食いましょう。

出来の悪い納豆を見たらこう言いましょう：「ナットラン」

お酒の肴にイカナットーや、マグロナットーが人気ですが、硬くて噛めないのが「ボルト・ナットー」です。

（2）ラクダの肉
中近東ではラクダの肉を食べるんだそうです。硬そうだったので、食べてる人に訊いてみました：「カメル？」

（3）焼き鳥屋で
レバーを勧める時は：「タベレバー」
手羽先を勧める時は：「食べてっテバー！」
ツクネを勧めてもらったら：「よく気がツクネー！」
焼き鳥を取り分けるめいめいの皿は：「トリザラ」

（4）紹興酒

紹興酒を飲んでいるところを写真にとられたら、それが「ショウコー写真」です。

紹興酒のことを英語で「エレベータワイン」と言います。

通夜の席で紹興酒が出されたら、先ず親族の方にお勧めしましょう：「ご親族方からショーコーをどうぞ！」

(5)焼酎
焼酎の飲み方は小さいうちに教えましょう：「ショウチュー学校」時代に！

(6)うな重
「うな重食べる？」と訊かれて↓うんうんと頷く：これを「ウナジュクー」と言います。

(7)クワーズはお好き？
飲みもしないでアメリカのビール、クワーズを避ける人は：「クワーズギライ」です。

こんなところです。文字にしてみると以外にあっけないものでした！

Ⅷ　評論・研究

私と両国高校～明け暮れのみ教えに～

杉野文俊

40年ぶりに校歌を歌った

「きのう両国高校の同期会があった」と、松江三中の還暦同期会で桒原《くわばら》さんから声をかけて頂いたのがきっかけであった。そのご縁で木所さんの「64の会メール連絡網」にも私の連絡先が載り、それをご覧になった軽部さんからのお誘いで、淡交フィルハーモニーの演奏会へ行くようになった。あるとき新田ユリ氏（77回）の指揮する演奏会で、最後に校歌の演奏があった。みんな歌えばいいのにと思ったが客席から大きな歌声は起きなかった。一度大声で校歌を歌いたいと思っていたとき、淡交会報で「東京校歌祭」があることを知った。江東区大島の施設で行われた事前練習に参加し、日比谷公会堂のステージに立った。指揮は中村さん（55回）、ピアノは木尾さん（55回）、中に旧制中学時代のご高齢の方がいて、その方のころとは歌詞が一部変わっているとの中村さんのお話であった。ステージでは、校歌と「早春賦」を歌った。「早春賦」もいいが、「卒業式の歌」を歌いたいと思った。その後、「卒業式の歌」になったようであるが、予定が合わず参加できずにいる。

卒業後40年間、同期会があることも知らず両国高校とは全く疎遠であったが、今では校歌と淡交フィルハーモニーによって両国高校がまた身近な存在となったので、校歌と「卒業式の歌」について書いてみたい。

両国高校の校歌

新田ユリ氏は日本シベリウス協会の会長であるが、そのブログで「母校、都立両国高校には素敵な校歌が5つあります」と書かれている。①開校式の歌（一九〇二（明治35）年、作詞：中島角次、作曲：石原重雄）、②校歌（一九〇四（明治37）年、作詞：吉丸一昌、作曲：石原重雄）③卒業式の歌（一九〇四（明治37）年、作詞：吉丸一昌、作曲：石原重雄）、④三中健児の歌（一九二六（昭和3）年、作詞：広瀬雄）、⑤ああ黎明の歌（一九四〇（昭和15）年、作詞：北原白秋、作曲：山田耕筰）である。

もちろんみんなが歌うのは校歌と「卒業式の歌」である。両国高校は一九〇〇（明治33）年に府立第一中学校の分校として始まり、一九〇一（明治34）年に府立第三中学校として創立された。一九〇四（明治37）年に制定された校歌と「卒業式の歌」はいずれも作詞が吉丸一昌、作曲が石原重雄である。二人は府立三中の同僚であった。どちらも雅でスケールの大きい、文化の香りが馥郁と漂うような歌（楽曲）である。校歌には、学校名、所在地の自然や歴史、シンボルや標語などが歌い込まれているものが多いが、そうしたものが一切ないのもわが校歌の個性的なところである。

校歌にまつわる思い出

そもそも一般の生徒・学生にとって校歌とは何であろうか。小・中学生のときはともかく、高校・大学と高学年になるにつれてそれほど歌う機会はないのではないだろうか。たとえば私が勤務する専修大学には高野辰之作詞、信時潔作曲の素晴らしい校歌（一九二六年制定）があるのだが、ほとんどの学生は、入学式と卒業式のときに聞くだけで歌うこともない。高野辰之の作詞だと言っても関心は示さない。高校時代の私もおそらくそうだったであろう。校歌を歌うのは年に一回あるかどうか、誰の作詞で誰の作曲であるかということにも興味はなかった。

しかし校歌について、一つだけ強く印象に刻まれていたことがある。それは、第三部の「山はさけ　海原は　あせなんも　よしや我が・・・」の部分が源実朝の和歌に似ているということである。そして源実朝が鎌倉の海を見て発した言葉なのだということを思いながら歌ったのではないだろうか。高校生の私が、いつどのようにしてそのことを知ったのかは定かでないが、たぶん先生から教えられたことであろう。言うまでもなく源実朝の歌とは「金槐和歌集」の「山はさけ　海はあせなむ　世なりとも　君にふた心　わがあらめやも」である。

ともあれ淡交フィルハーモニーのフルオーケストラで、校歌の演奏を聞いたときには、思わず立ち上がって歌い出したいような新鮮な感動を覚えた。新田ユリ氏のお言葉を借りれば「一九〇四年にこれを作曲された石原氏は素晴らしい才をお持ちであったと思います」ということである。

「卒業式の歌」にまつわる思い出

卒業式のことは全く記憶にない。思い出せるのは、「威風堂々」とともに入場したときの高揚した気分と、「卒業式の歌」である。「卒業式の歌」はシンプルで覚えやすいので、今でも卒業式の季節になると、口ずさんでいる。卒業式の歌には、「仰げば尊し」をはじめ「旅立ちの日に」「きみに会えて」「Let' s Search For Tomorrow」などいい歌がたくさんある。両国高校の歌はそれらのどれと比べても非常にユニークである。

三部構成で、一部は在校生が「祝へ祝へいざ諸共に　謡ひて祝へや今日の日を」「文の林に入りしより　はやいくとせを夢の間に」と歌う。二部は卒業生が「なさけ嬉しき言の葉や　行手ののぞみ火ともゆる」「恵みを受けし師の君と　親しの友を忘れめや」と返歌を歌う。三部は一同斉唱で「げにやかたみに西の空　東の空とへだつとも」と歌い、冒頭の「祝へ祝へいざ諸共に　謡ひて祝へや今日の日を」を繰り返して終わる。

高校三年間で三回しか歌っていないはずなのに、その歌詞のフレーズがメロディーとともによみがえってくる。そして「行くか益荒雄業をへて」「雲井にしるき名をあげて」「光を仰ぎさして行く」と歌うと、今でも元気が出てくる、そんな歌である。

吉丸一昌

吉丸一昌は一八七二（明治6）年、大分県の旧臼杵藩士の家に生まれた。苦学して第五高等学校に進み、一八九四（明治27）年から一八九八（明治31）年まで在籍した。25歳で東京帝国大学文科大学国文学科に入学、3年生のとき27歳で結婚し、一九〇一（明治34）年帝大を卒業した。一九〇二（明治35）年、府立三中に赴任し、一九〇八（明治41）年までの6年間、国語と漢文の教諭を務めた。同年、34歳で東京音楽学校の教授・生徒監に抜擢され、その後の8年間で尋常小学唱歌や新作唱歌の編纂という大仕事をなし遂げた。

明治35年に妻が、明治37年と38年には、前年大分から呼び寄せて同居していた父と母が他界した。校歌と「卒業式の歌」はそうした苦難のさなかに生まれたものである。時代は日露戦争の真っただ中であった。東京帝大へ進学後は、「修養塾」と称する私塾を開き毎年10名ほどの苦学生と寝食を共にしている。また三中に着任した当時は、「下谷中等夜学校」という私学校を開設していた。五校と帝大を通じて剣道に打ち込み、東京では山田治郎吉の「百練館」で修業した。三中では武芸部長として撃剣をよくし、明治36年には『名家修養談叢』という本を編んでいる。博士や文学士となった16人の人物の講話をまとめたものである。

二つの歌のできたのが31歳のときであったというのはやや驚きである。国文学者としての古歌への造詣の深さ、教育者としての人材育成への情熱、修身や修行に対する強い思い、国家存亡の危機における愛国心、などがなさせたことであろう。「・・・学の海　漕ぎて行く・・・」と歌い、その後「山はさけ　海原は・・・」と続くわけであるが、そのときかれの脳裏に金槐和歌集の一首が浮かんでいたとしても不思議ではない。

当時の第五高等学校には、教諭として小泉八雲（一八五〇－一九〇四）や夏目漱石（一八六七－一九一六）がいた。夏目漱石には英語を習い、三中時代の教え子には芥川龍之介がいる。「故郷」「朧月夜」「もみじ」「春がきた」「春の小川」などの作詞者として知られる国文学者の高野辰之（一八七六－一九四七）は３つ年下で、一九〇九（明治42）年、小学校唱歌教科書編纂委員に任命され、翌年に東京音楽学校の教授となっている。

石原重雄

石原重雄は山形県出身、一八九三（明治26）年東京音楽学校本科専修部を卒業した。明治32年宮崎県師範学校、明治34年愛知県第二師範学校を経て明治35年府立三中に赴任し、三中に在職したのは４年間であった。著作には『新撰小学唱歌教授法』がある。八田三喜初代校長によれば「音感教育を初めてやった人」であり、久保田万太郎は「教わった歌は叙事唱歌、須磨の曲、離れ小島、露営の歌、幸四郎が帝劇でやった・・・」と語っている。その後は、中学教諭には収まりきらなかったのか、新劇の世界に身を投じ役者となった。

明治45年5月、東京連合和洋音楽大会を主催し、大正2年には二葉音楽会会長を歴任し、北村季晴、岡野貞一らとともに「和洋折衷派」の音楽家とされている。和洋折衷楽あるいは和洋調和楽とは、邦楽を洋楽器で演奏する音楽のことであり、「卒業式の歌」に雅楽との融合が感じられるのはそのためであろう。

その作曲の才に関しては、淡交会資料室で、淡交フィルの指揮者・作曲家である故鈴木行一氏（69回）の文章に出会ったので紹介する。両国高校の校歌は、校歌によくあるパターンである、一番・二番・三番という定型の繰り返しがなく、行進曲調でもない。その辺は私でもすぐわかるのであるが、〝目からうろこ〟であったのは、一番しかない曲が四部構成になっていて、それが三拍子→四拍子→三拍子→二拍子となっており、一曲の中でこのように拍子が複雑に入れ替わる校歌は見たことがない、という点である。さらにその旋律は、見事な西洋音楽の和声構造となっており、ベートーベンも交響曲第一番が二・三楽章だけしか演奏されていなかった当時としては驚くべきことであるとのことである。

三拍子はわれわれ日本人のＤＮＡにはなく、三拍子の歌を歌うのは難しいといわれる。わが校歌の〝秘密〟はその三拍子が中心になっていることなのである。ちなみに日本人の作曲になる最初のワルツ曲は明治33年の「美しき天然」（武島羽衣作詞、田中穂積作曲）である。佐世保海兵団海軍軍楽隊長の田中穂積が新設された私立佐世保女学校のために作曲したものである。

東京校歌祭

戦前と戦後で歌詞の一部が異なるというのは、「大君安かれ　御国の栄え」が「匂いゆたけき文化の栄え」に、「君の為に」が「道の為に」となっている点である。戦後、一中から十中まで大半の府立中学は校歌を改定したが、三中は歌詞を一部変更するのにとどめた。新しい文言は三室岩吉教諭が提案したものである。

校歌祭で、校歌とともに「早春賦」を歌っていたというのは、吉丸一昌といえば「早春賦」だからである。毎年、臼杵市の吉丸一昌記念館と、早春賦の歌碑がある安曇野では、早春賦を歌う音楽祭が開催されている。もう一つ吉丸一昌の作詞でよく知られているのはドイツ民謡の「故郷を離る歌」である。

私が初めて参加したのは平成24年の第20回記念「東京校歌祭」である。これからも都合のつく限り、校歌祭で歌いたいと思う。新装なった日比谷公会堂の舞台に再び立つことができれば幸いである。

校　歌

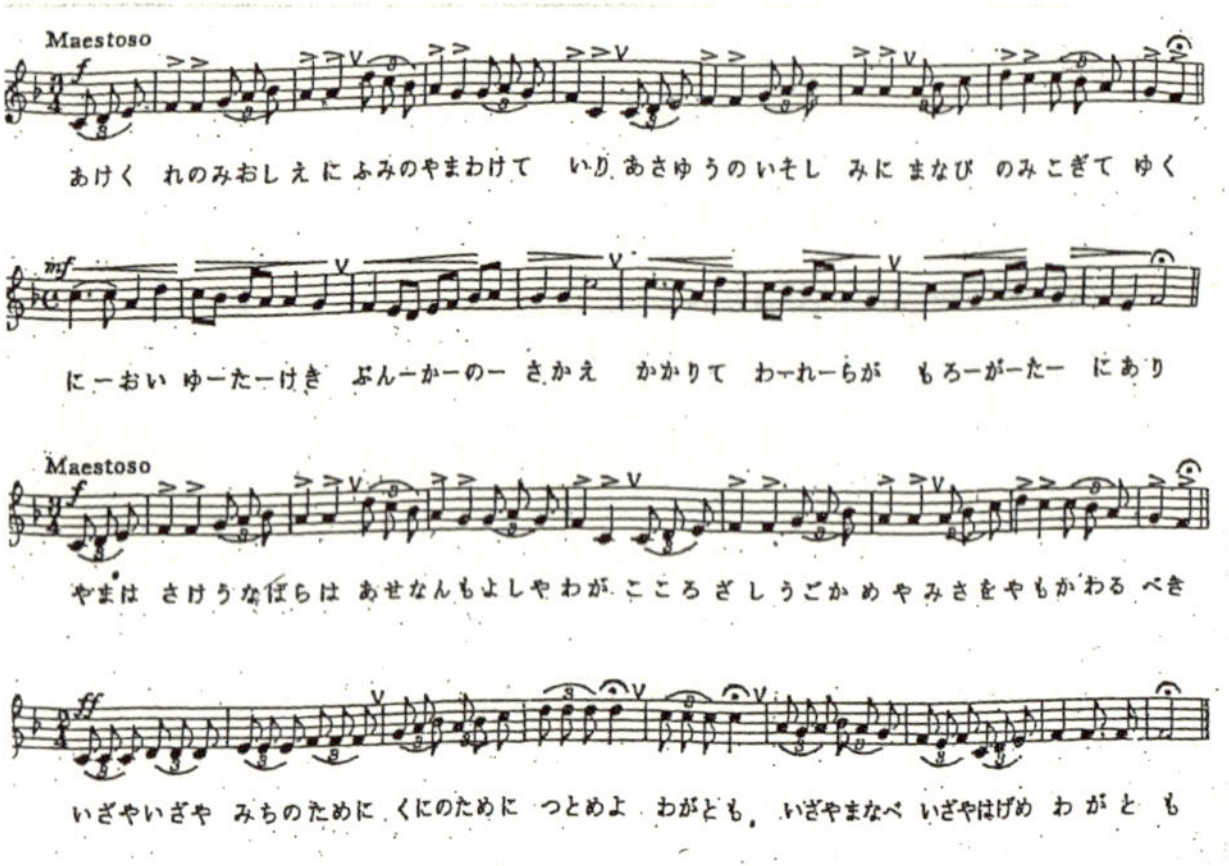

校歌

作詞　吉丸一昌
作曲　石原重雄

明暮のみをしへに
　文の山　わけて入り
朝夕の　いそしみに
　学の海　漕ぎて行く
匂ひゆたけき　文化の栄え
　かかりて我等が　双肩にあり
山はさけ　海原は
　あせなんも　よしや我が
志動かめや　節操やも変るべき
　いざや　いざや
道の為に　国の為に
　勉めよ　我が友
いざや学べ　いざや励め　我が友

卒業式の歌

卒業式の歌

吉丸一昌 作詞
石原重雄 作曲
（明治三十七年三月作）

（在校生斉唱）
祝へ祝へいざ諸共に
　謡ひて祝へや今日の日を
文の林に入りしより
　はやいくとせを夢の間に
行くか益荒雄業をへて
　かざす桂の玉の枝
折りてを来ませ久方の
　雲井にしるき名をあげて

（卒業生斉唱）
なさけ嬉しき言の葉や
　行手ののぞみ火ともゆる
光を仰ぎさして行く
　空のあなたにわかるとも
恵みを受けし師の君と
　親しの友を忘れめや

（一同斉唱）
げにやかたみに西の空
　東の空とへだつとも
心一つの友がきは
　千歳をふとも変らじな
祝へ祝へいざ諸共に
　謡ひて祝へや今日の日を
（昭和二十四年三月改正）

参考文献
●岡田孝一『吉丸一昌―日露戦争と府立三中』淡交会資料室委員会（二〇〇七）
●琴月と冷光の時代〜童謡・唱歌・お伽・童話に尽くした人たち〜（http://rasensuisha.cocolog-nifty.com/kingetsureikou/）
●小林喜一郎「吉丸一昌記念館「早春賦の館」を見学して」東京都立両国高等学校55回生『―淡交五五会古希記念文集―学びの海はるか　追補版』淡交五五会古稀記念文集企画編集委員会（二〇一二）、pp. 35-40
●寺沢捷年「校歌誕生の背景と意図」『淡交会報53号』（二〇〇四）pp. 23-24
●「両国高校百年誌」編集委員会『両国高校百年誌』創立百周年記念事業実行委員会（二〇〇二）、pp. 20-26, p. 54

徒然なるままに生きて

涌井秀新

1　はじめに　漠然と暮らしを始めた時代

昭和51年（1976年）4月1日、両国高校の時計台がみえる本所亀沢四丁目から江戸川区葛西新田に結婚を機に転居しました。葛西地域はまともな道路がなく、環七道路はシジミ橋付近で止まっていました。入居した公社の住宅は荒れ地の中に整備された12階建ての高層住宅でした。三棟が建つ新興団地から都心に出るには、東西線葛西駅まで定まった道路がなく、何となく北東をめざして25分くらい歩けば到着できました。葛西駅の南側は、現在の清砂大通が出来ていましたが、所々分断されていた、道路が巨大な駐車場と化していました。

そんなところに住み始めたのですから、雨が降れば側溝から汚水があふれ異臭を放ち、道路が冠水し道がわからなくなりました。バスはありませんでした。

2　住民のつながりができる

団地では、早速「自治会をつくろう」と呼びかけが貼り出されました。自治会づくりが始まりました。団地の周りは未整備の空き地があり、建設残土や廃棄物などがあふれていましたが、それらを住民に呼びかけ「ゴミ拾い」し簡単な整備をおこない、区に一時使用の申請をし少年野球チームやソフトボールクラブが使用を始めました。9月には自治会を発足させることが出来ました。何事も手探り状態で始めたのですが、「どうして、住民は団体を作ることが出来るのか」という疑問を抱えていました。しかし、日本国憲法の規定により住民組合を作ることができるのだと気付きました。憲法第13条「幸福追求に対する国民の権利」が明記されているので、そのための手段として憲法第21条「結社」の「自由」が該当する。団体の運用に当たっては第12条「国民の自由及び権利は、国民の不断の努力によって保持しなければならない」この権利は制約がついている。「公共の福祉のためにこれ（＝権利）を利用する責任を負ふ。」

「私たちは、日本国憲法を実現するために自治会を組織する」と自治会規約に書き込むことにした。なぜならば、憲法より下位の法律として民法第34条に公益法人の設立規定がある。しかし、構成員の範囲が限定されかつ住民の総意に基づく団体に「主務官庁の許可を得て法人となす」必要はないのです。しかし、民法第43条には法人の権利能力の範囲の規定があり「定款」に「目的の範囲内において権利を有し義務を負ふ」ので「憲法実現」という目的を掲げることは大義のあることです。この点で「第3条（目的）本会は自治団体にして会員相互の親睦と社会生活に於ける福祉の増進を図り、併せて文化の向上と総和の実を以て住みよい街作りを推進し、町の発展を図ることを目的とする。」などと目的を「親睦」と第一義に規定している自治会では、親睦になじまない人ははじめから排除されることになります。親睦事業は、個人的な関係での好き嫌いや思想信条の違いを理由に仲間として包含出来ないからです。政治信条の違いを理由に付き合わないことが往々にしてあるのです。

3　自治会活動が生活課題を解決する

こうして新田住宅自治会は、バス路線の誘致、東西線昇降駅の早期開設など地域住民共通課題、住居相互の近隣騒音、ゴミの不適正処理など団地固有の問題、賃貸住宅の家賃値上げ反対運動、自主管理運動などすべに関わり解決克服してきました。活動成果の詳細は省略する。

4　地域の未来と日本の社会を活性化する自治会　これからの自治会

住民は行政区画や地域の一定単位をもとに自治会・町会等の自治団体（以下自治会という）を組織することができる。自治会は全員参加型住民の権利主体である。但し、世帯単位で加入するので、誰か一人がその世帯の代表になる。

自治会の目的は、「日本国憲法を実現すること」と明記する。そのための実施事業は無限に広がる。個人の権利は無限です。

役員は地域全員参加の完全自由選挙が原則であり、役員の公募をしなければならない。自治会の地域連合組織も自由選挙を実施しなければならない。

基礎自治体は行政事務として、自治会に対して法人としての資格があるか、認定を行わなければならない。不十分な場合は、行政として指導勧告を行うことができる。

基礎自治体の議員に対し、このような自治会活動が行われる場合は、議員の能力や資格に関しそれぞれの自治会は関わりのある者に関し評価を行い公表する。

議員報酬は、必要な人に支給する。地域政党を支える資金は、全て個人の寄付による。中央政党も同様とする。政党助成金による政治家の遊興費への流用は刑事罰の対象とする。

5　おわりに

これからの自治会として論究を進めるため、「徳川時代」を研究し始めたら意外におもしろくまだ仕掛中です。「町会制度」は合理的にできている。また、幕末「明治維新」も武士階級内の「軍事クーデター」という真実がわかりおもしろい。政権を奪取した「薩長」の当事者たちは「維新」

とはいってない。明治政権は「謀略」によって「軍事」を継続的に起こし政権を維持してきた。そのあげくが中国戦線と太平洋戦争の敗北です。そして「国家無答責」＝誰も責任をとらない行政システム（官僚制）は、今も健在です。

明治政権が町会を末端の行政組織に組み入れた太政官令の存在、この考えは現在の町会自治会の主流です。この他ＰＴＡ運動にも関わり「親の教育権」思想普及運動したが、及ばず。残念至極。

エドワード・ホッパー研究
―《ガソリンスタンド》と《夜更かしの人々》を中心に―

坂井　博

【凡例】

・本文中の表記については以下の通りとする。
《　》は作品名を表す。初出の作品には日本語名の後に英語名も記載する。

作品名の後に（　）で挿図番号を記載した。挿図番号は各章ごとに付し、他章で既出の画像であっても、個々の章において新規に参照された画像には新たな挿図番号を付す。詳細は巻末の図版リストを参照。

ホッパーの油彩画・水彩画については、初出の作品に限り、ゲイル・レヴィン著カタログ・レゾネに記載された図版番号（油彩：O-xxx／水彩：W-xxx）を各挿図番号の後に記す。

日本語の文献名は『　』で表す。論文名は「　」内に記載する。

英文の文献名はイタリック体で表記する。

・引用について
英文の文献からの引用は、原則として本文中において翻訳し、原文を脚注に付記する。なお、すでに日本語による翻訳がなされている場合には、原則、それに従っている。

・脚注について
脚注番号は、各章ごとに振り直している。

他章で既出の文献であっても、個々の章で新規に参照した参考文献は、その都度正式名称を記す。

・その他
敬称は略する。

はじめに：私とアメリカ

私たち団塊の世代はアメリカという存在に多かれ少なかれアンビバレントな感情を抱き続けてきた。物心がついた時からアメリカは圧倒的な力で政治・経済・生活・教育・文化のすべての面で私たちに迫ってきた。言葉を換えれば、私たちを支配してきたとも言えるであろう。

私にとって、最初の洗礼は、脱脂粉乳であった。戦後の食糧危機を学校給食が救ったと言われてきたが、私が小学校に入学した昭和30年頃には食糧事情も若干は好転しており、みんななぜあんなまずいものを毎日飲まなければいけないのかと不満だらけだった。給食の後は、学校の流しが飲み残しの脱脂粉乳で真っ白になっていたのをよく覚えている。その影響か、私は未だに牛乳を生で飲むのが得意ではない。そして主食はパンであったが、皆ご飯よりパンの方が栄養価が高いと信じていた。これは戦後アメリカの小麦輸出政策に日本人がまんまと乗せられたからであると後から聞いた。歴史的に見て、アジアの方がヨーロッパより飢餓が少ないが、これはコメの生産性が小麦よりはるかに高いからだと聞いた。中世では一粒の種麦から20粒程度しか収穫できなかったそうである。江戸時代は天明の大飢饉など、何度かの飢饉に見舞われたが、あの程度の飢餓はヨーロッパでは毎年起こっていたとも聞いたことがある。このように私たちの子供の時代はアメリカに洗脳し続けられたと言っても過言ではないだろう。

私たちはまた、テレビの申し子でもあった。私の場合、小学1年生の時に家にテレビが来て以来、1日たりともテレビのスウィッチを入れない日はなかったように思われる。最初に家に来たテレビは、父が秋葉原で買ってきたものだが、今で言うプライベートブランドで〝アリアテレビ〟という名前であった。あの当時から電化製品にもプライベートブランドがあったということは、今考えると驚きでもある。その後の日本の工業化の進展を予告しているようにも思える。

当時はまだ日本のテレビ局は独自に番組を制作する能力に乏しく、多くをアメリカのテレビドラマの輸入に依存していた。後になってゴールデン・アワーと呼ばれる時間帯は、プロ野球以外はプロレスとアメリカテレビドラマの吹き替えによって占められていた。プロ野球もアメリカ文化の輸入だが、当時はかなり日本化していた。しかしプロレスとテレビドラマは、言ってみれば、文化の占領軍であった。

当時のプロレス人気はすさまじく、金曜の夜8時には電気屋さんの前は黒山の人だかりであった。家にテレビが来る前は、私も兄に連れられて、近所の床屋さんのテレビを路地から見せてもらった記憶がある。

プロレスはよく演出されたドラマで、小柄な日本人の力道山（後に朝鮮国籍であったことが分かったが、その当時はタブーになっていたらしく、一般には知られていなかった。）シャープ兄弟など大男の反則攻撃に耐え、最後は伝家の宝刀の空手チョップでなぎ倒すというクライマックスが、放送終了間際にやってきて、観客は大人も子供も大歓声であった。それはカタルシスそのもので、大人たちは戦争に負けたコンプレックスを癒していたのではないか。一方子供たちは全く単純に、力道山の強さに憧れ、次の日は力道山ごっこで、空手チョップを連発していた。

テレビドラマは、多様なものが放送された。私が覚えているだけでも、『スーパーマン』、『名犬ラッシー』、『パパは何でも知っている』、『名犬リンチンチン』、『ローハイド』、『ララミー牧場』、『ローン・レンジャー』、『ルート66』、『サーフサイド6』、『サンセット77』、『アンタッチャブル』などがある。子供たちには西部劇がとくに人気で、みんな保安官気取りで、おもちゃの銃（中には木で造ったものもあったが）をポケットに差し、早打ちを競ったものだ。

一方劇場映画も数多く輸入された。『ＯＫ牧場の決闘』や『真昼の決闘』などの西部劇や『ベン・ハー』や『十戒』などのスペクタクル映画である。

この時代はアメリカが最も自信に満ちていた時代で、上記のテレビドラマや映画にはアメリカ的価値観が色濃く反映させられている。それは次のように要約できるのではないか。

①『パパは何でも知っている』で表された中産階級的価値観。それは勤勉・知識・物質的豊かさと

精神的豊かさの調和である。父親の知識と包容力、母親の優しさ、子供たちの冒険心と素直さ、そしてそれらの背景にある物質的豊かさ。子供心にもあの時代のアメリカの中産階級的倫理観・道徳観の素晴らしさを感じた。

②「善悪二元論」と「力は正義なり」という徹底した自己肯定、そして白人優位主義。西部劇では白人は常に正義でインディアンは悪。これはすべてのドラマや映画に共通している。唯一の例外はローン・レンジャーの協力者のトントである。しかし彼はあくまで主人に忠実な従者で、時には自分の出自であるインディアンと戦うことも辞さない。この白人優位主義は現在に至るまで、政治・経済のみならず文化の面においてもアメリカ人の心の奥底を支配している。私がビジネスを通じて感じたことは、彼ら白人と付き合うには、良き外国人として接するのがベストだということである。

後年（１９９０年）ケビン・コスナーがインディアンの視点から『ダンス・ウィズ・ウルブズ』を制作し、好評を得たが、その彼がインディアン居住区でカジノを経営し、原住民とトラブルになったということは、皮肉であるが、アメリカの現実をよく表している。白人にとってインディアンや黒人は「見えない人間」なのだ。

③「西への進出」。これはある種宗教的色彩をも強く帯びている。"Manifest Destiny" すなわち文明はギリシャ・ローマに始まり、イギリスを経て、大西洋を渡り、アメリカを西に横切り、太平

洋をも横断、アジアまで達するように「明白に運命」づけられており、そのためにいかなる障害物も乗り越えて、フロンティアを西に、また西に進まなければならないという思想（教義といった方が正確か）である。これが帝国主義政策と結びつき、インディアンの虐殺やハワイ王国の転覆の正当化に使われた。このアメリカ人の宗教的原理主義は、タリバンやイスラム国の思想と何ら変わるところがないのではないか。帝国主義的実利のため、その隠れ蓑として宗教が利用されるが、それがマニフェスト・デスティニーであり、第二次世界大戦後、朝鮮戦争やベトナム戦争において「資本主義」「自由主義」を守るための「聖なる戦争」という、プロパガンダが使用された。

この思想(うたい文句)は現在進行中のアフガン戦争や「テロとの戦い」にも広く用いられている。

④「物量主義」。あの当時はまだＣＧなど想像もできない時代であったので、すべて実写であったようだ。『ベン・ハー』の闘技場における戦車レースのシーンは、今見ても、その迫力と物量にはただただ驚かされる。いったいエキストラを何人使い、どれだけ大きなセットを造り、何台の古代戦車を破壊したのであろうか。

その後のアメリカ映画も競うように大量の人員と資材を注入し、芸術性より、スケールとダイナミックスさで見せる作品が多く作られた。

『十戒』の海の割れるシーンはとくに圧巻で、どのように撮影されたものか、今でも不思議に思っている。

小学生であった私は、このアメリカの圧倒的物質文明の力と、「パパはなんでも知っている」にみられる、中産階級の豊かな生活に強いあこがれを感じたものである。広い家、電気製品に囲まれたキッチン、冬には大きなクリスマス・ツリーとプレゼントの並ぶ広いリビング・ルーム。そして私たちにとって夢であった、個室の子供部屋。ジブリ映画の『となりのトトロ』に出てくる少年のように、麦わら帽子・ランニング・白パンで遊びまわっていた日本の子供たちには、アメリカは遠い・遠いあこがれの国であった。

多くの子供たちはこのまま成長し、アメリカ大好き人間となっていった。私は商社に入社し、航空機関連の業務に携わったこともあり、これらの「アメリカ大好き人間」を数多く見てきた。会社の先輩や同僚の中には会社を辞め、アメリカに移り住む人間も数多くいた。ただ私はこれらのアメリカかぶれの連中はあまり好きではなかったが。

私のアメリカへのあこがれは中学・高校にと進む過程で徐々に弱まっていった。これも初めはテレビの影響であった。私が中学に入学するころ、フジテレビが「テレビ名画座」という番組を午後3時から放映するようになった。あの時代ワイド・ショー的な番組もなかったので、空白の時間帯を埋めるために2時間程度の洋画を放映するようになったのだが、（それまでこの時間帯はNHK以外番組を流しておらず、試験放送の画面のみが映っていたと記憶する。）フランス映画を中心とした文芸作品で、『わが青春のマリアンヌ』、『オルフェ』など今でもよく記憶している。

私が最も感動した映画は、劇場で見た『処女の泉』であった。スウェーデンのイングマール・ベルイマン監督の作品で、父親役のマックス・フォン・シドーの悲しみ、怒り、後悔の感情を抑えた息が詰まるような演技に、役者というものの凄さを感じた。そして、彼の娘が馬に乗って、湖の畔を行く姿を遠くのアングルから逆光でとらえたシーンの美しさはその後に続く残虐なシーンとのあまりにも強い対照をなしており、いまだに鮮明に記憶している。この時映画の芸術性を強く感じ取り、次第にこの種の文芸作品にのめりこんでいった。

これに反比例するように、アメリカ映画やアメリカ文化から遠ざかって行った。アメリカのかざす正義に疑問を感じるようになったのも、この頃からで、ベトナム戦争が大きな契機になったのは確かである。

そして自分の心の中でアメリカを決定的に嫌悪するようになったのは、大学でアラビア語を専攻し、中東の歴史を学ぶようになってからだ。イスラエルの建国・イランのモサデク政権の打倒など、戦後の中東史はアメリカの不当介入の歴史といっても過言ではない。そしてアメリカは中東以外でも数々の不正・残虐行為を行ってきた。特に私にとってショックだったのは、CIAによるチリのアジェンデ政権の転覆であった。民主主義国のリーダーを自認するするアメリカが自由選挙で合法的に選出された政権をCIAによる非合法な暴力行為で転覆させ、その後に造られたピノチェト政権の残虐行為を支持し続けたのであるから。

しかし皮肉なことに、私とアメリカの関係はその後も長く続くことになる。商社に入社し、2年目にレバノンのベイルートにアラビア語研修で派遣された。私が入学した学校は、Middle East Center for Arab Studies (MECAS) というイギリス外務省が設立した学校で、現地ではスパイ学校などと陰口をたたかれるような、イギリスの中東経営に深くかかわってきた学校であった。イギリスのキャリア官僚などが多く学ぶ学校で、中東に関し多くのことを学べた。在学中イスラエルのファントム戦闘爆撃機がパレスチナ難民キャンプを爆撃するのを目撃するなどいろいろな経験をしたが、ここでもアメリカの影を強く感じたものである。

帰国後は航空機部に配属された関係で、アメリカとより深く付き合うようになり、何度もアメリカに出張するようになった。その経験が今回卒業論文としてエドワード・ホッパーを取り上げた遠因になっているのかもしれない。(本稿は、退職後、大学に入り直して卒業論文として書いたものです。)

しかし、つい最近まではアメリカ美術には全く興味がなく、作家の名前すらほとんど知らなかった。もちろん美術にはそれなりの興味があり、私は出張先では時間の許す限り、美術館などを訪れたが、アメリカではメトロポリタン美術館、MOMA、ボストン美術館しか訪れていない。それもおもにアメリカが収集した国外の美術品を見ることが目的であった。

メトロポリタン美術館では古代エジプトの神殿、MOMA（ニューヨーク近代美術館：The Museum of Modern Art）ではヨーロッパ近代美術、ボストンでは日本を含めた東洋美術であった。

今思えば、ほかの都市でも美術館を訪問していればよかったと思う。地方の小さい美術館には思わぬ掘り出し物があったかもしれない。特にフィラデルフィアやシカゴの美術館は訪ねておくべきであった。

ただ美術以外の芸術にはかなり親しむ機会があり、ジャズやミュージカルやバレーなどはよく楽しんだ。私は特にモダン・ジャズが好きだったのでグリニッチ・ヴィレッジにあるヴィレッジ・ヴァンガードはニューヨークに滞在する際は必ず訪ねた。私は知らない間にホッパーが住んでいた地区を歩いていたようである。今思うに彼とは不思議な縁で結ばれていたようである。

アメリカやヨーロッパの都市についていえることは、東京の夜に比べて全体的に暗いということだ。もちろんマジソン・スクエアのように不夜城もあるが、グリニッチ・ヴィレッジのあたりはかなり暗かったと記憶している。夜半過ぎは《ナイトホークス》の舞台そのものであった。あの作品がこの街から生まれたということはとてもよく理解できる。私にとってあの絵はニューヨークそのものである。

ただアメリカという国の本質はやはりカントリー・サイドそのものにあるような気がする。ニューヨークなどの都会だけではなく、地方の小都市にある工場を何度となく訪問したが、そこには古き良きアメリカが残っていたように思える。もちろん私は旅人であり、またビジネス・カウンターパートとしての訪問であったので、そこにアジア系の住人として住んだ時の息苦しさなどを感じないで済んだのであろうが、総じて人々は素朴で人が良かった。そして果てしなく広がる風景はアメリカの地方の魅力でもあるだろう。もちろんただ広いばかりで単調な風景は絵画には向いていないのかもしれないが、アメリカン・シーンの画家が好んで描こうとしたことは理解できる。アメリカの具象絵画の魅力はこんな素朴さにあるのではないか。今でも中西部の街には大きなカウボーイ・ショップがあり、あまり趣味のよいとは言えないテンガロン・ハットやブーツを買い求める人たちがピックアップトラックで通ってくる。

このように私はアメリカというものに対し、長い間複雑な感情を抱いていきてきた。小学生の時、アメリカのドラマに出会ってから、すでに60年の時が流れてしまった。その間反発・共感・憧れ・

怒りなど常に相反する感情を持ちながら、アメリカと関わってきた。私が物心ついてからのアメリカは常にMainstreamであった。政治・経済・文化において常に中心にいて、"Might is right"（力は正義なり）と圧倒的力と物量を持って支配してきた。そして私はそのようなアメリカに強い反発を感じてきた。同時にカントリー・サイドの純朴で、独立心が強く、保守的な人々にアメリカの牧歌的側面も感じてきた。

そんな中で、偶然にもホッパーという画家に出会い、もう一つのアメリカを発見した気がする。それは一言でいえば、「静かなアメリカ」である。都会を描いても、それは喧噪より静寂であり、描かれている人々は悩みを抱いた市井の人々である。劇場や映画館を描いても、そこではまるで音が消えたような錯覚さえおぼえるほど、人々は自己の内面と向き合っている。

ホッパーの絵には鑑賞者が自分を内省してしまう不思議な魅力がある。彼を研究することで自分のアメリカとの関わりをもう一度整理することができると感じている。

第1章：ホッパーの人と作品

「はじめに」で述べたとおり、私はあまりアメリカ美術に興味がなく、作家についても一部戦後の作家を除いては全く知識がなかった。ましてや具象の画家などは名前さえも知らず、調べてみようとする気もなかった。

ホッパーとの出会いはほんの偶然からであった。テレビ東京が毎土曜日の夜放送する「美の巨人たち」という番組をよく見るのだが、その日はホッパーの《ナイトホークス》を取り上げていた。はじめはアメリカ映画のワンシーンを見るようであったが、その不思議な静けさと安らぎ感に興味を覚えた。第一印象はこんな静かな画家がアメリカにいたのか、というものであった。

調べていく中で、彼の「絵は描き終わった時点で観者のものになる」、「言葉で言えるなら、何も描くことはないよ」[1]という言葉に出逢い、彼の画家としての自信と矜持を感じ、ホッパーという画家を本格的に調べてみようと思った。少し調べてみると、彼はあまりにも有名で、かえって卒業論文のテーマとしては、難しすぎるとすぐに思ったが、研究者とは別の道を通って彼に出会った自分としては、研究者とは異なった視点で彼を捉えてみたいと考えるようになった。

ホッパーは「自分の絵画はこのように見ろ」とは強要しない。チャールズ・バーチフィールドは

１９３３年に「ニューヨーク近代美術館」で第一回回顧展の機会に、ホッパーを評してこのことを口にしている。

多くの評論家がホッパーの作品の中に皮肉な指向を読み取っている。しかし私は、ホッパーが偶然にも作品を制作した時代背景が、その原因であると思っている。ホッパーが描いた時代は、われわれの文学が小さな町や都市について悪意に満ちた描写をした時代で、その結果アメリカの情景を描いた理性的で誠実な絵画はすべて皮肉に満ちたものとなった。しかしホッパーは、鑑賞者がどのように感ずるべきかを決めつけようとはしていない。それは彼の先入観にとらわれない淡々とした展望であり、感傷的な意図やその時代の容認を含んでいない。まさにそうであるからこそ、彼の作品は時代を超えて長く注目されることとなるだろう。[2]

正直なところ、現代作家の押しつけがましさと、作品そのものよりコンセプトを重視しすぎる態度に、少々辟易していた。私は以前レポートに以下のように書いて、抽象表現主義を以下のように批判したことがある。

私はかねてから20世紀の抽象画、特に抽象表現主義に対して、ある種の「堕落」・「自殺行為」的なものを感じてきた。かの作家たちに対して私が抱く感覚は「彼らは作品について饒舌に語るが、作品をして語らしめていない。」と言うことだ。言葉を変えて言えば「饒舌な作家」と「寡黙な作品」とも言える。

聖書の「始めに言葉ありき」ではないが、彼らは言葉を通してしか、作品を理解させることができない。言葉を失ったとき、残るのは絵具のシミのみである。

フランシス・ベーコンはジャクソン・ポロックの作品を「カーテンの模様」と評したとのことだが、私の眼にはペンキ屋の汚れた作業着（0verall）としか見えない。マーク・ロスコの作品も言葉を失ったとき、それは「赤いキャンヴァス」でしかない。

ロバート・ラウシェンバーグの《消去されたデ・クーニングの肖像》(挿図1-add. a）に至っては、意味不明としか言い様がない。イコノクラズム（偶像破壊主義）を標榜し、デ・クーニングを否定しようと試みながら、デ・クーニング本人に自分の作成意図を説明し、その上彼のドローイングを貰うなど自家撞着そのものだ。そこに彼らの運動の甘ったるさを感じるのは私だけだろうか。偶像破壊というなら、タリバンのバーミヤン大仏破壊の方がはるかに思想的に首尾一貫している。（もちろん私は彼らの行為にはひどく嫌悪し、強い憤りを覚えるが。）

彼がデ・クーニングのドローイングを塗りつぶしたところで、完成した作品は単なる「白いキャンヴァス」に過ぎない。彼が「言葉」と言う助けを借りない限り、この作品の作成意図を読むことは不可能である。

画家が自分の作品を理解させるため、「言葉に頼り、言葉を多用する。」のであれば、もはやそこに美術作品は存在しない。彼の絵画はもはや文学作品と言うべきものである。

このような状況を指して、アンディー・ウォーホルの友人ポール・モリッシーは「きょうび、どこかの画廊に行ってだね、ドリッピングの作品を見たとする。そうして、見栄っ張りどものひとりに向かって、この絵は何だ、蝋燭のしたたりか、と聞くとする。そうすると連中が教えてくれるのはアーティストの名前。ポロックですよ、なんてね。彼らはアーティストの名前をいう！だからどうなんだ！つまるところ、みんな値札をみて、その画廊の、なけなしの粗悪グラフィックスを買っているだけの話じゃないか。」「あわれな建築雑誌に書いてある――建築そのものはじつは取るに足りない。だから彼らは、建築をなにかいっぱしのものであるかのように見せるための言葉を、わざわざ発明するという

挿図１-add. a　ロバート・ラウシェンバーグ《消されたデ・クーニングの肖像》

わけなんだ。」[3]

彼の主張は一見無茶なようにも見えるが、この時代の風潮を的確に批判していると思う。ウォーホルはこのような風潮からは一定の距離を置いているように見える。彼は言う。「僕はまだふたとおりのスタイルで製作していた——抽象表現主義でよくいうジェスチュアやドリップをともなったリリカルな絵画と、ジェスチュアなしのハードスタイル。僕はよくみんなに両方とも見せて、ちがいをどう思うかいってもらっていた。というのも、ぼくはまだアートから手のジェスチュアをすっかりとりのぞいて、何のコメントもしない、無署名的なもののほうへ行けるかどうかあやふやだったからだ。ぼくはだんぜんジェスチュアの説明性を取り去りたいと思っていた。」[4]

その後も、このような思いは私の心からどうしても消し去ることができなかった。技術的にどうこう言えるほど、私には十分な知識がないのだが、画家・評論家・学芸員・画廊のオーナーなど専門家を自認する排他的グループが一段高い所から、「この絵はどこどこが革命的で、斬新ゆえ高く評価されなければならない。お前たち素人はプロの意見をありがたく拝聴して、この絵をじっくり鑑賞しなさい。」と、上から目線で言われているような気がしてならない。極端な言い方かも知れないが、王侯・貴族から大衆が取り戻した芸術を、再び現代の王侯・貴族が囲い込み始めたと言えるのではないか。

挿図 1-①　《夜更かしの人々 Nighthawks》

しかし、もしポロックがこの絵について何も語らなかったら、もし美術館といった「場」の力を借りなかったら、もし倉庫にでも置かれていたら、作業員はただのゴミとして片づけてしまうに違いない。

このようなことを長い間考えてきた私の眼にはホッパーの作品がとても新鮮に映った。もちろん彼の作品を鑑賞・理解するには様々なレベルがあるだろう。しかしどのレベルであろうと、彼の絵は美術鑑賞が好きな人間であれば、だれもが楽しめるのではないか。それゆえ、私は「ホッパーは、鑑賞者がどのように感ずるべきかを決めつけようとはしていない。」という言葉に勇気づけられて、自分自身の見方でホッパーを捉え直してみたいと思う。

私は長くビジネスの世界に身を置き、海外の国もいろいろと歩いてきた。アメリカ出張中、間違ってレンタカーでニューアーク市の黒人街の真ん中に降りてしまったこともある。その当時、ニューアークは犯罪都市として有名で、非常に恐ろしい思いをしたことを鮮明に覚えている。また《夜更かしの人々Nighthawks》(挿図1-①：O-332)よろしく、夜のニューヨークをさまよった経験もある。言ってみれば、自分はホッパー絵画の中に描かれた人物の位置にいるような経験を何度もしてきたということになる。そんな立場でホッパーの絵画を見ると評論家や研究者とは少し異なった見方ができるように思われる。

また私が取り上げる二作品は彼の50歳台半ば以降の作品であり、彼の思考や視点について、これらの作品を彼が描いた年齢を越してしまった現在の私には、ある種の共感を持って鑑賞できるのではないかと考えている。

ホッパーの伝記的著作や作品の評論には、常に「疎外」「都市の孤独」といった言葉が氾濫している。この言葉は彼の作品を論ずるにあたって最も都合の良いものであったのだろう。

山田隆行もホッパーの絵画における「孤独」や「疎外」という概念に着目し、その修士論文[5]の中で、彼の絵画に実存主義を読み解き映画監督ヴィム・ヴェンダースの以下のような言葉を引用している。

「近代都市に住む者の孤独」―これはホッパーにとって中心的なテーマである―は突如、その時代に相応しいものとなった。カミュやサルトルの実存主義小説は、まるで、ホッパーの絵画をそのまま写し取ったものであるように思えた。[6]

一方、山田は O' Dohartyとの対話の中で、ホッパーが言った、"The Loneliness thing is overdone." 「孤独というのは言い過ぎだ。」[7] という言葉も紹介している。

私はホッパー自身はただ単に「疎外」や「孤独」を描こうとした画家と解釈すると、彼を過小評価してしまうのではないかと危惧する。彼の送った人生を考えると、通常言われているホッパーの作品が「近代都市に住む者の孤独」を描いているという見方とは少々異なった見方も可能なのではないか。特に彼の後期の作品にはその傾向が表れているように思える。それは「疎外」「孤独」よりも、その先にある「共感」・「優しさ」といったものであり、ロイ・グッドリッチは《深夜の人たちNighthawks》のランチ・カウンターを「真夜中の光のオアシス」と表現しているが、[8] 彼の作品の幾つかにはこの「オアシス」という言葉がぴったりと当て嵌まるように思われる作品もある。

またホッパー自身は、あくまでも人物や背景を画面構成の効果を狙って設定している。このことについては、多くの評論家たちが「都市の孤独感」の象徴的作品として取り上げる《夜更かしの人々》についても、単純化する過程で無意識に都市の孤独を描いたと、言っていて、特段「孤独感」を強調していない。[9]

絵画《夜更かしの人々》における孤独に対する質問にホッパーは答えた。「私はこの作品を特別に孤独なものとは見ていなかった。私は場面を単純化しレストランをより大きく描いた。たぶん無意識に私は大都会の孤独さを描いていたのだろう。」[10]

これに対して、やはり「ホッパー作品の孤独感」を強調するロルフ・ギュンター・レンナーはホッパーの作品を評して、「ホッパーの絵のなかに示された自然もまた変容する。自然は文明の象徴によって遮断されるか（そのため道路や鉄道の踏切、燈台が執拗に繰り返し描かれる）、あるいはその逆に文明の象徴が荒涼とした自然の中に見捨てられ、危機にさらされている[11]」と述べて、「自然空間と文明空間の対立[12]」という概念を持ち込んでいる。しかし私は、少なくとも後期の作品においては、その見方を変える必要があるのではないかと考える。「自然空間と文明空間の対立」と言っても、20世紀も半ばに差し掛かっているアメリカにおいては最早文明の勝利が明らかであり、自然は文明に飼いならされた（征服された）と誰もが考えていた。しかしホッパーの場合、それは単に文明空間（都市空間）が自然空間を駆逐していくという文明至上主義的な発展史観を採るのではなく、自然や都会化によって失われていくものへのノスタルジックな共感など、ホッパーが生きた時代の喧騒とは一歩距離を置いた視点で、20世紀前半の急速に変わりつつあったアメリカを見つめていたように思われる。私はホッパーの後期作品を取り上げることにより、このホッパーの中心的課題を論考してみたいと考える。

「疎外」という概念は、ある共同体から排除されることである。その論からすれば、アメリカ人はすでに二重に疎外されているといえる。

１６２０年ピルグリム・ファーザーズがイギリス本国での宗教弾圧を逃れ、メイフラワー号でプリマスに植民地を建設した時点で、母国からの排除という大きな「疎外」を経験している。彼らには私たちや英国人・フランス人があって当然のことと感じている地理的な母国というものが存在しない。それゆえ、彼らには星条旗にシンボライズされるアメリカ国家への忠誠というものが、より強く求められるのであろう。また、国家は国民を保護するためには全力を尽くすことを要請されるのであろう。よく聞く話だが、「アメリカはたった一人の国民を救うために第七艦隊をも出動させる。」と言われている。このようにアメリカという国家はある意味で非常に危うい、ヴァーチャルとも言える共同幻想の上に成り立っているのではないか。

昨年トランプが大統領に就任してからのアメリカの分断と混乱は、彼がその言動と政策により、アメリカという国家が拠って立つ共同幻想を打ち砕き、トマス・ホッブズの言う「万人の万人に対する闘争」という状況を創り出してしまったのではなかろうか。

そして、もう一つの「疎外」は、産業革命以降多くの国に見られるものであるが、共同体の崩壊による都市への流入と住民の孤立化である。また、アメリカの場合、これに加え、西のフロンティアへと膨張することで、二次的共同体からの離脱（疎外）が行われたと解釈できる。この「疎外感」「孤独感」がManifest Destinyという宗教的正当性（私には〝狂信性〟と感じられるが）を得て、西部フロンティアの開拓（侵略）、西海岸への到達、ハワイの併合、フィリピンの植民地化と突き進んでいく。

しかし彼の生まれ育った時代はすでにハワイの併合（１８９８年）、フィリピンの植民地化（１９０１年）が完了し、アメリカがようやく巨大国家としての安定を得、その巨大なパワーにより国民としての一体感の獲得が行われた時代である。そこでは勃興期のアメリカ機械文明に対する強い信頼感も培われている。同時に都市化に伴い、人々が分断され、孤立化されていった時代でもある。

一方、エドワード・ホッパーは少なくともこのような「西への膨張」とは無縁の存在であった。

彼はアメリカという大地に根を張った東部の「定住民」であった。その目は若いころ遊学したフランスなど大西洋の東に向いていた。彼はもちろん意識はしていなかったであろうが、別荘も東海岸に位置している。後述するが、彼は生涯フランス趣味を持ち続けた。

彼の人生を眺めると、「54年もの間同じスタジオで仕事をし、１９１３年に移り住んだワシントン・スクエア・ノース３番の質素なアパートメントでずっと暮らし続け、結婚後は同じ建物内に妻のためのスタジオを借りた。１９３０年に初めてサウス・トルロを訪れ、１９３３年にはそこで小さな土地を購入し、次の年には自分の設計でスタジオを建てた。そしてその時から１９６６年まで、毎年夏から秋にかけての数か月をサウス・トルロで過ごすようになった。[13]」そして彼は１９２４年ジョセフィン（ジョー）・ヴァースティル・ニヴィソンと結婚し、生涯添い遂げている。彼はある意味アメリカの理想的市民であり、プロテスタント的価値の体現者であった。評論家たちが彼の絵に対して好んで用いる「疎外」・「孤独」といった言葉からは縁遠い人生を送っていたともいえるのではないか。

私なりに彼の人生の特徴は短い言葉で整理すると、以下にまとめられると思う。

1. アメリカ性
2. 文化的先進国ヨーロッパ（特にフランス）への憧憬

3．プロテスタント的勤勉・敬虔・質素

1．アメリカ性

まずはホッパーの「アメリカ性」について考えてみたい。

年譜によると彼は１８８２年７月22日ニューヨーク州ナイアックに生まれた。この年はホッパーの生涯を考える上で、非常に象徴的な年だと思う。この年は奇しくもロックフェラーがスタンダード石油トラストを設立した年である。この年、石油の20世紀・アメリカの20世紀・資本主義の20世紀が事実上幕を開けた。世界の舞台でアメリカが「アメリカであること」の主張を開始し、世界の覇者となっていく20世紀の幕が切り落とされた年である。

山田隆行はホッパーのアメリカ性について、以下のように述べている。

しかしながら、実際には、ホッパーは「純粋なアングロ・サクソン系アメリカ人」ではない。彼の父方の祖父はオランダからの移民であり、彼自身：多くのアメリカ人と同じように、私は多くの民族の混血です。私はオランダ人、フランス人の影響のほかにウェールズ人の影響もあるでしょう。オランダ人の影響といってもハドソン・リヴァーのオランダ人であって、

アムステルダムのオランダ人ではありませんが。と、述べている。だが、それにもかかわらず、当時の批評家はホッパーをアングロ・サクソン的であると強調した。この事実が意味することは、ここでは作品を通じて過去のアメリカを懐古できるかどうかが重要であり、ホッパーの出自はほとんど問題とされていないということである。[14]

このアングロ・サクソン的アメリカという言葉がホッパーの絵画を理解するうえで重要なキーとなる。彼は「アメリカンシーン」の画家とカテゴライズされることを嫌った。１９６０年代初頭のブライアン・オドハティとの会話で彼は言っている。

とても腹が立つのは「アメリカンシーン」の件だ。ベントン・カリーそして中西部の画家たちのやったアメリカンシーンいうものを、私は決して試みたことがない。アメリカンシーンの画家たちはアメリカを風刺したのだと思う。だが私の対象はいつも自分自身だった。フランスの画家が「フランスの情景」につって語ることはなかったし、イングランドの画家が「イングランドの情景」について語ることもなかった・・・・。アメリカの特性というものは画家自身の中に存在する。つまりそれを求めて努力することはないのだ。[15]

しかし、私はこの考え方こそが彼を「アメリカンシーン」の画家たらしめているのだと思う。イギリス人だから「イングランドの情景」について語る必要がないのだ。彼自身がイングランドそのものであるから。フランスの画家は自国にいる限り、自国を意識しなくとも無意識に彼の筆遣いにフランスが表れるのだ。「アメリカンシーン」という言葉に語弊があるならば、「アメリカの画家」と言い換えてもよい。彼の描く絵は、アメリカそのものである。シュミートはこのことについて下記のように述べている。

しかしながら、アメリカンシーンをどのように定義するにしろ、その概念とホッパーの芸術の間にはある接点が見受けられる。彼はニューヨークを散歩中に見つけた主題と同じくらい、田園的モチーフやアメリカらしい小さな町の情景に焦点を当てることが多かったのである。だが、これらのテーマの扱い方には、リージョナリズムの画家たちが陥ってしまったナショナリズムや「アメリカが一番」というような狭量な姿勢はその片鱗も見られない。

(中略)

ホッパー芸術において何がアメリカ的であるという点は難しい問題である。そこにはアメリカ的特性というものが確かに存在しているのだが、それを説明することは難しい。分析しようとすればするほど、捉えどころがなくなってしまうようだ。とはいえ、ひとつ確かなことがある。それはホッパー自身はアメリカ的特徴を特に追求しようとしなかったということである。彼の中ではもっと一般的なものが動機になっていたのだと私は思う。すなわち人間の状態そのものへの興味である。そして事物を正確に観察することによって、彼自身の時代のある世界においても普遍的な人間の状態を示すものがあることを発見した。このようにホッパーの絵画におけるアメリカ性とはあらかじめ意図されたものではない。それだからこそ、そのアメリカ性が作品全体に行き渡っており、その深層にまでしみ込んでいるように思われるのである。[16]

シュミートはまた、画家について以下のようにも述べている。

ホッパーの絵のテーマを論ずるにあたっては、まず彼が取り上げなかった主題を考察してみるのがよいであろう。アーティストが選ばなかったものは、少なくとも好みのテーマと同じくらいにはその芸術家について語ってくれるのである。

ホッパーはニューヨーク・シティの情景を数多く描いたが、超高層ビルを取り上げたものはない。これについてニューヨーク近代美術館でホッパーの最初の回顧展を開催したアルフレッド・H・バー・ジュニアが語った逸話がある。ホッパーと彼の作家仲間が歩いていると、友人が突然止まって声を上げた。「見てごらん！何んて素晴らしい摩天楼の構図だ。何という光、何という集合体なんだ。ほらみてごらんよ、ホッパー！」しかしホッパーは興味を示さなかった。「どんなものでもよい構図になるものさ」と言い、そのまま歩き続けたという。超高層ビルの姿はせいぜいのところ、隠喩的にしか彼の絵には現れてこない。カンヴァスの端にちょっとその片鱗が見えるくらいで、決して中心的モチーフにはならなかった。当時ニューヨークを表現した画家の中で摩天楼を描かなかったものはおそらく彼だけであったろう。

その他、彼が描くのを避けたもので似たようなモチーフは高速道路、工場、機械、産業プラントなどであった。しかし、彼は遠まわしにではあるが私たちが生きている工場・テクノロジー時代を盛んに表現しているのである。彼は、アメリカの日常生活を描くにあたって、お決まりのアメリカ的なものを連想させるものはすべて排除しているにすぎない。また彼の側から豊かなアメリカ社会を称賛する気は、まったくないのである。[17]

しかし、このことがホッパーの「アメリカ性」を何ら否定することにはならない。アメリカに限らず、一般的に知識人とよばれる人々は、時代の主流に反発もしくは批判的に見る傾向を持っている。時代の急激な変化による世の中のひずみや軋轢、また不平等の拡大などに鋭い批判の目を向けるのが知識人であり、それが時にはノスタルジックな時代へのあこがれ・回帰として作品に表れることがある。ホッパーの場合も同様であろう。摩天楼を描かなかったのも、マサチューセッツ州サウス・トルロの海岸風景を好んで描いたのも、同様に彼の「アメリカ性」がなせる業であった。

江崎聡子は「エドワード・ホッパーとアメリカ」においてDeborah Lyonを引用して、以下のように述べている。[18]

１９９５年夏、ホイットニー美術館においてエドワード・ホッパー展が開催された。この展覧会の趣旨は、アメリカの風景を描いた画家として常に評価が高いホッパーの絵画世界と、同様にアメリカをとらえた映像イメージとの関連性を探ることにあった。

この展覧会を記念して製作されたアンソロジーの冒頭においてエドワード・ホッパーの芸術は以下のように説明されている。ホッパーの描く世界は「アメリカにアメリカ自身の鋭い鏡像をつきつけて」おり、人々はその風景に「以前に何度も見たことがあるという奇妙な感覚を持って」引き付けられるのだ。そして人はホッパーの描いた光景を現実のそれに重ねるようになる、つまりホッパーの絵画イメージが、日常生活の経験において「見る者の意識に存在し」始めると。

ホッパーの作品を一度目にした者は、現実のアメリカの光景・空間に彼の絵画世界のイメージを重ね、追い求め始めるという奇妙な転倒を経験するのである。画家の描き出すイメージと現実の風景との間に、ある種の相互作用、「幻想上の交通」（"phantom traffic"）が生まれるのだ。[19]

彼の描く世界においては、アメリカの郊外に生きる人々の孤独や空しさ、画一主義といった「あらゆる性質のアメリカ的経験[20]」の心理的探究がなされ、アメリカのある「場所と時間の雰囲気」を見事に捉えた「場所の詩[21]」が歌われている。彼は20世紀初頭の変化の波にさらされた「変わりゆくアメリカのヴィジョンを」「肯定的[22]」に描いたと。

結局のところホッパーは概念化され抽象化された「ヴィジョンとしてのアメリカ」を描いた画家なのであろう。私は次の章でホッパーの絵画を「映画的リアリズム」として、トマス・エイキンズの「写真的リアリズム」と比較検討するが、「映像の世紀」である20世紀を生きたホッパーは、映画監督が「創作したリアリズム」としての映像を創り出していくのと同様の手法で彼の作品を制作した。現実のアメリカをそのまま描くドキュメンタリーの手法ではなく、ドラマ的な手法で「概念化」し、「抽象化」した「ヴィジョンとしてのアメリカ」、「本質としてのアメリカ」を丁寧に描き

挿図 1-② 《ガソリンスタンド Gas》

出したのだと思う。私たちがアメリカを考えるとき、自然とホッパー的なアメリカを想像してしまう。郊外を車で走り、高く空に掲げられたガソリンスタンドの看板を見れば、ホッパーの世界が現出したと思い、ニューヨークの夜の通りを歩けば、向こうのコーナーにホッパーの「カウンター・レストラン（Diner）」が表れるのではないかと期待する。《ガソリンスタンド Gas》（挿図1-②：O-315）と《夜更かしの人々》を一度でも見たことのある人間ならば、現実のアメリカを見るたびに、こんな感慨を抱くのではないか。

この概念化こそが、ホッパーの作品をシュルレアリスムとの関係性や、抽象画との懸け橋として評価するにあたっての重要な要素であると考えるが、この考察は別の機会に行いたい。

2. 文化的先進国ヨーロッパ（特にフランス）への憧憬

私自身正直なところアメリカの絵画にはあまり好感を持てないでいる。確かにダイナミックでエネルギッシュなのだが、粗野で押しつけがましく、挑発的で、かつ脂ぎってギトギトとしている。アメリカは人種の坩堝というが、絵画においても、何もかもを一つ所に詰めこみ、押し合いへしあいしている感じがする。もちろんチャールズ・シーラーのような例外もあるが。ジョージア・オキーフは人気のある画家なのだろうが、あのような性的絵画を何枚も見せつけられると、吐き気がしてくる。もちろんこの時代、女性が男性と伍していくためには、非常に強烈な個性と男性には感じることができない「性」を前面に押し出す必要があったのかも知れないが。ジョセフィン（ジョー）・ホッパーも画家としての豊かな才能に恵まれながら、ホッパーの「妻」・「モデル」としてしか評価されず、彼女の死後、彼女の作品はホッパーの作品とともに、ホイットニー美術館に遺贈されたにも拘わらず、ほとんどが廃棄・散逸してしまった事実を現代の私たちは深く考慮する必要があると思う。[23]

しかしこの章の始めに述べたように、ホッパーの絵には不思議な静けさと安らぎ感がある。そして押しつけがましさというものが全く感じられない。

これにはホッパーの「プロテスタント性」と同時にフランスからの影響を考えてもよいと思われる。

近年ゲイル・レヴィンなどによりホッパー作品の色彩や筆蝕また構図などに印象派の影響が表れ

ていることが指摘されている。江崎聡子は「エドワード・ホッパーとアメリカ」[24]において、ホッパーのフランスからの影響について、以下のように述べている。

しかしながら、ホッパー没後10年を経過して、ある一つの論文が発表された。[25] それは最もアメリカ的と言われる画家ホッパーの、フランス文化愛好者としての側面を指摘するものであった。執筆者であるゲイル・レヴィンによれば、青年期に絵画のみならず、文学においてもフランス文化に親しんだ彼は、１９０６-１０年にわたるヨーロッパ遊学からの帰国後10年間、フランス時代の作品を出展し続け、フランスの風景をモチーフとした作品を生産し続けたという。[26] また、その色彩や筆蝕には印象派の影響が見られ、技術的側面における影響もあらわれている。実生活においても、フランス料理を愛し、ヴェルレーヌの詩をそらんじ、フランス語の広告を掲げるなど、フランス愛好家としての顔をのぞかせていたというのである。[27]

注目すべきは、幾度かの展覧会におけるフランス的作品の不評から、時代のナショナリスティックな、反ヨーロッパ的な嗜好を感じとったホッパーは、１９２０年代を通じて印象派的技法を払拭し、アメリカ的主題、すなわちニューヨークの都市風景やメイン州などのアメリカの郊外の風景を選択するようになったという点である。画家はフランス的ヨーロッパ的要素を捨て去り、一般大衆や批評家のナショナリスティックな嗜好に応えたのだ、というのである。[28]

しかしながら、江崎はレヴィンはホッパーの内面的葛藤を十分に説明していないと批判し、以下のように述べている。

その芸術の形式的側面におけるヨーロッパ芸術の影響に言及しつつも、フランスとアメリカの間で揺れ続ける画家の内面的葛藤が、その生涯にわたって彼の芸術にいかなる影響を及ぼしていたのか、成功のために抑制されていたフランス文化愛好者としての内面的モチーフが、作品として外在化される段階において、どのように昇華されていったのかという問題に十分こたえていないように思われるのである。[29]

そして、生井英考の『蒼ざめた貌』[30]に言及しつつ、以下のように述べている。

一方ホッパーの精神的葛藤を敏感に感じ取った生井英考は、ホッパーの複雑な感情に全く気付いていないグッドリッチを批判しつつ、さらに問いを20世紀初頭におけるアメリカのインテリや上流階級の動揺というより広い文脈に敷衍し、葛藤の要因を探っていった。生井は大量の移民流入や工業化の進展に伴い、醜悪な物質主義の顔を見せ始めた20世紀初頭のアメリカに危機感を抱きながらも、ヨーロッパの洗練された思想に完全に依拠することができない、ニューイングランドのＷＡＳＰの「危機にさらされた洗練」の系譜にホッパーを位置付けている。そして、フランス文化愛好者として青年期に自己形成を遂げつつ、しかしアメリカを生涯の主題として選択したホッパーは、芸術家としての精神的葛藤のために、「民主主義の名のもとで物質主義に奔走する現実のそこ（アメリカ）とは異なった空間」あるいは「〈実現されなかったアメリカ〉のヴィジョン」を表現したという結論を下しているのである。すなわち、生井の説によれば、醜悪なアメリカにインテリ的な「したたかな悪意」と「狷介な苛立ち」を感じていたホッパーは、現実のアメリカを超えて、非現実の空間へと逃亡したということになるだろう。[31]

また、江崎はホッパーの以下のように一見矛盾した言葉を取り上げ、その矛盾点を以下のように分析している。

「パリはとても優雅な美しい都市です。ニューヨークの無神経な混乱の後では、あまりにも洗練され、甘美に感じられます。あらゆる物が常に最も調和のとれた全体を形成すべく計画されているのです。」「パリほど美しい都市、フランス人ほど美しい物をこよなく愛する人々を、私はほかに知りません。」[32]

「パリでだれに会ったかって？誰にも会わなかった。ガートルード・スタインの事は聞いていたがね、ピカソのことは全く知らなかった。夜カフェに行って座って通りを眺めていたものだ。劇場にも少しは通った。パリの影響はそれ程重要で直接的なものでは決してなかった。」[33]

これを踏まえ、江崎は以下のように述べる。

ホッパーのこの二つの発言をどのように捉えたらよいのだろうか。一見すると、遊学中のパリから贈られた手紙である前者においては、以前から憧憬を抱いていたフランス文化、その芸術を満喫し感銘を受けているホッパーの姿が浮かび上がり、晩年のインタビューに対する返答である後者においては、フランスの思い出を軽んじその影響を否定する画家の態度が読み取れるように思われる。この対立は単に年月によってもたらされた心境の変化として説明されるのだろうか。それともこの背後に、青年期のヨーロッパと、画家として成功を獲得したアメリカのはざまに揺れ続けた一人の芸術家の矛盾した感情が掘り出されるのだろうか。[34]

江崎は「非現実の空間へと逃亡したということになるだろう。」とか「画家として成功を獲得したアメリカのはざまに揺れ続けた一人の芸術家の矛盾した感情」など、「画家の心の葛藤」に焦点を当てすぎているように感じる。長い年月の経過というものを考え、ホッパーの画家としての成功を考慮すれば、二つの発言に何ら矛盾を感じる必要はない。若い頃にあこがれ、今も憧憬を持ち続けるフランスの芸術を土台にしながら、自分の芸術の形を形成していったホッパーの自負と見るのが最も素直な見方であると思うが。

ホッパー自身は１９３３年のニューヨーク近代美術館における展覧会のカタログに寄せて以下のように述べている。「造形芸術におけるフランスの支配はこの国において過去30年間以上に渡ってほぼ完全なものであった。（中略）結局我々はフランス人ではないのだから、決してなりえないのだから、いかなるものであっても（フランス人になるという）そのような試みは、我々の遺産を否定し、表面に貼られたヴェニヤ板に過ぎない性質を我々に押し付けようとすることになるのだ。」[35]

これは画家自身のフランス芸術からの独立宣言であると読み解くのが素直な見方であろう。しかしながら、このことは画家がフランス的なものを排除したということにはならない。フランスモダニズムの影響を体内に取り入れ、消化し、アメリカの伝統的リアリズムをも十分に理解した上で、アメリカ的な主題に取り組み、そこにホッパー独自の世界を築き上げたという自負が上記の発言をさせたと考えるのが自然ではないか。

江崎自身も「エドワード・ホッパーとアメリカ」の中で以下のように述べている。

１９１０年にヨーロッパから帰国後、その言葉通り10年かけてヨーロッパ的主題を排除し、アメリカにおける成功の条件を意識しつつ、１９２０年代を通じて独自の芸術の基盤を築き上げていったホッパーだったが、しかしながら、完全にヨーロッパを放棄したわけではなかった。とりわけ作品を支える構図にフランス印象派の影響が多分に見られるのである。この形式的洗練こそが彼の作品を土着的地方主義に陥ってしまったアメリカンシーン派の偏狭さから救出するものとなっているように思われる。時代のナショナリスティックな要求に応えつつも、形式的・技術的側面においてヨーロッパ的モダニズムの影響を受けていたと言えるのである。[36]

画家のフランス芸術からの独立宣言は、江崎も指摘するように、ヨーロッパ的モダニズムと対立するものではなく、ヨーロッパ的モダニズムの影響を受けつつ、ホッパーの出自であるアメリカ性を極めていったと考えるべきだと思う。いわば弁証法的にヨーロッパとアメリカ的なるものを止揚していったのだ。そこには生井英考が『蒼ざめた貌』の中で指摘しているように、彼が生まれ育ったニューイングランドの地が大きな影響を与えてくれたのだと思う。

最後に私の印象としてのホッパーへのフランス印象派の影響についてだが、私は彼の技術的側面だけでなく、絵の「空気感」そのものに印象派的なものを感じる。

ホッパーの作品を見て、最初に感じることは、「音の不在」である。「しじま」とまでは言えないのだが、ニューヨークの昼の風景を描きながらも、そこからは騒音の類が全く聞こえてこないのだ。20世紀前半のニューヨークは最も活気に満ちていた時代で、音に満ち溢れていたはずである。この時代摩天楼の建設ラッシュに沸きたつニューヨークには高層ビルの基礎を築くためのスチームハンマーの耳をつんざくような音、鉄骨を接続するリベット打ちの音、クレーンが鉄骨を吊り上げる音、現場の労働者や監督の怒鳴る声。道路には人が満ち溢れ、自動車の数も日々増していった大都会では、人々の話し声、自動車のエンジン音・クラクションの音、ニューヨークはこのように雑多な騒音の洪水であったに違いない。しかしホッパーの作品からはそんな音は聞こえてこない。耳を澄ませないと聞こえてこないようなささやかな音しか感じられないのだ。そこには作品と鑑賞者の間に空気のバリアーの存在が感じられる。ホッパー作品はクリアーで透明感が強いが、それでもなおバリアーが音を遮っているように思える。

一方印象派の画家たちの作品からは19世紀末から20世紀初頭の「都会の音（騒音）」というものは聞こえてくるのだが、こちらも不思議なことに音がうるさいという感じは抱かせない。例えばモネの《サン・ラザール駅》（1977年・挿図1-③）には蒸気機関車がけむりを上げて入場してくる情景が描かれているが、彼は機関車と鑑賞者の間に空気の幕を降ろすことで、機関車の音を和らげている。《鉄道列車》（1908年・挿図1-④：O-160）や《高架鉄道の駅》（1908年・挿図1-⑤：O-162）などホッパーの絵画にも同様の「空気による音の遮断」というものが感じられる。これはやはり、空気の存在を強く意識した印象派の絵画の影響と見ることができるのではないか。

挿図 1-③　クロード・モネ《サン・ラザール駅》

挿図 1-④　《鉄道列車 Railroad Train》

挿図 1-⑤　《高架鉄道の駅 El Station》

3．プロテスタント的勤勉・敬虔・質素

この章の終わりに私はホッパーのプロテスタント的要素が彼の作品にどう影響したかを考えてみたい。

シュミートはホッパーの描く人物について下記のように述べている。

ホッパーが描いた人々は皆、中産階級の白人であった。そこにほかの人種を探しても無駄であるし、人種的・社会的緊張や貧富の差など以っての外である。ホッパーの人々は抗議行動やストライキ、デモや会合といった類のことには無縁なのだ。自分の運命をただ受動的に受け入れているように見える。彼らが生きている世界は奇妙にも静止したような感じで、街路には通行人の姿もほとんど見えずがらんとしており、道路にもめったに車やトラックは走っていない。この沈黙の世界には旅行者も不案内人も迷い込んではこない。窓はすべて閉ざされ、その向こう側は何の気配も感じられない。そこは永久に日曜日で、見捨てられた（あるいは眠っている）都会のように見える。そして、１９２６年の《日曜日 Sunday》（挿図1-⑥：O-247）という作品の中で歩道に座り込んでいる上着を着ていないシャツだけの年配の男にとってこの日曜日の空虚さはウィークデーの空虚さよりもずっと耐え難く、もっと行

挿図 1-⑥　《日曜日 Sunday》

き詰まり感が強いものでさえあるようだ。これは未来なき世界なのだ。おそらくもっとも奇妙なことであろうが、そこには子供が出てこないのである。ホッパーは決して子供を描かなかった。彼の世界は死に絶えるべく運命づけられ、またその事実に気付いている大人たちのものである。[37]

ホッパーが描く人物像の多くは、明らかに非常に強い心理的緊張下にあるにもかかわらずそれでも互いにほとんどコミュニケーションをとらないような内向的なものたちである。彼らにとって自己表現することは難しく、心理的抑制に打ち勝つことは困難だ。

(中略)

ホッパーは人々を彼らが日常生活を演じている場で描いた。オフィス、レストラン、映画館、電車、ホテルなどである。そして、彼らは全員が労働の世界に属していることを明瞭に示している、そこではしがらみや義務に縛られ、型にはめられ擦り切れてしまうような職務を遂行しなければならない。彼らはオフィスの勤め人、小規模ビジネスで働く人、テナント、年金生活者などである。また、ウェイトレスやウェイター、電車の車掌、ガソリンスタンドの従業員、掃除人、劇場の案内係、ヘアドレッサー、秘書もいる。慎ましい生活を送りカフェテリアや自動販売式の食堂、ホットドッグ・スタンドなどで食事をすませるようなひとびとである、だが、彼らは飢えるようなことはないし住む家もある。彼らが夜遅くまでオフィスで働いていたり、夕食の席についていたりするのが見える。疲れ切ってもの思いにふけっていたり、空しく世紀を回復しようとしていたりするのも見える。彼らはほんのひと時だけでも仕事を忘れたいと映画や劇場に行くが、それはできないようだ。どこに行こうとも、たとえ休暇中であっても、従業員としての心配の種は尽きない。弁護士、医者、マネージャー、セールスマンでさえ、彼らが観劇していたり、ホテルのロビーで集まっているところなどを見ても、こうした重圧からまったく自由であるようには思えない。ホッパーの人間存在の見方では、その存在は極めて貧しいものであるが、それでもある程度の尊厳は保たれている。[38]

しかしシュミートの言うように「彼の世界は死に絶えるべく運命づけられ、またその事実に気付いている大人たちのものである。」のだろうか。「また、本当に彼らは孤独で、緊張感に押しつぶされ、心理的抑制に打ち勝つことができなくムンクのように叫ぶこともままならない弱々しい存在」なだけであろうか。

確かに私も《コッド岬の夕方 Cape Cod Evening》(１９３９年・挿図１–⑦：Ｏ–309)を初めて見たときには一組の老夫婦が亡霊のように感じた。《日曜日》に描かれている中年の男はムンクのように叫ぶこともままならない弱々しい存在に見えなくもない。背景の店はがらんどうで、彼の心の状況を指し示しているようにも見える。

だが私は別の見方をしたい。それはホッパーが敬虔なプロテスタントである母の影響を強く受けていることに関係する。

山田隆行によれば、母親は敬虔な新教徒で、彼はその母の影響を強く受けたとのことである。[39]彼の生涯からは彼の母の影響によるプロテスタント的勤勉さ、敬虔さ、質素さが強く感じられるが、彼の作品からもまた労働・勤勉さ・敬虔さといったものへの「共感」が感じられる。

シュミートが言うように、ホッパーの絵の主人公たちは「オフィスの勤め人、小規模ビジネスで働く人、テナント、年金生活者などである。また、ウェイトレスやウェイター、電車の車掌、ガソリンスタンドの従業員、掃除人、劇場の案内係、ヘアドレッサー、秘書もいる。慎ましい生活を送りカフェテリアや自動販売式の食堂、ホットドッグ・スタンドなどで食事をすませるようなひとび

挿図１－⑦　《コッド岬の夕方 Cape Cod Evening》

挿図１－⑧　《日曜日の早朝 Early Sunday Morning》

と」である。言葉を変えれば、労働者階級の人間で、決してエリートたちではない。しかし、自分の分を守りながら、日々の糧を得ている。労働というものは、日々「強い心理的緊張下」に置かれるものである。それが労働というものであり、それゆえプロテスタンティズムにおいては最も重要なものといえる。

そのような視点から見ると、《日曜日》（１９２６年）や《日曜日の早朝 Early Sunday Morning》（１９３０年・挿図１–⑧：O–270）は別の見方ができるのではないか。それはすなわち安息日の静寂ということだ。

《日曜日》では画面中央の下部に小さく描かれた男は一見疲れ果て、孤独に打ちひしがれているように見える。赤いアームバンドをした白いシャツに黒いベストをはおり、黒いパンツと革靴、口には葉巻を銜えている。一見したところで夜の職業についている人間だとわかる。彼は何を考えているのだろうか。遠く離れた家族のことだろうか。それとも妻とは遠の昔に離婚しているのか。しかし彼は間違いなく勤勉に働き、安息日のこの時間を静かに過ごしているのだ。確かに彼は孤独かも知れない。しかし彼は紛れもなくそこで生きている。私はこの絵から、画家の登場人物に対する「共感」を感じる。決して同情ではなく、同じ高さの目線からの連帯ともいえる共感である。

ホッパーが描く人物には尊厳がある。ホッパーは純粋なＷＡＳＰ（White anglo-Saxon Protestant）

挿図１－⑨ 《二人のコメディアン Two Comedians》

の東部エスタブリッシュとまでは言えないにせよ、知的エリートであることは間違いない。彼の絵に描かれている人物たちとは異なった階層に属している。にもかかわらず、彼の視線は低い。そこには彼の宗教的バック・グランドが影響していると考えてもよいであろう。

また、《コッド岬の夕方》はホッパー夫妻の将来の姿を、ホッパー自身が考える形で表現したものだと考える。長い人生を勤勉に働き、二人で家庭を築き上げた後、人生の夕暮れを静かに迎える。50代半ばを過ぎ、成功を収めたホッパーにとって、ある種理想的な老後をこの絵に描いたのだと解釈できる。この絵に描かれたコリーの表情がとても良い。主人たちの静かな生活を守るのだという決意が表れている。この絵が最晩年の《二人のコメディアン Two Comedians》（１９６５年・挿図１－

⑨）につながっていくのだと思う。このようにホッパーについて理解するには彼の「プロテスタント的」敬虔さ・勤勉さという思想に注意を払う必要があるだろう。

註

1 ロイ・グッドリッチ　東野芳明訳『エドワード・ホッパー』ＰＡＲＣＯ出版局、１９９７年 p. 59
2 グッドリッチ前掲書 p. 31
3 アンディー・ウォーホル　高島平吾訳『ポッピズム：ウォーホルの60年代』文遊社、２０１１年 pp. 316-317
4 ウォーホル前掲書 pp. 11-12
5 山田隆行『エドワード・ホッパー研究ー《青の宵》と《線路脇の家》を中心にー』２０１０年度修士論文　早稲田大学大学院文学研究科 p. 29
6 “The loneliness of the modern city dwellers Hopper's central theme was suddenly right up to date. The existentialist novel of Camus and Sartre also seems as if they were copied from Hopper paintings” Wim Wonders, “The Patch of Sun is Moving. Edward Hopper's Paintings are Film Frame of the American Dreams” first published in Die Zeit, issue 14, 1996: p. 270
7 Brian O'Doherty, American Masters: The Voice and Myth, New York, 1988, p. 14
8 グッドリッチ前掲書 p. 86
9 Levin, G., Edward Hopper: an intimate biography, Univ. of California Press. 1998　p. 349
10 To the query about loneliness in the picture, Hopper responded: “I didn't see it as particularly lonely. I simplified the scene a great deal and made the restaurant bigger. Unconsciously, probably, I was painting the loneliness of a large city.”

11 Renner, R. G. Edward Hopper, 1882-1967: Transformation of the Real, Benedikt Taschen, 1993. p.7

12 Ibid. p.32

13 ヴィーラント・シュミット 光山清子訳『エドワード・ホッパー アメリカの肖像』岩波書店、２００９年 p.16

14 山田隆行「エドワード・ホッパー作《線路脇の家》：アメリカ的特質と母のイメージ」『美術史研究』49号 早稲田大学美術史学会 ２０１１年pp.144-145

15 シュミット前掲書 p.8.

16 シュミット 前掲書 pp.8-10

17 シュミット前掲書 pp. 52-53

18 江崎聡子「エドワード・ホッパーとアメリカ」『年報地域文化研究』1号 東京大学大学院総合文化研究科、１９９７年 p.15

19 Brian O'Doherty, American Masters: The Voice and Myth, Random House, New York, 1973, p. 25.

20 Barbara Rose, American Art since 1900: A Critical History, Braeger Publishers, Inc., New York, 1967, p.124

21 John H. Baur, Revolution and Tradition in Modern American Art: Harvard University Press, Cambridge, Mass., 1951, p.94

22 Lloyd Goodrich, Edward Hopper, Harry N. Abrams, New York, 1976, p.104

23 この間の事情については、ゲイル・レヴィン（龍野有子訳）「美術館の裏方としての女性：エドワード・ホッパーとジョー・ホッパーの事例」『岡山大学文学部紀要』54号、２０１０年が詳細に記述している。

24 江崎前掲論文 pp.15-33

25 Gail Levin, Edward Hopper, Francophile Art Magazine 53, June 1979, pp.114-121

26 Ibid. p.117

27 Ibid. pp.114-116

28 Ibid. p.120

29 江崎前掲論文 p.19

30 生井英考「蒼ざめた貌―エドワード・ホッパーの〈「反」アメリカン・シーン〉」『美術手帖』６０５号 美術出版社、１９８９年
31 江崎前掲論文 p. 19
32 パリ遊学中のホッパーから母に宛てた手紙。順に１９０６年10月30日・12月８日付 Levin Franco phile p. 117
33 Brian O'Doherty, American Masters：The Voice and Myth, New York, 1988 p. 16
34 江崎前掲論文 pp. 19–20
35 Alfred H. Barr Jr.，Edward Hopper：Retrospective Exhibition, Museum of Modern Art, New York, 1933, pp17–18
36 江崎前掲論文 p. 23
37 シュミート前掲書 p. 53–54
38 シュミート前掲書 p. 54
39 山田前掲論文 p. 146–147

第2章：エイキンズの写真的リアリズムとホッパーの映画的リアリズム

1．エドワード・ルーシー＝スミスのリアリズム論

アメリカの文化史を考える上でそこに底通しているリアリズムの問題は検討を要する重要な課題であると考える。

ヨーロッパに比べて歴史も浅く、常に辺境的な地位に甘んじてきたアメリカ合衆国においては、その成長の過程で独自の文化を育むためには、どうしても彼らの拠って立つべき哲学や思想が必要となったであろう。それが哲学においてはアングロサクソン的なプラグマティズムであり、文学・芸術においてはリアリズムであると考えられる。

小林剛はその著書『アメリカン・リアリズムの系譜』の中で、以下のように述べている。

ヨーロッパにおいては、遠近法にあらわされるような「脱身体化された客観的視覚」カメ

ラ・オブスキュラ的モデルが崩壊し始めたときに……視覚のメカニズムを明らかにする生理学の発展やステレオスコープのような新しい視覚装置の発明とともに徐々に再身体化されていった「主観的視覚」に基づいたモダニズム的芸術表現が生み出されていったのに対し、アメリカにおいては、ヨーロッパでは忌避された写真的視覚が逆にもう一つの「脱身体化された客観的視覚」として別の意味合いを与えられ、文化的に重要な役割を担うようになってしまったのである。……ヨーロッパでは「すでにかつてあった」視覚の延長線上にあるものとして語られた写真的視覚がモダニズムの台頭とともに周縁化されたのに対して、アメリカでは「一切の解釈を挟まずに直接ありのままの世界を描写する」新たな視覚として認識され、特別な文化的意味合いを与えられることになったのである。[1]

「アメリカ美術」という言葉を聞いて多くの人が思い浮かべるのは、ほぼ間違いなくジャクソン・ポロックやマーク・ロスコのような抽象表現主義者の「抽象絵画」であるか、あるいはアンディ・ウォーホルやリキテンスタインらの「ポップ・アート」であろう。実際には非常に分厚いリアリズムの層が、アメリカ美術という地層を掘り返してみるとそこには堆積しているのであるが、多くの人の目には触れないようになってしまっている。もちろん、アンドリュー・ワイエスやエドワード・ホッパーのように非常に多くのファンを持つリアリズム作家が個々にはいるが、そうした作家がもっと大きな流れの中で捉えられたり、一つの「伝統」としてアメリカのリアリズムが語られたりすることはほとんどないと言っていいだろう。一つの理由は、ノヴァックが語っていたように、リアリズムが様式として理解されない「透明な様式」だからであるが、それに付随する副次的な理由としては、写実的表現様式として写真と関係が不透明であることだろう。また、もう一つのより大きな理由としては、リアリズムが（特に３０年代の社会的リアリズムが）「左翼的で」あるというレッテルを貼られ、５０年代以降の冷戦文化のなかで抑圧されてしまったことが挙げられる。[2]

またアメリカの研究者エドワード・ルーシー＝スミスの『American Realism』から彼の言葉を引用して、以下のように述べている。

その本の序文で、「アメリカン・リアリズムをテーマとして取り上げる際に、私は、リアリズム的衝動とアメリカにおける美術の発展との間には密接な繋がりがある前提を明らかに立てている。それはアメリカという国家をつくり上げてきた社会的・政治的伝統全体に根付いた繋がりであると」述べるルーシー＝スミスは、「あまりにも大雑把な一般化であるが」と但し書きを付けながら、その前提の根拠を三つ挙げている。第一に、アメリカはその始まりの時点から本質的に合意によって統制される民主主義社会であったこと。第二に、近代のアメリカが、厳格な階級構造や貴族的制度が残るヨーロッパの古い社会を逃れて新天地を目指した移民たちの継続的な流入によって構成された社会であり、そこには基本的に反エリート主義という風潮が漂っていたこと。第三にアメリカ人の気質が、二番目の理由から必然的に引き出される結果として、文化的な面においても非常に実用主義的であったことである。この結果、「誰も」が見ているように世界を表現するというリアリズムの手法がアメリカの主要な芸術表現となり、それが平等と実用性を等しく強調したアメリカ文化の表現形態になったのだとルーシー＝スミスは述べている。この本で彼がとらえるアメリカ美術の中心にあるのはリアリズムであって、決して抽象表現主義を絶頂期としたモダニズム的抽象の流れではないのである。彼によると、アメリカ美術の主要な流れはその始まりからずっとリアリズムであったが、「１９４０年代半ば以降、アメリカ美術におけるリアリズムは重大な挑戦を受けることになる」とある。文化冷戦によって政府に後押しされた抽象表現主義が勝利したことによる結果だとルーシー＝スミスは簡単に説明している。[3]

しかし一方リアリズムの概念はある意味で非常に掴み難く、ルーシー＝スミスは上記著書の冒頭で、以下のようにも述べている。[4]

「リアリズム」という言葉の定義はそれが美術に適用されたとき、常に問題を引き起こす。しかしながら人はオックスフォード英語辞典の確信的立場のようにこの形態を推論できない。実在するものとの緊密な類似、再現の純度、物もしくは場面の正確で詳細な表現。

人がこの言葉に境界を与えようとするこの試みをより綿密に調べようとすればするほど、この境界は移り、消えてしまう。心ならずも、OED自身によって提示された説明的引用の諸相を毀損することは、たぶん心ならずもではあるが、提示された定義の諸相を毀損してしまいがちである。二つのことが、モダニズムの台頭以降起きたこの言葉の意味の移行を支配しているから、特に関係している。第一は1894年に出版されたD・L・モーガン（D. L. Morgan）の『教師の心理学』からきているが、偉大なモダニスト的分類の最も遠いサイドにある。

リアリズムは実際にある事実の再現を理解するような詳細の導入や個別の人物や物の一般化の結果の取込みを含む。

第二は近代運動の擁護者Herbert Readにより1937年に出版された、より最近の且つははるかによく知られた書籍『芸術と社会』から来ている。

私が強調する主張は芸術と卑俗との間(美学的用語に限定すれば芸術とリアリズムとの間)

には本来的に相容れないものがあるということだ。

前者は芸術におけるリアリズムは誰もが世界を認識する方法を映し出すという潜在的メッセージを伝える。この考えはＯＥＤ自身が「リアル」と「リアリスティック」につける定義により強化される。それによれば、「リアル」は実際の物として存在する客観的存在を意味する。「リアリスティック」は実際に存在する物を表わしていることを意味する。にもかかわらず、このことすべてはリアリスティックな表現は芸術とは全くなりえないと無遠慮に聴衆に語るハーバート・リード（Herbert Read）によって害されてきた。[5]

以上、引用が少し長くなったが、彼が参照したオックスフォード英語辞典は、リアリズムを「実在するものとの緊密な類似、再現の純度、物もしくは場面の正確な詳細の表現」と規定しているが、ルーシー＝スミスは、この言葉の境界があいまいで、辞典そのものの引用の中に全く相反する二つの主張が記載されていると書いている。その中で、特に近代化運動（モダニズム）の擁護者であるハーバート・リードが「リアリズムを卑俗なものと決めつけ、芸術とリアリズムは本来的に相容れないものだ」と強調していると述べている。

ルーシー＝スミス自身はリアリズムを二つの異なったリアリズム、すなわち「概念的リアリズム」

と「知覚的リアリズム」に分けて考えることを提案している。「概念的リアリズム」は「知覚的リアリズム」よりはるかに古いもので、彼はそれを「観察者がある瞬間に彼の目前にあると信じる物のある種の目録であり、この目録とそれが提示される方法はかなりの程度過去に見たものだけでなく、それを見る習慣的方法に支配される」[6]と定義する。彼はその例として、エジプトの古代絵画とエドワード・マイブリッジ（１８３０-１９０４）が連続写真で間違いを指摘するまえに描かれた馬のギャロップの絵画（挿図2-① Currier After Severin Paytona and Fashion in their great match for $20,000 1885）を取り上げている。それらの絵画では馬が疾走するとき、四脚がすべて伸びきった状態で地面から離れているように描かれているが、マイブリッジの連続写真（挿図2-②）で明らかにされたように、馬は同時に四脚を伸ばすことはない。ルーシー=スミスは「我々のリアリズムの認識は目の前にあるものそれ自体より、そう見えるだろうと考えているものに関係する場合が多い。」と述べている。

また、イギリス人Arthur Fitzwilliam Tait(1819-1905)の絵画《危機（A tight Fix)》（１８５６・挿図2-③）では猟師が手負いの熊にされるがままの光景を描いているが、Currier & Ivesのリトグラフ《The Life of Hunter-A tight Fix》（１８６１・挿図2-④）ではオリジナルと異なり、猟師がギリシャの英雄のごとくナイフで熊に立ち向かっているように修正されている。彼はこのことにつき、「リアリズムは起きていることを作家の知覚（実際に見た）というよりは認識（概念化）に

挿図２－①　Currier After Severin *Paytona and Fashion in their great match for $20,000*

挿図２－②　Edoward Muybridge　*Racehorse*

挿図２－③　Arthur Fitzwilliam Tait *A Tight Fix*

挿図２－④　Currier & Ives after Arther Fitzwilliam Tait
The Life of Huntet-A tight Fix

より常に容易に修正される。」と述べている。[7]

この概念化への衝動のより洗練された例として、ルーシー＝スミスは１９３０年代のアメリカで生み出された社会的リアリストの芸術を挙げている。[8]

この種の絵画（芸術）は本質的に演劇的である。それは18世紀のWilliam HogarthやJean-Baptiste Greuzeなどの伝統を引き継いでいる。それは人物や小道具やセットを注意深く選ぶことにより、その教訓的意図を引き出している。演劇のようにそれは実物より集中され、強調されている。厳密なリアルという用語においては、この特徴の強化はしばしば対象を破壊してしまう。重要なものを一か所に絶え間なく集めることにより、美術作品は我々が本能的に実物と関連させている質を失っている。

多くの社会的リアリストの作品は多くの鑑賞者がリアリティと考えている規範からはるかに逸脱している。例えばBen ShahnやWilliam GropperやJack Levineの絵画では容貌は特定の目的を達するため、通常視覚的な誇張のプロセスに従っている―言い換えれば風刺化されている。そのような絵画は芸術家の主張と完全に一致する者に対してのみ十分な意味で「リアル」といえる。にもかかわらず、批評家や美術史家は彼らを伝統的に「リアリスト」と、名づけ続けていい。[9]

一方知覚的リアリズム（Perceptual Realism）については、以下のように述べている。[10]

知覚的リアリズムは、少なくとも理論上、視覚の行為に完全に関係している：すなわち先入観なしに可能な限り無垢にものを見るということ。そのもっとも極端な形において、知覚的リアリズムは対象ではなく、光が対象の上に落ち、それを浮かび上がらせ、または対象（人物も含む）の存在により環境の中で光が妨げられたり分断されたりする仕方の記録である。この種のリアリズムの試みは少なくとも17世紀のヨーロッパ芸術に遡れる。フェルメールの《デルフトの風景》は一般に受け入れられた事例である。この絵や彼のほかの作品の多くにフェルメールはカメラ・オブスキュラ（近代カメラの祖先だが、イメージをフィルムや板に固定させることはできない）を多分利用したと現在では理解されている。

この本で検討される大部分の期間において知覚的リアリズムは私たちの写真の経験に大きく影響されている。：そしてすべての種類の写真的イメージは、最も質素なものから最も野心的なものまで、写真の影響の痕跡を示さないイメージは十分にはリアルではないと拒否する傾向があるぐらいまでになっている。[11]

以上、リアリズムの概念につき、ルーシー＝スミスの文章を引用し、考察してきたが、本章の本題であるエイキンズのリアリズムとホッパーのリアリズムの比較検討に移りたいと思う。

２．エイキンズの写真的リアリズム

ルーシー＝スミスの分類に基づけば、エイキンズのリアリズムはまさしく知覚的リアリズムと呼ぶのが適切であろう。彼はデッサンに代わって写真を積極的に利用するよう画学生にアドバイスするなど、まさしく写真創生期の申し子のような存在であったと思われる。一方ホッパーはもし彼をリアリストの範疇に入れるならば、ルーシー＝スミスの分類では「概念的リアリスト」となるのであろうが、私は後で説明するように彼の作品を「映像（映画）的リアリズム」の作品と呼びたい。

トマス・エイキンズは１８４４年フィラデルフィアに生まれた。１８８６年から約３年間パリで修業したことを除けば、ほぼ一生フィラデルフィアで過ごした。エイキンズが精力的に創作活動を始めるのは、南北戦争後の１８９０年代に入ってからである。ウィリアム・ディーン・ハウエルズが「リアリズム戦争」という表現を使って当時の社会状況を指摘したのが、１８８０年代なので、

挿図２－⑤　ジャン＝レオン・ジェローム《ハーレムの遠出 Promenade de Harem (Excursion of harem)》

挿図２－⑥　トマス・エイキンズ《シングルスカルに乗るマックス・シュミット　Max Schmitt in a Single Scull》

エイキンズはちょうどその揺籃期に絵を描き始めたことになる。小林はエイキンズのパリ留学時代の師であったジャン＝レオン・ジェロームの《ハーレムの遠出》（１８６９年・挿図2-⑤）とエイキンズの《シングル・スカルに乗るマックス・シュミット》（１８７１年・挿図2-⑥）を比較して、以下のように述べている。[12]

「描かれている光景の時間帯や風物が全く異なることをのぞけば、水面に浮かぶボートという主題から構図、地平線・視点の位置、ボートの配置、水面に映る鏡像の処理、写真のような写実的スタイルに至るまで、基本の作画的要素はみなきわめて似通っている。」としながら、エイキンズの絵画は「師の作品に似ていない」だけでなく、「彼自身の芸術的言語を創り出している」かのように感じられる。

ジェロームは現在はアカデミズム派、あるいは一種のオリエンタリズム画家と分類され、印象派の陰になってそれほど高い評価を与えられていないが、当時は極めて客観的かつ科学的な画家とされ、高く評価されていた。

ジェロームの作品ではイスラム教の王室あるいは上流階級の女性たちが船でどこかに向かっている光景を描いており、ベールをまとっている女性、オールを漕ぐ褐色の肌の男たち、きわめて正確に鏡像が描きこまれた水面の反射、それらが写真のようなリアリズムで描かれているが、この絵全体に漂っている印象は、どこか遠く時間が止まった異国の光景という感じがしてしまう。リンダ・ノックリンは……「我々はその絵のなかのある種《不在》に取りつかれてしまう。」と評している。……いわばジェロームの絵は、こうしたヨーロッパとオリエントのあいだに存在する葛藤の歴史をすべて隠蔽する19世紀植民地主義イデオロギーのイメージとして機能していたのであろう。[13]

一方エイキンズが描いているのは、彼の友人で、スカル競技のチャンピオンでもあるマックス・シュミットその人である。彼はこの油彩画を完成させるために、水面による光の反射を光学的に考察したり、絵のなかに描かれるボートのどの位置に漕ぎ手を配置すればきちんと重心がとれるのかなど細部にわたって緻密に描かれている。いわばその態度は、まさに科学的な姿勢であり、ほとんど自らを「機械の目」にしてしまおうという意識であった。場所もエイキンズが親しんだフィラデルフィアに実在する川と橋であることを考え合わせると、この絵は、ほとんど友人の雄姿を映したスナップ写真だといってもよいくらいだ。[14]

しかし面白いことに、エイキンズはこの絵を描くために写真を補助手段として使ってはいなかった。（その後、エドワード・マイブリッジの動体写真を見てから、写真を補助手段として使うようになった。）一方ジェロームは、建築の細部や遠い異国の風物を描くのに、スケッチの代わりに写真を積極的に使っていた。彼の緻密で「リアル」なオリエントは、こうした写真の力を借りて初めて存在しえたのである。１８３９年のＬ・Ｊ・Ｍ・ダゲールによるダゲレオタイプの発明は、当時の知識人たちに芸術表現の意味を問い直す果てしない議論をもたらしたが、エイキンズとジェロームは大西洋の両岸で、それぞれ異なったやり方で写真がもたらす「何か」に反応し、それを自らの芸術に反映させたのである。ただし、そこにはヨーロッパとアメリカという全く異なる文化的文脈が介在していた。[15]

アメリカの哲学者でプラグマティズムの創始者とされるＣ・Ｓ・パースは記号の表意様式を３類型、すなわち、イコン、指標、象徴に分類する。記号がその対象とある性質において類似し、その類似性に基づいてその対象の記号となる場合、その記号はイコン（icon）と呼ばれる。記号がその対象と事実的に連結し、その対象から実際に影響を受けることによってその対象の記号となる場合、その記号は指標(index)とされる。さらに記号がもっぱら第三のもの（精神、心的連合、解釈思想）媒介によってその対象と関係づけられる場合、その記号は象徴(symbol)として区別される。この分類に従うと、写真はイコンに属する記号だろうと普通は考えるが、パースはそれに反して、写真をイコンではなく指標のクラスに分類している。[16]

19世紀半ば以降のヨーロッパでは写真のもつ「指標的性質」のため写真を忌避する傾向が、特にウジェーヌ・ドラクロワやジョン・ラスキン、ボードレールなどのロマン主義の作家のうちで強く現われる。

彼らにとって、芸術は等価性の世界であり、類似性・一般性によってその対象と結びついていなければならなかった。すなわち、彼らにとって芸術はイコンでなければならなかったのである。この点でジェロームも写真という補助手段を使いながら、あくまで彼の作品は「オリエントなるもの」に対するヨーロッパ人の共通意識の図像化であり、まさに等価性によって保証されたイコンであった。[17]

一方エイキンズは、ヨーロッパではイコンのもつ普遍性・等価性を損なうものとして忌避された写真イメージのもつ指標的性質をあえて抑圧しない方法論をとった。すなわち自分が立脚する「場所」を参照の基盤とするやり方である。エイキンズの絵画が表象しているのは、慣れ親しんだ彼の周りの場所や彼の周りの固有名を持った人物であり、写真がそうであるように、単独でそれ以上の何かを指し示したりしない。[18]

エイキンズは晩年数多く肖像画を描いているが、これも彼の絵画が指標的性格を目指していたことの証左になるのではないだろうか。

以上、エイキンズのリアリズムにつき、小林剛の記述を援用して考えてきたが、次にホッパーのリアリズムについて、考えてみたい。

３．ホッパーの映画的リアリズム

ルーシー＝スミスはホッパーを『American Realism』のなかで、彼の友人であるチャールズ・バーチフィールドとともにリージョナリストと関連付けるが、彼らは１９４０年代初めの同運動の崩壊を生き延びた画家と紹介している。[19]

主導的リージョナリストとしばしば関連付けられ、しかしその名声が１９４０年代のこの運動の崩壊を生き延びた二人の芸術家はチャールズ・バーチフィールド（１８９３－１９７６）とエドワード・ホッパー（１８８２－１９６７）であった。両者はアメリカン・ライフの構造に魅了されたが、両者とも政治的・社会的アジェンダを持たず、アメリカ人であることが何を意味するかにつき声明を公にする欲望も持っていなかった。彼らにとっては彼らがみたものを描けばじゅうぶんであった、たとえそれが、時には特にそれが芸術の主題と以前には考えられていなかったとしても。両者はどちらかというと孤独で、メランコリーなまでの気質に閉じこもっていたが、彼らの作品に特別の魅力を与えるのは個人的孤立の感覚、アメリカ社会内にいながら、完全にはそこに属していないというこの感覚である。[20]

しかしこの問題については、第2章で述べたように、ホッパー自身はリージョナリストとの関わりを強く否定しているが。

また、小林はルーシー＝スミスの同書を援用して、以下のように述べている。

その同じ時代、特に1920年代以降、アメリカにおいては「リアリズム」という言葉は政治的意味合いを込めて使われることも多かった。ちょうどクールベのリアリズムがそうであったように、社会の現実や問題を表現することによって社会改革を目指すという革新主義的意図が「リアリズム」という言葉に込められていたのである。一般的には、そうしたリアリズムを「社会的リアリズム」と呼んで区別しているが、アメリカの文脈では、主に中西部のような地方で行われていたナショナリズムやロマン主義の色彩を帯びたものを「リージョナリズム」や「アメリカン・シーン絵画」と呼び、主に都市部において労働運動や社会変革運動と連動した動きを「社会的リアリズム」と呼んでさらに区別している場合が多いように思われる。われわれが検証しているルーシー＝スミスの『アメリカン・リアリズム』においては、この二つに加えて、必ずしもその絵に政治的なメッセージを意図的に込めていたわけではない都市部のリアリストたちを「アーバン・リアリズム」、あるいは「フォーティーンス・ストリート・グループ」と呼んでさらにまた区別している。（中略）特定のグループに入れてしまうことが難しい独立系の人気作家であるバーチフィールドとホッパーを分けて紹介しているところが特徴的だろう。とくに、ホッパーのリアリズムはほかに見られない独特なもので、J・A・ウォードは、写真家のウォーカー・エヴァンスとともに彼を取り上げて、そのリアリズムに見られる「静寂」について論じているが、エイキンズを崇拝していたヘンライの弟子でもあったホッパーの絵には、エイキンズの肖像画に感じるような「静寂のなかの胸のざわつき」といった絵の向こうからやって来るプンクトゥムのようなものがあるようにも思われる。[21]

私はホッパーの《線路脇の家 House by the Railroad》（1925年・挿図2-⑦）を初めて見たとき、奇妙な既視感に襲われた。そして不吉な胸騒ぎのようなものを感じた。夢の中で迷い込んだ場所に突然現れた、人の気配を殺した大きな館。何かが自分を襲ってくるのではないかという不気味さ。

私はアメリカを何度か旅しているが、このような館は実際に見た記憶がなく、いったい何故なのだろうと不思議な感覚に囚われた。しかし間もなく、この館がヒッチコックの『サイコ』の最初のシーンに現れる丘の上の館に酷似していることに気づいた。

この絵の不気味さは日陰になった部分を絵の正面に置き、左側の明るく陽の光が照らす壁面とのコントラストを際立たせ、この館の不吉さをより強く演出していることだ。また一階の窓のカーテンはすべて下まで完全に閉め切られているにもかかわらず、二階の窓はほんの少しだけ引き上げられており、誰かがこちらを覗いているような感覚を抱かせる。そして、画面の下側を左右に貫く線路は、まるで廃線のように茶色く錆びつき、この世と異界を分け隔てている。

私はアルフレッド・ヒッチコックの『サイコPsycho』は1960年の作品でこの絵が描かれてから35年も経過しているので、ヒッチコックがこの絵を見る機会は十分にあり、彼がこの絵にインスピレーションを得て、『サイコ』の出だしのシーンを作ったのではないかと想像した。

このことについては、ゲイル・レヴィンが「エドワード・ホッパーと映画」で「一部にはホッパ

挿図２－⑦　《線路脇の家 House by the Railroad》

ーの絵が実際に映画『サイコ』に登場する家のインスピレーションの源であったかどうかについて疑問をいだいた者もいたが、映画評論家のアーチャー・ウィンステンは、当時行われたヒッチコックへのインタビューを踏まえて、事実であったことを１９６０年の『ニューヨーク・ポスト』紙に発表している。」と述べている。[22]

また、ジョージ・スティーヴンス監督の『ジャイアンツ Giant』にも登場していると、言っているが、この映画のテキサスの白亜の大邸宅のイメージとは異なるのではないか。『ジャイアンツ』では、エリザベス・テーラーが豪華な寝台列車に乗って、大きく開けたテキサスの大牧場に入っていったが、あの輝きと《線路脇の家》とはかなりの落差がある。また空の色もテキサスの真っ青な空と、薄どんよりした、ホッパーの作品とではかなり異なる。

話が少し脇道に逸れたが、エイキンズのスナップショット的絵画と異なり、彼の作品には映画のワンシーンを思い起こさせるような、じっくりと練られた「物語性」を感じさせるものが多い。

《線路脇の家》には上述したように、絵画の裏に何かストーリーが隠されており、鑑賞者はホッパーに導かれるままに、線路際の奇妙な館を訪れてしまうような錯覚に囚われさえしてしまう。このように彼の作品は映画のように、あるシナリオに基づき「物語が構成」されているというイメージを鑑賞者に与える。それはまた「時間の経過」というものを、一枚の動かない絵のなかに押し込めている、と鑑賞者に感じさせることでもある。

この「時間の経過」の感覚をより強く鑑賞者に感じさせる絵画が《ガソリンスタンド Gas》である。鑑賞者はまるで自分がドライバーとなって、夕暮れのさびしい道を運転し、遠くにガソリンスタンドの看板を見つけ、その光に吸い寄せられるように敷地内に入ってきたと、錯覚させられるような絵画だ。この絵については章を改めて詳述したい。

彼は作品を映画のワンシーンのように感じさせるために習作（スケッチ）を多く描いている。ゲイル・レヴィンが編集したカタログ・レゾネには各作品とその習作が併せて載せられているが、

挿図２－⑧　《ホテルのロビー Hotel Robby》

左上：挿図２－⑧a　習作１
Study for Hotel Lobby. 1945

右上：挿図２－⑧b　習作２
Study for Hotel Lobby. 1945

左下：挿図２－⑧c　習作３
Study for Hotel Lobby. 1945
Conte on paper 8 1/2×11in.
Whitney Museum of American Art

例えば《ホテルのロビー　Hotel Lobby》（１９４３・挿図2-⑧：O-238）は老夫婦がホテルのロビーで出発するため車でも待っている様子が描かれている作品だが、習作が3枚載せられている。

習作１（挿図2-⑧ａ）では一人掛けソファーに座った夫人のみが描かれている。横にはサイドテーブルが置かれ、卓上ランプが載っている。壁には比較的大きな絵が架けてある。

習作２（挿図2-⑧ｂ）、背後が階段になっており、男がガラス戸から入って来る瞬間を描いている。

習作３（挿図2-⑧ｃ）では、老紳士が一人掛けソファーに座った夫人に話しかけている。奥のガラス戸はカーテンに替わっており、右サイドにレセプションを配置し、レセプションの後ろにはエレベーターのドアが描かれている。その前のソファーにはスーツを着た男が座っている。

ホッパーの3枚の習作は、まるで映画のワンシーンを構成させるための絵コンテ（Storyboard）の役割を与えられているかのようである。まず背景を決め、壁には絵画を掛け、またレセプションの形からこのホテルが小さいが中流以上のホテルであることを暗示させようとしている。それはスーツをきちっと着た男を右端のソファーに座らせたことでも推測できる。こうして3枚の習作で徐々に物語のアウトラインを描き出していく。完成作では夫人は濃いピンクのドレスにファーのコートを纏い、鳥の羽飾りのついた帽子をおしゃれにかぶっている。そして上品にソファーに座りながら、何か夫に語りかけている。夫は三つ揃いのスーツを着こなし、茶色のコートを腕にかけている。

この絵に柔らかい雰囲気を出そうとしたのか、右端の男は若いブロンドの女性に代えられている。彼女は雑誌に目をやっているが、着ているワンピースもサンダルもしゃれたデザインで、このホテルの高級感を演出している。見落としそうだが、右端のカウンターの裏には卓上ランプのシェイドに半分隠れたレセプショニストとキーボックスも描かれている。このようにホッパーはまるで映画監督が一つのシーンを作るような方法で、この絵の舞台装置を決め、登場人物を配している。この絵にはこれから起こるであろうことを、鑑賞者に予感させるものがある。老夫婦はこれからコンサートに行くためタクシーを待っているのだろうか。それとも夕食を約束した友人が迎えに来るのを待っているのか。またブロンドの婦人は夫の出張先に付いて来たが、夫の打ち合わせが予定より長引き、外出のためドレスアップはしたものの手持無沙汰でロビーに降りてきて、雑誌を見るとはなしに見ている。私はこんな物語をこの絵のなかに見出す。

そういえば、私自身この絵のなかの登場人物と同じような経験を何度かしている。私たち夫婦は中東に何年間か駐在していたが、休暇でヨーロッパを訪れる際には必ず、コンサートやバレー、オペラを鑑賞した。その時家内は必ずできる限りドレスアップし、私にも同様に正装するよう求めた。早く劇場へ向かいたいとの思いで、もどかしくタクシーを待っていたことを、この絵を見ながら思い出したところである。また出張先での会議が思ったより長引き、私が戻るのが予定より遅れたときなど、家内はよくロビーまで下りて私を待っていたが、その顔が少し不機嫌になっていたことも、微笑みながら思い出しているところだ。この絵では脇役である右端のソファーに座る女性にも鑑賞者は感情移入することができる。これがホッパーの画面構成の巧みさであろう。

このように鑑賞者は自分の人生に照らし合わせ、この絵からそれぞれの物語を紡いでいく。彼の友人でもあったチャールズ・バーチフィールドはこのことについて、１９３３年にニューヨーク近代美術館で開かれた第一回回顧展の機会に「しかしホッパーは、鑑賞者がどのように感ずるべきかを決めつけようとはしていない。それは彼の先入観にとらわれない淡々とした展望であり、感傷的な意図やその時代の容認を含んではいない。まさにそうであるからこそ、彼の作品は時代を超えて長く注目されることになるであろう。」と述べている。[23]

ホッパーの絵画は彼自身の経験をベースに創り出した物語であり、これを私たち鑑賞者がおのおの自分の人生に照らしあわせた物語として解釈していくのだ。この意味で私は彼の絵画手法を『映画的リアリズム』と呼びたい。映画についての、ホッパーのリアリズム観について、レヴィンはまた次のようにも述べている。

ホッパーは一生を通じて「リアリティ」に欠けていると判断した映画は退けた。……さらにホッパーは１９５０年のジャン・コクトーの『オルフェ Orpheus』も明らかに空想的すぎるとして拒否した。一方で、彼はヴィットリオ・デ・シーカの１９４９年のネオ・リアリズムの映画、『自転車泥棒 The Bicycle Thief (Ladri Di Biciclette)』を称賛した。このようなリアリズムの主張はホッパー自身の絵画にとっても重要な目標となった。[24]

この人物に対する画家の想像力の記録は、映画が、絵画の主題やその表現の選択に影響を与えたことの別の報告でもある。ホッパーへの映画の影響は、実際映画館をテーマにした数枚の油彩だけでなく、はるかにそれを超えて広がっていると私は主張したい。映画を主題として描いていない１９４０年と５０年代にも、ホッパー夫妻は引き続き数多くの映画を見ている。ホッパーの肖像画を描いた年下の画家ラファエル・ソイヤーに、彼は１９６０年代の初頭にも「ジョーと私は頻繁に映画に行く」と述べたという。ソイヤーによると彼らが当時見た作品は、シドニー・ルメット監督の『12人の怒れる男 The Twelve Angry Men』、アンリ・コルピ監督の『かくも長き不在 Such A Long Absence (Une Aussi Longue Absence)』、そしてホッパーが「近代テクノロジーに対する良い風刺」と評したジャック・タティ監督の『ぼくの伯父さん Mon Oncle』である。[25]

このような彼の趣向を考えると、彼は「社会派的リアリズム」への共感も強く持っていたと言えるのではないか。彼の師であるロバート・ヘンライたちアシュカン・スクール（Ashcan School）の影響は多分に受けていたものと考えるのが自然であろう。

一方、ホッパーの映画的リアリズムの絵画には、鑑賞者をその絵のなかの物語に同化させるのではなく、鑑賞者に作家との共犯関係を感じさせながら、絵のなかの人物（特に女性）を離れた位置から覗き見させるような作品がある。

《夜の窓 Night windows》（１９２０年・挿図２-⑨：Ｏ-246）を見た瞬間、私はヒッチコックの『裏窓』を思い出した。また《ニューヨークの部屋 Room in New York》（１９２２年・挿図２-⑩）はまるで映画の主人公ジェフ（ジェームズ・スチュアート）がギブスに固定された脚を長椅子に投げ出し、双眼鏡で覗いている部屋そのものである。小説や映画において、主人公を一人称で描く作品と、三人称で描く作品があるが、《ガソリンスタンド》は前者的手法で描かれており、《夜の窓》や《ニューヨークの部屋》は後者の方式で描かれているのだと思う。すなわち、前者ではホッパーもしくは鑑賞者は主人公で、夕暮れの道をドライブし、やっとガソリンスタンドを見つけてほっとしている。それに対し後者では画中の人物が主人公で、作家は絵画に描かれている人物を第三者的な眼差しでとらえているということだ。言葉を変えれば、後者は、あまり趣味が良いとは言えない

挿図２－⑨　《夜の窓 Night windows》

挿図２－⑩　《ニューヨークの部屋 Room in New York》

と知りつつも、多くの人間が心の中に隠し持っている窃視癖（Voyeurism）に基づいているとも言えないだろうか。ゲイル・レヴィンは「エドワード・ホッパーと映画」のなかで以下のように述べている。

> ホッパーは初期の映画監督が人物をミディアム・ショットで撮ったように、この視点に関心を持った。彼の作品は、しばしば窓から覗き込む窃視者の視点である。ホッパーは夜の都市周辺を走る高架式の電車から灯りのついた部屋を盗み見ることを楽しんだと話したことがある。実際、この体験が１９２８年の《夜の窓》や１９４０年の《夜のオフィス Office at Night》（挿図2-⑪：O-312）を描く際、インスピレーションを与えたことを画家は認めている。この2点の作品では、女性はエロティックなイメージ、つまり、触れてはならない欲望の対象として描かれている。ホッパーの覗き見の快楽は映画館の内部の暗さに煽られたものである。ローラ・マルヴィーが映画批評で述べているように、暗い環境のなかのスクリーンの明るさは、仮想現実を提示し、欲望の対象への「窃視の距離」の感覚を高める。このような距離によるエロティシズムは、映画のテーマとして繰り返され、とくにアルフレッド・ヒッチコックの『裏窓』に顕著である。[26]

挿図２-⑪ 《夜のオフィス Office at Night》

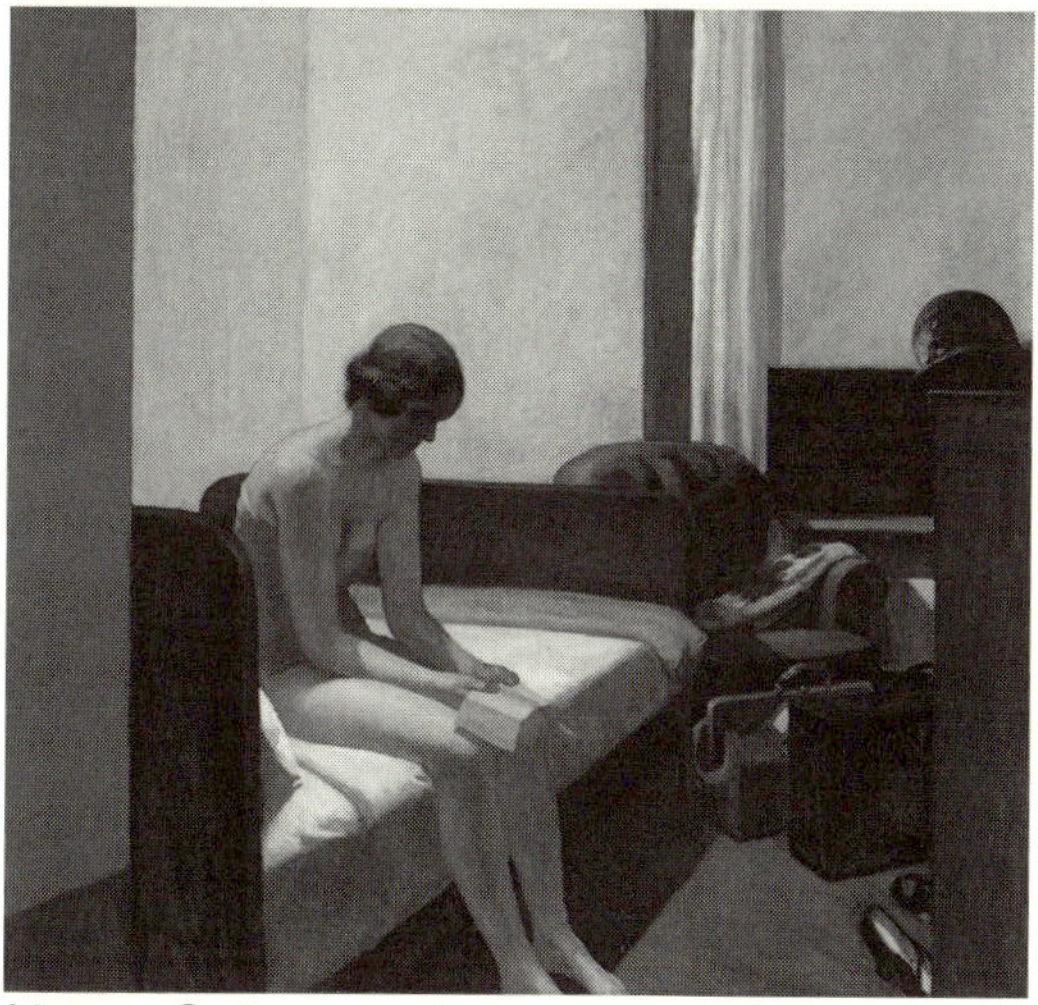

挿図２-⑫《ホテルの部屋　Hotel Room》

これらの絵画には、私たち鑑賞者に何か後ろめたい気持ちを抱かせながら、それでもなお覗いてしまいたいという、窃視症的な感覚を抱かせるエロティックな雰囲気が漂っている。ここでは主人公は、絵のなかに描かれた女性である。彼女たちはそこで「人生」というドラマを演じている。《ホテルの部屋》（1931年・挿図2-⑫：O280）では、スリップ姿の女性が手紙を真剣に読んでいる。まだ着いたばかりなのだろうか、右端に脱いだハイヒールが雑然と置かれ、バッグが2個、ボーイが置いたままのような位置に置かれ、脱いだドレスがグリーンのソファーのひじ掛けに置かれたままである。私は当初この絵は出発する前の朝の光景だと思ったが、ベッドのシーツはまだ捲られておらず、ベッドメイクされたままになっている。この絵に描かれた時間は、午後3時頃、彼女はチェックインの際、フロントでこの手紙を受け取り、着替える間も惜しんで手紙を読み始めたのではないか。彼女の深刻な顔つきから、この手紙が決してよい内容のものではないのであろう。今回の旅の目的が果たされそうにない内容が書かれているのかもしれない。しかし私たち鑑賞者はホッパーの共犯者のように彼女を眺め、ある種の同情とエロティックな感情さえ抱く。

この窃視症については、ロルフ・ギュンター・レンナーは以下のように述べている。

第一に、ホッパーは風景と都市を描く画家でありながら、全作品を通してみられるのが裸婦の描写である。それは初期の印象主義的習作から始まり、1909年《夏の室内》（挿図

挿図２－⑬ 《夏の室内 Summer Interior》

挿図２－⑭《日差しの中の女 A Woman in the Sun 》

2-⑬：O-175）のように、あたかも一つの物語を語るかのような心理的暗示性を持つ作品につながり、ついには1941年の《日差しの中の女》（挿図2-⑭：O-360）のように、後期のホッパーの作品の特徴であるアンビバレント（二律背反的）で強烈な婦人像に至る。すでに比較的早い時点から、裸婦像は強迫観念的な意味合いを強く帯びており、これらの絵は感化できない覗き見的な特徴がしばしばみられる。1924～27年の《横たわる裸婦》（挿図2-⑮：W-114）でさえすでに、一人の女に対する禁断の視線を示唆している。画面の女は見られているとは思いもせず、愉悦と孤独の入り交じった気持ちでクッションの中に埋もれている。

この後こうした覗き見的見方は、女を描く際にホッパーが好んで採る視点となる。エドワード・ホッパーはこのような絵画的着想の先駆者で、ホッパーに続いてアメリカではアンドリュー・ワイエスやエリック・フイッシュルが似たような方法で作品を制作している。ホッパーが暗示したものを、後者二人の画家が継承しているわけである。[27]

なお、この窃視趣味についてはドガの影響を考えてもよいのではないか。ドガについてホッパーが言及している文章を見つけることはできなかったが、《盥》（1886年・挿図2-⑯）、《浴槽に入る女》（1890年頃・挿図2-⑰）、《体を拭く女》（1891-95年頃・挿図2-⑱）などのド

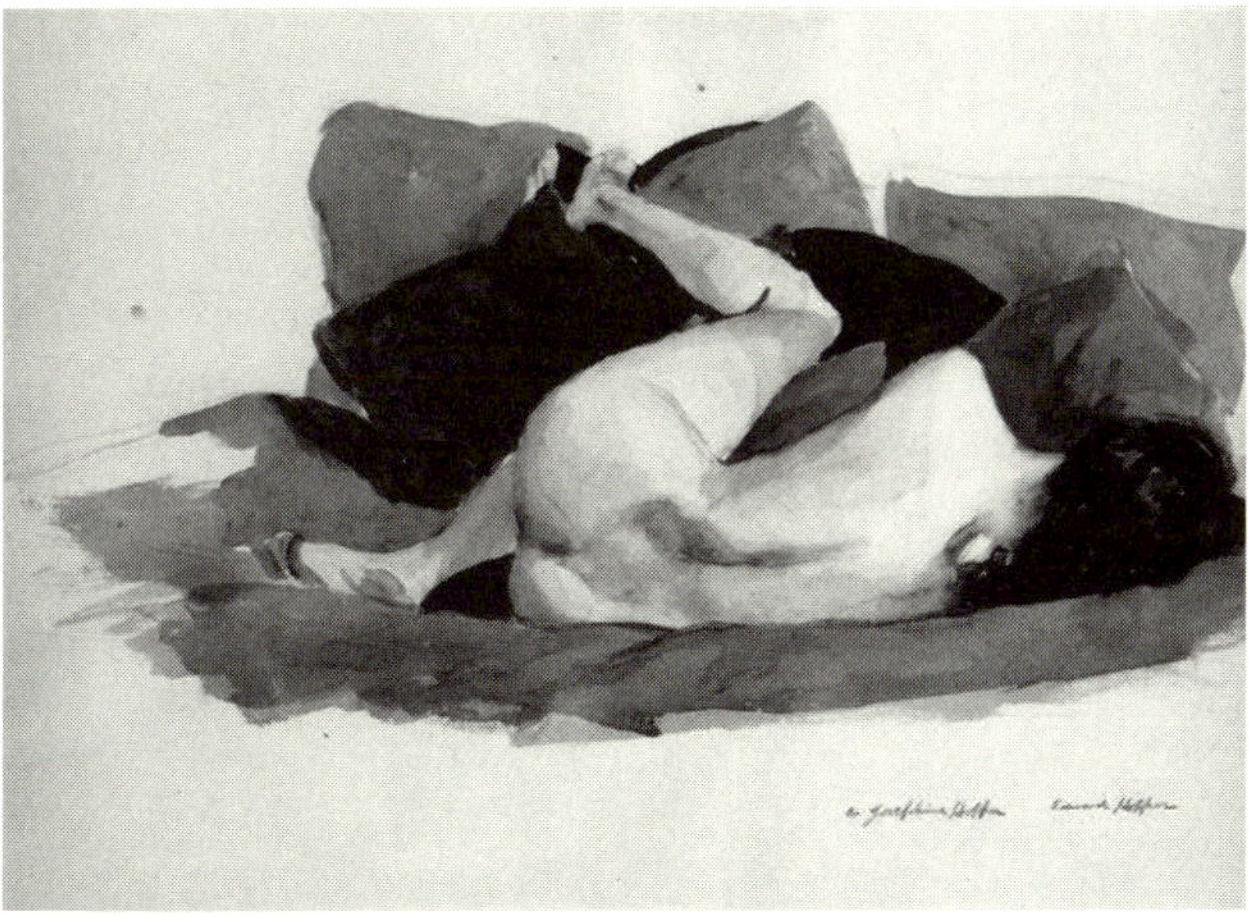

挿図２－⑮　《横たわる裸婦 Reclining Nude》

挿図２－⑯　エドガー・ドガ《盥》

挿図２－⑰　エドガー・ドガ《浴槽に入る女》

挿図２－⑱　エドガー・ドガ《体を拭く女》

ガの作品と比較すると、明らかにドガの視点と同じ視点をホッパーにも感じられる。

しかし、二人の決定的相違点は、ドガの描く女性が豊満な成熟した女体を有し、窃視者の視線さえ意識して、挑むがごとくポーズを取っているのに対し、ホッパーの女性は何か頼りなげで、物思いにふけっている。またその肉体も成熟とか豊満というにはほど遠く、か細く、思索的である。これには、ホッパーの描く女性はほぼすべてジョー・ホッパーをモデルにして描いたということも関係しているのであろう。ジョーの知的な側面が作品の中の女性に反映されてしまったのではないか。もちろんそれはホッパーの描く女性を、ミステリアスでより思索的な感じにしており、彼女たちの外面だけではなく、その内面的な部分にまで鑑賞者を引き付ける力を有している。ジョーという女性の魅力と献身はホッパーという画家を生み出す原動力になっていたことは、まぎれもない事実だと思う。

この章では「映画的リアリズム」という観点から、ホッパーの作品を検討してきたが、彼が「映画（映像）」から影響を受け、また映画に影響を与え続けたのは明らかであろう。レヴィンはエリア・カザンの映画、とくに１９５２年の『欲望という名の電車 A Streetcar Named Desire』、１９５４年の『波止場　On the Waterfront』はホッパーの絵から影響を受けた可能性がある、と述べている。[28]

最近私が見た、ユニクロのコマーシャルには明らかに、ホッパーの《ガソリンスタンド》と《夜更かしの人々》のイメージを流用したと思われる作品があり、彼の映像への影響力がいまだに健在であることに驚かされた。[29]

この後、章を改めて検討する《ガソリンスタンド Gas》（１９４０年）と《夜更かしの人々 Night-hawks》（１９４２年）にも同様に映画的手法が使われている。彼の手法を簡単に箇条書きにすると以下のようになる。

1 物語を構成(現実の一瞬をスナップ写真のように描くのではなく、絵画に物語性を持たせる。)

2 絵コンテ（下絵 Sketch）の多用

3 モチーフ、登場人物の配置（絵画的バランスをとるために人物や物を配置するのではなく、まるで映画の出演者がそこで演技をしているかのごとく人物を配置している）

4 時間的経過を鑑賞者に意識させる

5 リアリズム的演出(映画『自転車泥棒』のように、まずストーリーを考え、画面を演出することにより、実際に起きた出来事ではないが、社会や人生の真実をより鮮明に描き出す。)

このようにホッパーの作品はエイキンズと異なり、風景画を除き実際の風景や人物を描いてはいない。彼にとって芸術は、ある意味でジェロームと同じように等価性の世界であり、類似性・一般性によってその対象と結びついている。彼にとっても芸術はイコンであった。しかしジェロームの作品はあくまでも「オリエントなるもの」に対するヨーロッパ人の共通意識の図像化であり、外部からのオリエント感でしかなかった。彼にとって実体としてのオリエントは重要ではなかった。それは完全な虚構の世界であり、空虚な空間の広がりに過ぎない。

一方、ホッパーはあくまでも彼自身が生活する実空間であるアメリカにこだわり、実際の風景や建物を写生し、そのエッセンスを大切にしながら、彼が考えるアメリカとアメリカ人を概念化した作品を構成していく。登場する人物は「無名」のままだが、それはリアリズムの映画のように実際にその人物が「アメリカという社会で存在している」と私たちに感じさせる力を持っている。それを私は「映画的リアリズム」と定義したい。

註

1　小林 剛『アメリカン・リアリズムの系譜：トマス・エイキンズからハイパーリアリズムまで』関西大学出版部、２０１４年 pp. 97–98

2　小林前掲書 p. 100

3　小林前掲書 p. 101–102

4 Lucie-Smith, Edward American Realism , Thames & Hudson, 2002, p.9

5 Definitions of the word “realism”, when this is applied to art, have always given trouble, though one would never guess this form of the confident stance of the Oxford English Dictionary.

Close resemblance to what is real, fidelity of representation, rendering of the precise details of the things or scene.

The more closely one examines this attempt to supply boundaries for the word, the more these boundaries seem to shift and dissolve. Involuntarily, to undermine aspects of the illustrative citations offered by the OED itself tend, perhaps involuntarily, to undermine aspects of the definition offered. Two are especially relevant because they demonstrate the shift in the meaning of the word which has taken place since the rise of modernism. The first come from D. L. Morgan's Psychology of Teachers, published in 1894-that is, just on the far side of the great Modernist divide:Realism…involves the introduction of such details as shall assimilate the representation of actual fact, and the incorporation of the results of generalization in individual persons or concrete things.

The second comes from a more recent and much better-known book, Art and Society, by the defender of the Modern Movement, Herbert Read, published in 1937:My underlying contention is that there is an inherent contradiction between art and vulgarism(or, to confine ourselves to aesthetic terms, between art and realism).

The former quotation carries the subliminal message the realism in art reflects the way in which 'everybod' sees the world. This notion is reinforced by definitions which the OED itself offers for 'real' and 'realistic'. 'Real', it says, means, having an objective existence, actually existing as a 'thing'. 'Realistic' means 'representing things as they actually are'. Nevertheless, all of this is undermined by Herbert Read, who in effect tells his audience bluntly that realistic representations cannot be art at all.

6 It seems to me that we tend to approach the idea of realism in two different, frequently self-contradictory ways, and that this lies at the root of the difficulty in finding an agreed definition for the word. I would

like to propose that under a single umbrella there are to be founded two separate versions of what is real. For convenience, these can be labelled 'conceptual realism' and 'perceptual realism'. In its purest, most undiluted form, conceptual realism, which seems to be much older of the two, can be defined as a kind of inventory of what the observer believes to be in front of him at a given moment. This inventory, and the way in which it is presented, are both to a large extent governed by experience, not only of things seen in the past, but of habitual ways of seeing them.

7 Ibid. pp. 9–11

8 Ibid. p. 11

9 A more sophisticated variant of this conceptual impulse can be found in much of social realist art produced in America in 1930s. Art of this type is essentially theatrical, following a tradition inherited from such eighteen-century painters as William Hogarth and Jean-Baptiste Creuze. It spells out its didactic intentions. By means of careful selection of physical types (actors), objects (prop) and surroundings (sets), Like a theatrical performance, it is more focused and more intense than life. In strictly realistic terms, this characteristic intensification often defeats its object. By assembling so many relentlessly meaningful things in one place, the artwork loses the random quality we instinctively associate with 'real life'. Much social realist art departs even further form norm which many spectators carry in their heads as a measure of what they think of as reality. For example, in painting s by Ben Shahn, and also in those of William Gropper And Jack Levine, appearance are routinely subjected to processes of visual rhetoric in other words, they are caricatured in support of a particular cause. Such paintings are 'real', in the fullest sense, only to those who are in complete agreement with the case in the artist is pleading. Nevertheless, critics and art-historians continue to attach them the conventional label 'realist'.

10 Ibid. p. 12

11 Perceptual Realism is, in theory at least, entirely concerned with the business of sight: with the business of

seeing things without preconceptions, as innocently as possible. In this most extrem3 guise, perceptual realism becomes a record, not of objects, but of the way in which light falls upon and reveals objects, or is obstructed or interrupted by the presence of objects which may include figures within an environment. Attempts at realism of this kind made their appearance in European art at least as early as the seventeenth century. Vermeer's celebrated indeed for the majority of his other pictures, Vermeer probably made use of a camera obscura, a device which is the ancestor of the modern camera, but without the power to fix an image onto a film or plate.

During most of the period surveyed in this book, perceptual realism has been greatly affected by our experience of photography; and photographic images of all kinds, from the humblest to the most ambitious, has become important signifiers in our culture so much so that we tend to reject image s which show no trace of photographic in fluence as being not fully realistic.

12 小林前掲書 p. 55

13 小林 剛「トマス・エイキンズと写真的視覚の発見―アメリカン・リアリズム再考」『アメリカ太平洋研究』３号、東京大学大学院総合文化研究科附属アメリカ太平洋地域研究センター　２００３年 p. 119

14 小林前掲論文 p. 119

15 小林前掲論文 p. 120

16 小林前掲論文 p. 122

17 小林前掲論文 p. 123

18 小林前掲論文 p. 124

19 Lucie-Smith op. cit. p. 117

20 Two Artist whose names were often linked with those of the leading Regionalist, but whose reputations survived the collapse of the movement in the early 1940s, were Charles Burchfield (1893-1967) and Edward Hopper (1882-1967). Both were fascinated by the texture of American Life, but neither had a political or social agenda, or an

ambition to make public statements about what it meant to be an American. For them, it was enough to paint what they saw, even if or perhaps sometimes especially if, it had not previously been thought of as a subject for art. Both men had rather withdrawn, solitary, even melancholy temperaments, and it is this sense of personal isolation, of being within an American society and yet not wholly of it, that gives special fascination to their work.

21 小林前掲書 pp. 193-194

22 ゲイル レヴィン　仲間 裕子・住田 翔子訳「エドワード・ホッパーと映画」『アート・リサーチ』７号 立命館大学、２００７年 p. 10

23 ロルフ・G・レンナー　三森 ゆりか訳『エドワード・ホッパー：１８８２-１９６７ 現実の変形』タッシェン・ジャパン、２００１年 p. 31

24 レヴィン前掲論文 p. 15

25 レヴィン前掲論文 p. 8

26 レヴィン前掲論文 p. 9

27 レンナー前掲書 p. 15

28 レヴィン前掲論文 p. 15

29 YouTube : https://www.youtube.com/watch?v=4SVNsDLmr6E

第3章：《ガソリンスタンド Gas 》

春まだ浅い夕暮れ時のガソリンスタンドを描いた作品である（挿図3-①：O-315参照）。エドワード・ホッパーは夜の人工の光の暖かみを描くことが非常に得意な画家である。掲題の作品についてはカタログ・レゾネに下記の通り記載されている。

1940
Oil on canvas
26 1/4 × 40 1/4in. (66.7 ×102.2cm)
Signed, lower right; EDWARD HOPPER
The Museum of Modern Art, New York;
Mrs. Simon Guggenheim Fund
Record book (II. P.83) Sketch; “Gas”

挿図 3-① 《ガソリンスタンド Gas》

October 9, 1940 brought back to N.Y. on hasty trip home to register for Wilkie. Finished in September 1940. Late twilight. Hanging sign 'Mobiloil' —white with red horse lit from above, red pumps (3) with lamps lit, throwing light on putty colored ground. Road dark grey, pine forest dark green. Tall locust tree back of office is in light, so light green. Sky blue green. Lamps over pumps yellowish white. Blond mam in blue pants, white shirt, black vest tending pump (son of 'Capt. Ed. Staples' burnt in train wreck returning from Cleveland Mus. Show). White house in shadow (blue) —also in shadow red roof & top of cupola & lower part of sign post red. Edging side of road tall grass pale, straw turned reddish (notice light on sign, hauntingly familiar).[1]

日本語では「黄昏時」、英語では「Twilight」という言葉で表すのが適当と思われる時刻である。西の空にはわずかに夕焼けのあとが残っているが、空全体はすでに夜の色を帯び始めている。彼の作品に多く見られる画面を前後に分ける道路が、左端下三分の一辺りから右側に走り、右端中央部の暗闇のなかにと消えていく。道路の向こう側の森の木々はそれぞれの境が分からないほどに、暗く静まりかえっている。わずかに道路に面した数本の木がガソリンスタンドから漏れる光を浴びて、その形をしっかりと表している。まるで文明が自然を照らすかのように。道路の両脇の灌木はまだ枯れ木色のままで、カラカラに乾燥しているようである。春は来たが、まだ本格的な春とは言えない、そんな季節だ。

画面の右半分に目を転ずると、明るいガソリンスタンドの敷地が広がっている。まず鑑賞者の目に入るのは、道路に沿って立つ3台の人の背丈より高い、大きな赤い給油器である。それぞれの給油器には丸い大きなモービル石油の看板が乗っている。手前と真ん中の給油器の間にはエンジンオイルの缶を乗せた小さな棚が置かれている。

手前の給油器の左にはこのガソリンスタンドの主人であろうか、中年の男が作業している。今出ていった車に給油した後の片付けをしているのか、それとも店じまいの準備か。通路を挟んで右端には赤い屋根の白くペイントされた木材の外壁の店舗が建っており、窓やドアからまばゆいばかりの光を放っている。赤い屋根の上には時計台の形の小さい建物が乗っている。これもまた赤い色の屋根で白い木材の壁を持つ塔である。

右下隅にはグレーの塀が描かれているが、建物と塀の間には右端から白い二筋の光が長く伸びており、背後により大きな母屋があることを示唆している。

ガソリンスタンドを照らす光は、まばゆいばかりの白色で、その当時はやり始めた蛍光灯であろう（ジェネラル・エレクトリックは１９３８年に蛍光灯の販売を開始した）。[2]

この絵をもっとも特徴づけているのは、ガソリンスタンドの出口に高くそびえるモービル石油の看板である。そばの大木まで明るく照らし出すほどの明るいランプで照らされた看板は、アメリカ自動車文明の象徴であり、ドライバーにとっての灯台であった。

ドライバーにとってこの時刻は、とても心細く感じる時間帯である。私は１９７０年代の終りごろ、仕事の関係でアラバマ州のセルマ（Selma）という小さな街を何度か訪れたことがある。州都モントゴメリーの空港でレンタカーを借り50マイルほどドライブするのだが、飛行機の到着時間の関係で、いつも夕方から夜にかけて車を走らせなければならなかった。ニューヨークなどの都会と違い、朝走ると車にはねられたアルマジロの死骸などを見かけるような、辺鄙な南部のフリーウェイ

挿図 3-add.1　アンディー・ウォーホル《バーミンガム人種暴動　Birimingham Race Riot》

を走っていると何とも言えない不安な気持ちにさせられ、一時間あまりで到着できる距離が何倍にも長く感じられたものである。当時もアメリカのディープサウスと呼ばれる地域は治安が悪く、夜のドライブは自然に対する恐れだけでなく、人間に対する恐怖も強かった。南部での経験ではないが、夜遅くに間違って高速道路を降り、ニュー・アーク市の黒人街の真ん中に迷い込んでしまい、街灯もほとんど壊された道路を走らなければならず、信号待ちの際、隣りに壊れかけた古い車が止まった時などは、拳銃でも突きつけられるのではないかという恐怖で背中にぐっしょりと汗をかいた。

そんななか暗闇からガソリンスタンドの看板が現れてくると、妙にホッとしたものだ。ガソリンは充分に入っているので、給油に立ち寄ることもないのだが、横目で建物を見ながら、窓の奥に人がいるのを見つけると、安心してドライブを続けられた。

ちなみにセルマは1965年にキング牧師達、公民権運動家が有権者登録のための行進を開始した街で、3月7日「血の日曜日事件」と呼ばれる、州兵や警官たちによるデモ参加者への弾圧が行われた街として有名である。ただ街そのものはアラバマ川の岸辺にある小さな古い街で、住民の多くを占める黒人もとても物静かな人々であった。こんな静かな街で、あのような惨事が起ったとは、事件から十数年しかたっていない当時でさえ信じられないくらいであった。1960年代はアメリカにとって、伝統的価値観を根底から覆されるような動乱の時代であった。その時代に日本で十代を過ごしていた私がアメリカに対する複雑な感情を抱くようになったことは「はじめに」で述べた。同じような事件を扱った絵画にアンディー・ウォーホルの《バーミンガムの人種暴動》（1964年・挿図3-add.1）がある。[3] 私はそこに白人独特の冷たい視線を感じ、ぞっとしたものである。残念ながらホッパーの作品には、そもそも白人以外の人種は登場しない。彼にとって黒人やネイティブ・アメリカンは初めから「見えない人間」であったのではなかろうか。

またホッパーはこの絵の二つの消失点を意図的にずらしているように思われる。一つは左端下部から右端に消えていく薄暗い道の横方向の消失点であり、もう一つは給油器と店の建物が作る台形を垂直に伸ばし、森に続いていく縦の方向の消失点である。縦方向の明るさを際立たせることにより、鑑賞者があたかも自分が車に乗り、フロントグラスからガソリンスタンドを眺めているような錯覚に陥るように描かれている。これにより動きのないこの絵にタイヤの回転による動き（ガソリンスタンドに向かう動き）を感じさせている。

高橋伸行は「「ホッパー様式」の成立について」の中で、以下のように述べている。[4]

次に遠近法のズレの問題であるが、１９４０年の《ガソリンスタンド》についてＪ・Ｃ・ミューラーは遠近法の消失点のズレを指摘している。この作品についてホッパーは、構想通りの給油所を探したが見つからず、いくつかの給油所の部分部分を寄せ集めて構成したと語っており、その言葉通りにガソリン・ポンプやスタンドの建物等をそれぞれ描いた素描が数枚残されている。それらを組み合わせた素描では、ガソリン・ポンプの台座と建物の土台から画面奥に向かって遠近法を意識した線が描き込まれており、この段階になって初めて本格的に画面を構成していることがわかる。とすれば、各部分を描いた素描を組み合わせる段階で遠近法に分裂をきたしたとも考えられるのではないだろうか。むろん意識的に消失点をずらし、画面に変化をもたらした可能性を完全に否定することはできないが。

挿図 3- ②　《四車線の道路 Four Lane Road》

挿図 3- ① a　《Study for Gas》 1940

しかし私はこの消失点のズレは意識的に行われたものだと考える。通常ガソリンスタンドの建物も給油器も道路に平行して建てられるものである。この作品と同じモチーフで描かれた《四車線の道路 Four Lane Road》（挿図3−②：O−354）では建物も給油器も道路に並行して描かれている。また《ガソリンスタンドのための習作》（挿図3−①a）[5]では道路とポンプの台座は平行にほぼ同一の消失点に向かっている。これでは鑑賞者の眼は道路を追ってしまい、完成作に見られるガソリンスタンドの敷地の中へと鑑賞者を誘う効果が半減してしまう。この効果を極大化するため、完成作においては消失点を大きくずらしたのではないか。これにより鑑賞者の眼は虫が光に吸い寄せられるがごとく、明るいガソリンスタンドの敷地に向かわせられる。

そしてこの絵には描かれていないもう二人の人物が見えない形で登場していると思う。一人は旅人としての画家であり、もう一人はガソリンスタンドの主人の妻である。

画家もドライブをして来たのであろう。もちろん、彼はこの絵を描くにあたって、何軒かのガソリンスタンドを回り、そのスケッチ（挿図3−①b、3−①c等）をパーツに分解して再構成したとのことゆえ、実際にはこの風景を目にしているわけではないが、画家自身が旅人となった気持ちになり、描いていると感じられる。道路から外れ、ガソリンスタンドの敷地内に入り、給油器の少し手前で車を止めて、辺りを眺めるような角度でこの絵を描いている。彼は長いドライブに疲れ、腰

挿図 3- ① b 《Study for Gas》

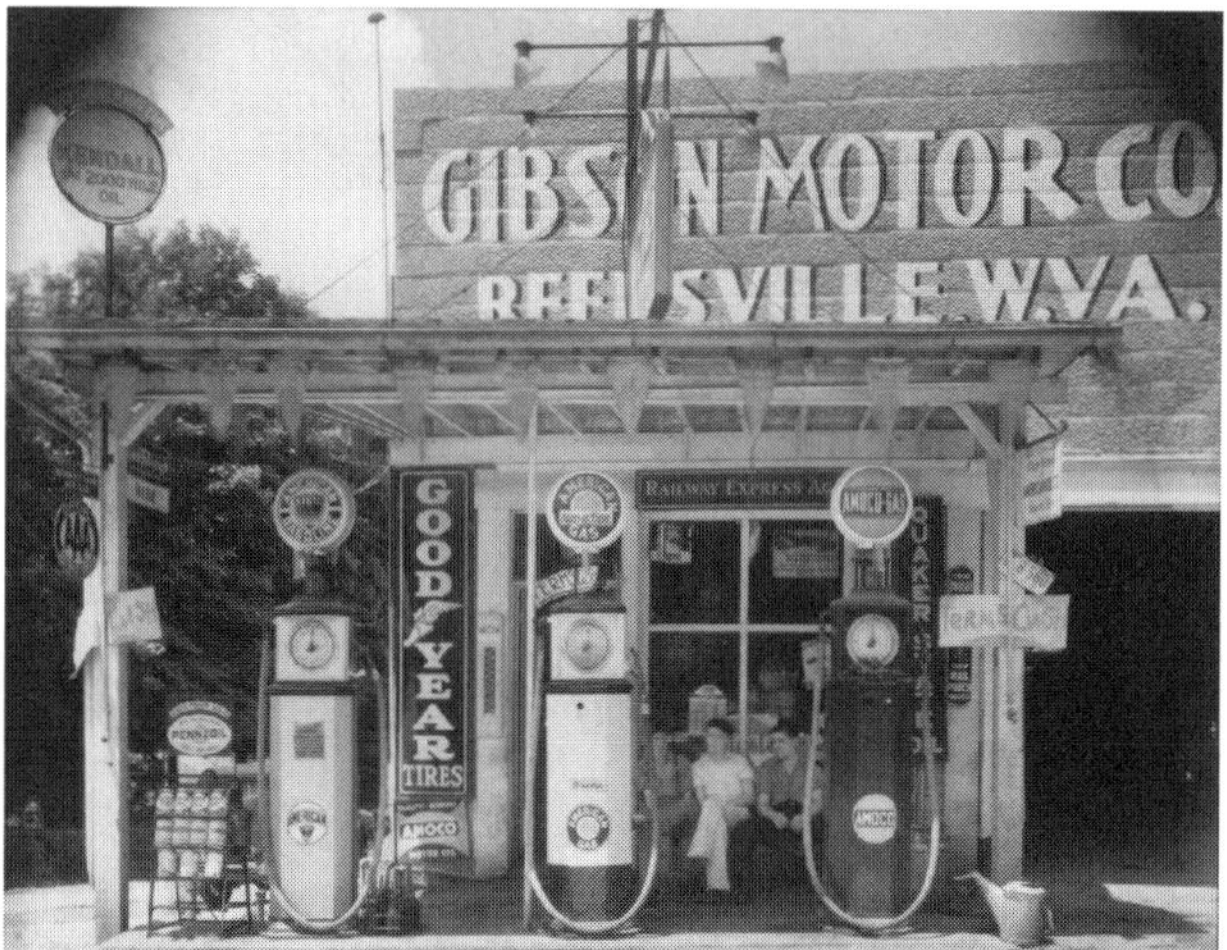

挿図 3- ① c 《Walker Evans, Gas Station, Reedville, Virgina, 1935.》

でも伸ばしているのだろうか。そしてガソリンスタンドの主人を見つけホッとする。ガソリンも補給できるし、もしかしたら熱いコーヒーの一杯でも飲めるかもしれない。そしてこの先目的地までの情報も手に入れることが出来そうだ。

この店は所謂 Papa & Mama Store のようなものであろう。店の奥から大声で彼の妻が喋っているのが聞こえてきそうである。私はこの絵が彼の１９５６年の作品《四車線の道路 Four Lane Road》に繋がっているのではないかと思う。

「自然と人間の境界」をホッパー作品から強く感じたR・G・レンナーは以下のように述べている。[6]

《ガソリンスタンド》におけるスタンドは前哨の様に見える。それは自然空間に対して自己主張をする、範囲を限定された文明空間を際だたせているのである。色彩のコントラストと幾何学的構図の双方が、この対置を強調している。鑑賞者の視点もまた、それらから決定される。鑑賞者の視点は道路の端からガソリンスタンドに移り、「モービルガス」のネオンサインのほうを向く。[7]

また、ヴィーラント・シュミートは「辺境居留地の最終地点のような様相」を感じ、以下のように述べている。[8]

公道は森の中へと消えていき、ここで終わっているように見える。ガソリンスタンドにとってここはよいロケーションとは言えない。最後の車はずいぶん前に走り去ったようで、係員は給油器を閉めている。すぐに電気も消して、夜間の戸締りをするのであろう。

ホッパーの絵画は境界線上の状況を表現する。この場面設定は夜と昼の境、文明と自然の境界地帯などである。このガソリンスタンドはいったん道路を横切れば人間界は名もない自然界にとって代わられる辺境居留地の最終地点のような様相を呈している。

しかしレンナーがこのスタンドを「前哨」と見なし、自然空間に対して自己主張する文明空間と言い、シュミートが「辺境居留地の最終地点」というのは少々大仰に過ぎるのではないか。ゲイル・レビンが言っているように、この作品はメイン州の避暑地のガソリンスタンドを何件かスケッチして回り、それぞれパーツに分解し、再合成したものだ。[9] L・グッドリッチも以下のように述べている。[10]

《ガソリンスタンド》の構成に際して、私が彼に聞いたところでは、あらかじめねらいをつけて適当な給油所を探してみたが、気に入ったものがみつからず、結局いくつか部品を寄せ集めて作ったという。もっともポンプだけは実際のものからスケッチした、という。（制作の途中何度となく、「事実」どおりかどうか確かめると彼は語った。）実際のものより、どの程度変形されるかは、それぞれの場合で異なっていた。

ニューイングランドはアメリカ合衆国始まりの地でもあり、この時代にはかなり拓かれていたものと思われる。インター・ステイツ・ハイウェイ計画はまだ実施されてはいないが、「ルート66」をはじめとする、フリーウェイがアメリカ各地に張り巡らされており、この地域の自然はすでに文明により征服されたものとなっていたであろう。

ホッパーがこの作品を制作した１９４０年の前年に第二次世界大戦が勃発しており、ナチスのパリ無血入城（１９４０年6月14日）を彼はニューイングランドの避暑地で聞いている。[11] この時点ではまだアメリカは参戦していないが、世の中はすでに「文明対文明の対立」の時代に突入しており、「文明と自然」の問題は、もはや「開拓」の時代から「開発」の時代に移っていた。

「文明と自然」の関係で言えば、アメリカはManifest Destinyと呼ばれる宗教的正当性（植民地主義・帝国主義の隠れ蓑）の下に西へ西へと膨張していったが、ホッパーとはこの膨張は無縁であったであろう。若いころはヨーロッパ絵画に多大の影響を受け、人生の大半をグリニッチ・ビレッジで生活し、避暑はニューイングランドの海岸で過ごした。彼の眼は常に東を向いているように思われる。

ホッパーはアメリカ機械文明の勃興期から最盛期を生きた、基本的に文明への信頼が厚い人間であったであろう。しかし文明に押し流されていく人間の孤独や切なさにも常に目を向けていた。また画家が敬虔な新教徒であった母の影響を強く受けていることを、山田隆行がその修士論文の中で詳しく論述している。[12] 名声を博してからも清教徒的に勤勉と質素の中に生き続けた画家はこの絵の人物に自分の生き様を投影させたのではあるまいか。そのような人物が描く《ガソリンスタンド》にはレンナーやシュミートとは別の見方もできる。

一日の仕事を終え、主人は一日の無事を神に感謝しながら、店じまいを始めている。母屋では妻が夕食の支度に取り掛かっていることだろう。文明の光である蛍光灯は、家のみでなくガソリンスタンドの敷地全体を照らしている。まさにドボルザークの「新世界より」の日本語歌詞（遠き山に陽は落ちて）を思い起こさせる風景ではないか。

そんな黄昏時を少し心細い思いでドライブしてきた旅人がモービル石油の大きな看板に導かれる

挿図 3-③ 《チェア・カー Chair Car》

ようにガソリンスタンドに入って来て、その明るさにホッとする。暖かいコーヒーを想像しながら。

五十の半ばを過ぎ、地位も名声も獲得し、伴侶にも恵まれたホッパーが描くこの絵は、このように解釈したほうが自然なのではないか。

ホッパーは人間生活の日常を巧みに描いている。この絵の登場人物も「前哨」の兵士などと大仰にいうより、ガソリンスタンド店主の一日の仕事の一コマを画家が旅人の目で捉えたと考える方が楽しいし、自然であろう。

そしてこの絵は1956年に描かれた《四車線の道路》に繋がっていく。ガソリンスタンドの前の道はすでに立派な四車線道路となっている。年老いた男は仕事の合間を見て椅子に座り、休んでいる。妻だろうか、女が何か話しかけているが反応しない。

女は反応のない男に怒っているようだが、これは対立というようなものではなく、日常生活の一コマであろう。私などもボーっとして家内の話すことに反応せず、叱られてしまうことがよくある。この作品もそのような情景を描いたものと解釈したい。そこには《ガソリンスタンド》から16年を経過した時間の流れをも強く感じる。

レンナーはこれに対して、以下のような意見を述べている。

１９５６年の『四車線の道路』はこれに対し、一見全く逆の構成であるように見える。つまりここでは広く開けた外部空間が内部空間と境を接して対立しているのである。にもかかわらず、ここには対応関係がみられる。『チェア・カー』（１９６５年・挿図3－③）では窓によって遮断され、想起されたにすぎない運動という要素が、同様の方法でこの作品を決定しているからである。道路とガソリンスタンドもまたそれを象徴している。なぜならガソリンスタンドの領域は、座っている男にとって内部空間と同じ様なものだからである。家の窓からは、水平線に沿って広がる森の続きと、第二の計量給油器が見えるが、これは道路とともに壁のくぼみを形成している。道路に向けられた男の視線とその姿勢は凍り付いたように動かず、考えに耽っているかのようである。場面のこうした静的な閉鎖性を破っているのが、窓から男に声をかける女だが、女はさながら家の外にいるようである。空間的には男は女の間近にいながら、彼女の呼びかけは男には届かないようで、男は素知らぬ振りを決め込んでいる。男とはほぼ同じ大きさの影が、その姿を二重にみせているが、これがこうした印象を一層強めている。女の態度と男のそれは対照的である。

作品のこうした内的緊張は、その穏やかな色調とは対照的である。ほぼ水平な直線をなす雲や草原、道路、どこから差してくるのかわからない一本の影は、二人の人影の間に働く活力を減退させている。機械というよりは書割のように見える強烈な色彩の計量給油器がかもし出す静寂、そして自然の静けさと人間的な情景は矛盾しているのである。[13]

レンナーはここでも「内的緊張」などと少々大仰な言葉を使って、ホッパーの絵画の精神性を強調したいようであるが、そこまで深刻にとらえる必要があるのだろうか。

ホッパーは市井の人々の日々営みの一コマを切り取って描いている。そこには「疎外」「孤独」といった要素が含まれているのも確かであろう。しかし人々が生きるという行為はそれを乗り越えていく強さでもあるのだ。時間は流れ、人々は留まってはいられない。日々を生きること、それが人間の本来の強さであろう。一見孤独に見える夕暮れの《ガソリンスタンド》の風景には、生活する人の強さ、文明の持つ暖かさ、主人夫婦の日常、そして旅人とのふれあいなどをも感じさせる「人間風景」といったものがある。そして16年後の《四車線の道路》につながっていく。レンナーは「道路に向けられた男の視線とその姿勢は凍り付いたように動かず、考えに耽っているかのようである。」と述べているが、実際のところそんな深刻なことではないように思える。歳をとるとよく経験することだが、心地よい風の吹く天気の良い午後などにはただ、何も考えずにボーっと椅子に座っているのが何とも気持ちがいいのだ。この絵の人物もそのような気持ちで窓の外に腰かけているのだろう。女は男に室内から「何かを手伝って。」とか「食事ができた。」などと叫んだのだろう。それに対して何の返事もないので、窓から身を乗り出して、文句を言っているのだろう。少々下世話な解釈かも知れぬが、長年連れ添った夫婦というのはこんなものである。そこには着実な夫婦の歴史を感じさせる時間の経過がある。この二枚の絵の間にある時間の経過こそが、私がホッパーの絵画を「映画的リアリズム」と呼ぶ所以である。

註

1　Levin, Gail. Edward Hopper: Catalog Raisonn,. 4 vols. (Vol. 4 is a CD-ROM), Whitney Museum of American Art, in association with W. W. Norton, New York, 1995

2　『世界大百科事典 8』平凡社　２００７年

3　『アンディー・ウォーホル展：永遠の15分』森美術館　２０１４年 p. 92

4　高橋伸行「「ホッパー様式」の成立について」『早稲田大学文学研究科紀要 別冊18集文学・芸術学編』１９９１年 pp. 191-192

5 ロイド・グッドリッチ 東野芳明訳『エドワード・ホッパー』ＰＡＲＣＯ出版局 １９７７年 p.99

6 Renner, R.G., Edward Hopper, 1882-1967: transformation of the real, Benedikt Taschen. 1993 pp. 24-25

7 The petrol station in Gas is like an outpost marking the frontier of Civilization as it takes its stand against Nature. Both the color contrasts and the compositional structure serve to emphasize this tension: and when we look at the picture we find that our gaze probably move from the roadside to the petrol station and the lettering, Mobilgas.

8 シュミート前掲書 p.29

9 Levin, G., Edward Hopper: an intimate biography, Univ. of California Press. 1998. pp. 328-329

10 グッドリッチ前掲書　pp. 98-99

11 Levin op. cit. p. 327

12 山田隆行『エドワード・ホッパー研究―《青の宵》と《線路脇の家》を中心に―』２０１０年度修士論文　早稲田大学大学院文学研究科

13 レンナー前掲書 pp. 72-73

第４章：《夜更かしの人々 Nighthawks 》

《夜更かしの人々 Nighthawks》（１９４２年・挿図４-①：Ｏ-322）は先に述べたように、私が初めて出会ったホッパーの作品で、たぶん一番有名な作品なのだろうと思う。したがって、色々な先行研究もあり、美術史とは異なる分野の人間たちも研究対象に取り上げている。また、ホッパーに傾倒する作家たちがオマージュや戯画化した作品を多く残している。それだけ多くの人間がこの絵に魅力を感じているのだろうし、研究も出尽くしているのかも知れない。しかし私自身この絵に強く惹かれるものがあり、私自身の《Nighthawks》像を描いてみたいと思う。

本文に入るまえに、私自身の体験を少し話してみたい。

前の章でも述べたとおり、私は商社の営業部門に籍を置いていた関係で、幾度となく国内外の都市に出張した経験を持つ。多くの場合は一人旅で、初めての街に夜になってから到着した時などは、なんとなく心細い思いをしたものだ。

また出張中、昼間は会議に追われ、工場訪問などで忙しく飛び回っているので、感傷に浸ってい

挿図 4-① 《夜更かしの人々 Nighthawks》

挿図 4-① a:Fig. 322-4 Edward Hopper, Study for Nighthawks, 1942.

る暇などないが、夜ホテルに戻った後の時間がどうしようもなく長く感じられることがあった。特にアメリカやヨーロッパのホテルは、室内が間接照明で、日本人の感覚からすると何となく薄暗く、少々わびしい感じがし、気が滅入ってくることもあった。そんな時はカウンターのある店を探した。

この絵から特に思い出されるのは、ニューヨークのレキシントン街にあったホテルの一階のダイナーである。もう40年近くも前のことだが、そのホテルはそれ程高級なホテルではなかったので、夜遅くなると、ダイナーには泊り客より外からの客の方が多かった。少し猥雑な感じで、客は人種も様々、職業も色々であった。多くは仕事帰りに遅い夕食をとっていた。彼らは大きなプレートに盛られたハンバーガーと山盛りのフライドポテトをビールと一緒に食べていた。《Nighthawks》のダイナーよりはかなりうるさかったが、客の表情やウェイターやウェイトレスとの会話風景を眺めるのが、時差でなかなか眠れない自分にはよい気晴らしであった。そしてたまには隣りあった客ととりとめのない世間話をするのも楽しかった。

そんな経験から私はこの絵のなかでは、「後ろ姿の男」（挿図４-①ａ）が特に気になっている。もしかしたら私自身をこの男に投影させているのかも知れない。レヴィンもカタログ・レゾネの中で下絵の「後ろ姿の男」がホッパーの愛用したサファリジャケットを着ていることに着目し、ホッパー自身がこの「後ろ姿の男」に自分を投影させていることを示唆している。[1]

「カウンターの一人客を描いた何枚かのスケッチの中の一枚で、ホッパーは彼をホッパー自身がよく着用したベルト付きのサファリジャケット姿で描いている－これはたぶんこの絵は彼の男性像の基準になっている。」[2]

この作品の日本語訳は《夜更かしの人々》となっているが、私はオリジナル名の《Nighthawks》の方が好きだ。

Nighthawkは広く北米に分布するヨタカ科の鳥で日本に分布するヨタカと同じ属に分類される。しかし、日本の「夜鷹《よたか》」にも、「Nighthawk」にもあまり良い意味がないようで、Oxford English Dictionaryでは、比喩的な用法として以下が挙げられている。

> A person who is up or active at night for predatory purposes; spec. a nocturnal attacker or thief.
> gen. (orig. U.S.). A person who stays up late, esp. on a night shift or watch; spec. (a) a night-herder; (b) a night watchman.

また『ロングマン現代英英辞典』では以下のように紹介されている。

AmE informal
Someone who enjoys staying awake all night

また『三省堂スーパー大辞林』（電子辞書版）には「江戸で、夜、路傍で客を引いた下級の売春婦」と記述されている。

『広辞苑』にも同様に「②夜歩きをする者のたとえ　③江戸で、夜間、路傍で客をひく下等の売春婦の称　④夜鷹そばの略」とある。

いずれにせよ、昼間の世界では受け入れられない（昼間の世界を受け入れない）孤独な人々といったイメージがある。そして私は、この言葉を聞くと、少年のころ読んだ宮沢賢治の「よだかの星」を思い出す。その終わりの数行の美しさと、生きているときにはだれにも受け入れられず、孤独のうちに天に昇っていく辛さと悲しさ、そして最後の瞬間の輝きに感動したことをはっきり覚えている。今回この論文を書くにあたって、再度この作品を読み直してみたが、半世紀以上も隔てた今でも全く同じ感動を覚えた。この歳になり、それは宮沢賢治の優しさなのだとつくづく感じた。

私はホッパーのこの作品にも同じような感情を抱いた。前の章でも述べたが、ホッパーの作品に通底するのは、「疎外」や「都市の孤独」といった現代人特有の負の側面を認めながら、それに「共感」する力、言い換えれば、少し陳腐かもしれないが「優しさ」なのではないか。彼のポートレート写真を見ると、気難しそうな老人だが、彼の根っこの部分にこのような「優しさ」があったのではないかなどと、少々センチメンタルな感慨を持った。

ホッパーは芸術家の運命について「その95％は死んだら10分後には忘れられる。」[3]と、語っていたが、いまだにアメリカでは最も人気の高い作家であり続けている。そんな人間の琴線に触れるような作品を多く残しているのがホッパーだが、その中でもこの作品は特に魅力的である。「肉体性」・「男性性」を信奉するアメリカ人でも（「アメリカ人だからこそ」、といった方が正しいのかも知れない。）常に緊張し、肩ひじを張って生きていくことには疲れるのであろう。この作品にはそんなアメリカ人を癒してくれる何かがある。

これは大都会の片隅にひっそりとたたずむ真夜中のダイナー（Diner：カウンター式レストラン）である。ホッパーが描いたこのレストランは、ある程度年を取ったアメリカ人なら、誰もの記憶の中に収められているような、なんの変哲もないありふれたものなのであろう。

ホッパー夫妻が残した記録帳（Record Book）にはこの作品について下記の記載がある。

Record book (II. p. 95): sketch; 'Nighthawks', Finished January 21, 1942.
Block x and Winsor & Newton Colors, W. & N. Zinc white, poppy oil, English linen, domestic priming.
Night & brilliant interior of cheap restaurant.
Bright items: cherry wood counter and tops of surrounding stools; lights on metal tanks at rear right; brilliant streak of jade green tiles 3/4 across canvas—at base of glass of curving window and counter. Light walls, dull yellow ochre door into kitchen right. Very good-looking boy in white (coat, cap) inside counter. Girl in red blouse, brown hair easting sandwich. Man nighthawk (beak) in dark suite, steel grey hat, black band, blue shirt (clean) holding cigarette. Other figure dark sinister back—at left. Light sidewalk outside pale greenish. Darkish old red brick houses opposite. Sign across topres taurant, dark—Phillies 5¢ cigar, picture of cigar. Outside of shop dark green. Note: bit of bright ceiling inside shop against dark of outside street at edge of stretch of top of window"[4]

この記録帳を参考にしながら、この絵画を記述してみると、以下のようになるだろうか。

キャンヴァスに油彩、サイズは84.1×152.4㎝で映画の標準スクリーンより横長でヴィスタサイズ（1:1.85）に近い。映画好きのホッパーが映画の一画面を切り取ったように画面を設定している。

画家は画面の外側から、街角に明るい光を放つ真夜中の安レストランを見ている。このレストランが客がふらっと立ち寄るような簡易型のレストランであることは、二人の男性客がどちらも帽子を被ったままでいることからも想像できる。

画家の視線と鑑賞者のそれは同じである。画家は《夜の窓 Night Windows》（１９２８年・挿図４-②）など一連の窃視症的作品で鑑賞者を共犯関係に置いているが、この作品でも同様の手法を用いている。但し、この作品では窓と鑑賞者の間にレストランの明かりに照らされた街路が描かれており、また人物が４人も登場していることから、窃視しているという感覚はかなり弱められている。カーテンも開け放たれており、なかの人物たちも当然外から見られるであろうことを承知しており、その意味では窃視という言葉は適切でないかもしれない。

画面の幅の３／４、高さの２／３を占める大きな窓はまるで映画のスクリーンか水族館の水槽のようにレストランの内部の様子を切り取っている。店内は不自然なくらいに明るく、灯火管制などはよその国の出来事のようだ。店の光はたぶんこの頃発明された蛍光灯なのだろう、街路を青白く照らすと同時に、向かいのビルの二階の壁面や一階のレジスターが置かれた店のウィンドウをも照

挿図４－②《夜の窓　Night Windows》

らし出している。しかし、影は店の中までは届かず、結果的に闇をより強調することになる。レストランの窓の上には暗く「Phillies」という名の葉巻の看板が描かれており、この画面に現実感を与えている。「Phillies」は実際にある葉巻のブランドで、夜を演出する格好の大道具になっている。

客は一組の男女と背中を向けた中年の男のみで、向かいの店にも街路にも人影はない。桜材の長いカウンターは三角形をしており、その中でハンサム（good-looking）なウェイターが中腰になり何かの作業をしている。そして女連れの男に何か話しているようでもある。画面中央の後ろ姿の中年男は右手に空のグラスを持ち、うつむき加減に何か考え事をしている。この登場人物の数が絶妙で、この絵に物語性を最も効果的に付与している。中央の後ろ姿の男がいないと、この絵は緊張感のない間延びしたものになってしまう。またカップルが出て行ってしまうと、画面が寂しすぎる。またウェイターは狂言回しのように、この舞台には欠かせない存在で、後ろ姿の男から少し距離を取った位置に立つことで、男の孤独感を引き立たせている。背広姿の男たちは室内にも拘わらず、帽子をとっていない。この帽子は男たちが偶さかの時間をこのレストランで過ごしているという、偶然性と寂寥感を表す重要な小道具にもなっている。

　このほかにもこの絵には、映画のワンシーンを演出するかのごとき工夫が随所に見られる。まず目立つのはこのレストランが長方形ではなく、鋭角三角形であることだ。このレストランはグリニッチ街の二本の道路が交差した角にある実際のレストランをモデルにしている。[5] 地図で場所を確認すると、確かにこの土地は三角形になっている。部屋が三角形であることにより、奥の窓をより横長に大きく描くことができている。それはガラス越しに背景の闇をより強調することになる。そして必然的にカウンターが三角形になることで、4人の位置関係をうまく描写できるという、思わぬ効果も生んでいる。

　このレストランが長方形の建物だとすると、カップルは真横から描くか、客3人をダ・ヴィンチの《最後の審判》のように、横に並べて描くしか方法がないように思われる。

　その他にも時間の経過や、この画面の状況を演出する小道具が数多く並べられている。ウェイターの後ろにある2台の湯沸しにはガラスのゲージがついているが、向かって右がコーヒー、左がお湯と見分けられるように、それぞれ茶色と水色の線が描きこまれている。そして、コーヒーのゲージは残量が少なくなっていることを表すように、茶色の線が短く、時間が深夜になりつつあることを暗示している。

こんな夜更けにもかかわらず、カップルの前には酒の入ったグラスがなく、マグカップが横に置かれているだけだ。この時間に酒を飲んでいないこのカップルの微妙で複雑な関係をマグカップという小道具だけを使って描き切っている。

後ろ姿の男の右横には塩入れとマグカップが置かれている。彼はここで遅い夕食をとったのだろう。彼はこの街には不慣れなセールスマンかもしれない。一日の仕事を終え、手持無沙汰の時間をこのレストランで潰しているのだろう。１９４９年初演のアーサー・ミラー作品『セールスマンの死』にも描かれているが、この時代セールスマンは街々を自動車に乗って、歩き回っていた。[6] ホッパーはそんな中年のセールスマンをこの絵の中に描いたと解釈する方が私には自然に思える。

そして彼の右横三つ目のスツールのカウンターには空のグラスが置かれている。たぶんすぐ前まで誰かが座っていたのだろう。彼はホテルに戻ったのであろうか、それともヘミングウェイの『殺し屋』[7] のように、ヤバい仕事に向かったのだろうか。このように人物の配置のみならず、小道具までもが周到に準備されており、まさしく映画的手法を駆使している。私はこれをホッパーの「映画的リアリズム」と呼びたい。ホッパーの絵画には三次元的奥行きと、四次元的時間の概念が同居している。この映画的空間的・時間的設定については、多くの研究者が言及している。

高橋順子は論文『絵画と小説：Irwin Shaw と Edward Hopper にみられる光と影』の中で以下のように述べ、この絵画の幾何学的構造を舞台に例えている。

彼はillustrator出身の画家であり、次のような点で'Nighthawks'にもその影響が残されている。①画面全体を舞台装置のように使う構図、②少ない人物の配置、③場所がどういう所であるか明白、(drug store, office, cafeなど)、④全体的構図においても、部分的な線においても支配的な直線、⑤光と影の対照のあざやかさ。

'Nighthawks'は開かれたばかりの舞台のように、きれいに整頓された画面が広がる。……画面は圧倒的に直線が支配している。こうこうと明かりのついているcafeの建物の輪郭、何も飾りのない広い窓、店内のカウンター、通りを隔てた向かい側の建物など、しっかりした幾何学的な強い直線が画面の構造を支配している。[8]

レヴィンも以下のように述べ、ホッパーが彼自身のドラマを創作しているのだとしている。[9]

「もし私が言うべき何かを持っていなければ、それを言おうとは試みない。それがすべてだ。」、そのようにホッパーはかつて認めている。この絵は彼が偶然出くわした状況の単なる記録ではなく、注意深く考えられたシナリオであり、そこでは光と配置と内容が主な役割を果たしている。これはホッパーの劇作品であり、彼は豊富な技術的知識を持った厳格な演出家であった。光の効果は映画を暗示しており、人物の姿勢と配置は意識的である。彼は建築家の美的関心で建物の位置を考えた。彼の幾何学的様式はグラフィックデザイナーや抽象画家の様式と一致している。彼の《Nighthawks》の着想は彼が称賛する文学的・映画的な源泉から取り入れられているが、本質的にドラマティックで、不安な都会の夜の不吉な側面を見事に捉えている。[10]

また、美術史家シュミートは『アメリカの肖像』の中でこの絵について非常に的確に纏めてあるので、少々長いが、全文書き留めておく。[11]

《夜更かしの人々》は、この寡黙な画家が作品背景について語っているまれな絵画の一つである。彼は、ここに描かれている情景は夜の街路についての考えを表現したものであると述べ、次のように続けている。「これはグリニッチ街にあるレストランから着想を得たもので、それは2つの通りが出会うところに位置する。私はこの情景を大幅に単純化し、レストランを大きくした。おそらく、無意識に、大都市の孤独を描いていたのだと思う。」(Robert Hobbs, Edward Hopper, New York, 1987, p. 129より)

評論家はこの《夜更かしの人々》の雰囲気を、ヘミングウェイの短編小説で、ホッパーも愛好した何編かの作品と比較してきた。１９２７年3月、当時ホッパーはイラストレーターとして『スクリブナーズ』誌の仕事をする時があったが、その市場で「殺し屋」を見つけた時には編集者あてに手紙を書き、アメリカ文学の大部分が浸っているサッカリンのような甘ったるい感傷を読んできた後では、アメリカの雑誌にこのような本物の作品を見つけたことにすがすがしい思いがすると述べている。また、この小説のストーリーは大衆の好みに媚びるようなところがなく、真実から逸脱することもなく、非論理的な終局を迎えることもないと書いている。

ところで、カウンターのコーナーにいるカップルは互いに話すこともほとんどないようだ。鷹を思わせるような顔をした男は当時のフィルム・ノワールを連想させ、特にダシール・ハメットの原作に基づいて制作された映画『マルタの鷹』に出演したハンフリー・ボガートを思い出させる。よくある探偵スタイルのように帽子を目深にかぶって、煙草を挟んだ右手はカウンターの上においている。その指先は女の手に触れているが、わざとではないようだ。

一方、女の方は指の爪をチェックしている。それとも紙の切れ端でも持っているのだろうか。たぶんそこには電話番号が書いてあって、捨てようとでもしているところだろうか。

マネージャーは、たぶんカウンター係兼洗い物係という程度のところかもしれないが、カウンター係がよく口にするような何気ないことをちょっと言ったようである。たとえば「長い1日だったね。」とか「今晩は遅くに外出かい。」などと。こうした言葉は返事も要らないものだ。もう一人別の男がカウンターの端に座って、手に持つグラスを傾けている。ホッパーの「沈黙の目撃者」である。

この先何が起こるのだろうか。はっきりしたことは誰にもわからない。ホッパーの絵には、ヘミングウェイのストーリーと同じで、大団円とか解決というものは存在しないのである。

作家のジョイス・キャロル・オーツ（Joyce Carol Oates）はこの作品から不倫関係の男女間の物語を短い脚本仕立ての詩に書き留めている。[12] この詩を簡約すると以下のようになるだろうか。

男は妻を捨ててこの女に走ったが、彼女は彼のことを信じてよいのか決めかねている。女は男が数日のうちに後悔し始めるだろうとおもっているが、口には出せずにいる。彼女は泣き崩れたり、乞うたり、叫んだりしないと自分に誓っている。男は一言もしゃべらない。しゃべらないことがこの場ではいちばん良い方法であることをよく知っているのだ。彼女にはこのダイナーの灯りはまぶしすぎる。男は悪いのは自分だけではなく女にも責任があると思っている。

この後二人はどうなっていくのか、この作家は語っていない。彼女もシュミートと同じように、この絵に大団円とか解決といったものを感じていないのだろう。これがホッパーの描く都市の寂寥感・孤独感なのだ。

このように、それぞれの研究者たちもこの絵から自分自身の物語を描き出してゆく。私は前々章で、ホッパーのリアリズムを「映画的リアリズム」と述べたが、彼は映画的手法を採りながら、あるシーンの一瞬を切り取り、そのシーンの前後の物語は鑑賞者の想像力にゆだねている。私たち鑑賞者は自分たちの人生に照らし合わせながら彼の絵画に自分たちが作った物語を重ねていく。

少し横道にそれるが、ホッパーのこの絵があまり説明的でないためか、批評家の間でも色々と面白い解釈の齟齬が起きてくるので、その一例を挙げてみたい。例えば、赤いドレスの女性が右の指でつまんでいる小片の解釈がそれぞれの批評家によって異なるのだ。もちろん、この事実はホッパー作品の魅力を高めている一因とも考えられる。批評家のみならず、一般の鑑賞者も自分の人生に照らし合わせて、彼の作品を自由に解釈することを可能にする。そしてこのことがまさしくホッパーが求めていたものなのだと思うし、ホッパーが長く愛され続けている理由の一つであるのだと考える。第一章で引用した、バーチフィールドの「ホッパーは鑑賞者がどのように感ずるべきかを決めつけようとはしていない。」という言葉をここでも思い出す。

ジョー・ホッパーは記録帳（Record Book）に赤いドレスの女性は「サンドウィッチ」を食べていると書いている。ゲイル・レヴィンは彼女の言葉をそのまま取りいれ、「サンドウィッチ」説である。[13] ジュディス・A・バーター（Judith A. Barter）は "the woman concentrates on the piece of paper in her hand—perhaps the check, or money." （女は手の中の紙切れに集中している—たぶん小切手か金なのであろう）と言っている。[14] シュミートは「一方、女の方は指の爪をチェックしている。それとも紙の切れ端でも持っているのだろうか。たぶんそこには電話番号が書いてあって、捨てようとでもしているところだろうか。」[15] と説明している。レンナーは、「都会における孤独感と三番目のバーの客が抱く孤独感が、水入らずを楽しむカップルの姿に投影されている。」このカップルを楽しそうな男女と解釈している。[16] そして、ジョイス・キャロル・オーツ（Joyce Carol Oates）は上記の詩の中で、"she' s contemplating a cigarette in her right hand" 「彼女は煙草をじっと見つめている」と書き記している。

これがホッパー作品の面白さなのだろうか。５人がそれぞれ《Nighthawks》像を異なって描いている。その曖昧さは、画家が仕組んだものなのか、それとも解釈者が勝手に考えているだけなのか…

レヴィンが思い浮かべる男女間の関係はごく普通な感じで、あまり物語性を感じさせない。たぶん男と女は客とホステスの関係なのだろう。男は女の店が終わった後、彼女を誘って、このダイナーに立ち寄った。逆に女の方が、夜の仕事が終わり少々空腹を覚えたので、小腹を満たすため男を誘い、ダイナーに夜食を取りに来たのかも知れない。そんなわけで、彼女はサンドウィッチを手に取っているのであろう。でもこの場合、サンドウィッチの皿がないのが気にかかる。ウェイターが早く店じまいをしたいので、彼女がまだ食べ終わっていないのに、皿を下げてしまったのであろうか。やはり少し不自然な感じがする。

バーターの解釈はドライすぎる感じで、何か元も子もないといった気がする。人前でお金を数えるという行為は、売春婦のそれではないか。それにしては彼女の服装は洒落ているし、表情にも憂いが表れている。また男の服装もきちっとしすぎているように思える。

たぶん、シュミートの考えが、最も一般的なのではないか。別れを決めかねている男と決心しようとしている女。その違いがうつむき加減な男の視線と指先を見つめる女の視線の違いに現れている。

オーツはシュミートの解釈に加え、「指に挟んだ煙草を見つめる」という動作で、この女の少し自堕落で、投げやりな性格を表そうとしたのではないか。

レンナーの解釈は少々暢気すぎるように思われる。この時間に男女がこんな場所で「水入らずの時を過ごす」というのは如何なものだろうか。ホッパーが残した最終下絵[17]（挿図４-①ｂ）では確かに男女が顔を向けあい、会話している。しかし完成作では男女は視線を合わせず、また二人の視線の方向も別々である。これはホッパーがあえて二人の微妙な関係、男女間の隙間風を描くために変更したのだと解釈すべきであろう。

私はシュミートの解釈に近いが、正直なところ、この二人にはあまり興味がない。夜遅いバーで酒を飲んでいると、こんな男女はよく見かける。水商売の女と客という男女が多いが、なかには深刻な様子のカップルも見かける。いずれにせよ、この絵のなかの女性が不倫相手だろうと、バーの女だろうと、売春婦だろうと、それぞれにそれぞれの物語があるのだろうが、このカップルに焦点を当てすぎると、この絵が安物の恋愛ドラマのワンシーンになってしまうような気がする。

それより私は「後ろ姿の男」に興味を引かれる。実際私は彼がこの絵の主人公だと解釈する。ジ

挿図 4- ① b　Drawing for painting, Nighthwaks, 1942.

挿図 4- ③　《日曜日の早朝　Early Sunday Morning》

ョーは“sinister”という言葉を使っているが、私はこの言葉がとても気になる。と、同時に疑問も感じている。ジョーはホッパーが好きなヘミングウェイの短編小説「殺し屋」やホッパーが頻繁に鑑賞した「Film Noire」から、この男を殺し屋のような人物と解釈し、“sinister”という言葉を使ったのだと、想像する。

一方レヴィンは、ホッパーの象徴的内容は鑑賞者の想像力に任されるとして、以下のように述べている。[18]

彼の絵画において彼は説明的になることを拒否し、その代わり外観を超えた意味を暗示した。夜中に外にいるこれらの人々は誰なのだろう。ホッパーの絵画は示唆的であるが決して具体的ではない。象徴的な内容は鑑賞者の想像力にゆだねる。抽象画家Amedee Ozenfantを含めホッパーの作品を称賛する多くの人にとっては、《日曜日の早朝》（挿図4-③）や《夜更かしの人々》はアメリカの近代生活の典型的な側面に永遠性を与えることに成功した。[19] Ozenfantは三人の人物が他の評論家が描くような「邪悪な者」としてではなく、ナイトシフトの労働者だと解釈している。[20]

レヴィン自身はジョーと同様、この絵から“sinister”な匂いを感じとり、カタログ・レゾネの説明文の最後で以下のように述べている。[21]

　ホッパーの《夜更かしの人々》の構想は、彼が称賛する文学や映像作品から得ているが、本質的にドラマティックであり、不穏な都会の夜の不吉な側面を見事に捉えている。[22]

　しかし私は異なった解釈をしたい。これは鑑賞者の男女の差も影響していると思うが、“sinister”という言葉が、辞書に載っているように「悪意のある・不吉な」という意味ならば、私はこの絵からあまり“sinister”な雰囲気を感じることができない。私の経験からしても、これはニューヨークではごくありふれた夜の風景だと思う。0 zenfant の言うように客たちはナイトシフトの労働者なのかも知れない。

　いずれにせよ、大都会の夜の安レストランには多種多様な人間が集まり、色々な人生が交差するものだ。少々雑多な雰囲気で客同士のおしゃべりの声や煙草の煙もかなりなものであった。そんな雰囲気は本作品より最終下絵（挿図4-①b・前出）の方がよく表しているのではないかとも思う。余談だが、グリニッチビレッジで有名なジャズスポット「Village Vanguard」は１９３５年に創業されており、この地区にはかなり遅くまで人々が往来していたことが想像される。

今までにぎやかだったレストランの客足がふと途絶え、静寂な空気が流れだし、ふと気が付くと、街路からも人通りが途絶えていた。そんな瞬間なのであろう。

そんな夜更けになっても、「後ろ姿の男」は席を立つことができず、何か考えに沈みながら、手持無沙汰にグラスを握っている。この時ホッパーは59歳、来し方行く末を思う年齢に達してしまった。「自分が歩んできた道にはそれなりに満足している。十分な富も名声も獲得した。しかし自分の人生はそれでよかったのか、他の道もあったのではないか。子供のいない自分は、この先どのような生き方をしていくのだろうか。」こんなホッパーの諸々の思いを「後ろ姿の男」に託したのではないか。それにはやはり後ろ姿が似合う。

もしこの作品にヘミングウェイの『殺し屋』の登場人物の誰かを当てはめるとすると、それは間違いなく二人の殺し屋（マックスとアル）ではなく、追われる男（オール・アンドルソン）であろう。もう逃げることに疲れたという彼の姿にこの「後ろ姿の男」を重ね合わせることも可能だろう。絵画の中の男は背中の肉付きから、もう決して若くはない中年の男と思える。年老いた殺し屋という設定も面白いとは思うが。

しかし私にはアーサー・ミラーの『セールスマンの死』の主人公ウィリー・ローマンを思い起こさせる。アーサー・ミラーの作品は１９４９年に発表されているので、もちろんホッパーがこの作品に触発されたということはあり得ないのだが。
ジャズエイジ（熱狂の２０年代）は遠く去り、１９２９年10月24日「暗黒の木曜日」に始まる大恐慌がやっと終息したにも拘わらず、ヨーロッパ大陸では１９４０年６月14日ドイツ軍がパリに無血入城し、１９４１年12月には日本軍により真珠湾が奇襲されている。そんな重苦しい世の中の雰囲気がこの男の背中を覆っているのかもしれない。

それにしても、この作品から戦争の影を全く感じることができないのはなぜであろうか。この作品は日本が真珠湾を攻撃し、太平洋戦争が始まってすぐに描かれており、ヒットラーがワシントンとニューヨークを攻撃する意図を表明した時期でもあるので、ジョーは緊急避難用のナップザックに衣類などを詰めたりしていた。それをホッパーがからかっており、彼はニューヨークの真ん中にいながら、灯火管制用に天窓を覆うことさえ拒否していた。[23]
バーターは、灯火管制の覆いもつけず明るく照らされたダイナーの絵を描くことで、エマーソン主義者で自主独立主義者のホッパーが自分自身及び国民の抵抗の意思を表したのだと解釈している。[24]

ニューヨークタイムズの写真は人や車で埋まった通りが、空襲警報が出た５分後には人っ子一人いなくなっている様子を写している。灯火管制の覆いもその他の飛び散ったガラスの破片を防ぐ保護カバーもない明るく照らされたダイナーを描くことを選んだ――たぶん彼自身と国民の代わりに抵抗の意思を示したものだろう。[25]

日本はこんな国と戦争をしてしまったのだ。戦争一色に染まり、何もかもがお国の為、天皇陛下の為という掛け声のもとに抑圧された国との違いをつくづく感じる。あの時代日本でこんな作品を世に発表したならば、すぐに非国民のレッテルを貼られ、憲兵に作品はズタズタにされていたであろう。しかしこの絵は描かれた年の春にはシカゴ美術館（Art Institute of Chicago）が買い入れているのだ。あの戦争は軍事面だけでなく、物質面でも文化面でも負けるべくして負けた戦争であったのだろう。

最後にこの作品の技術的側面及び画面構成の面から考えてみたい。ホッパー絵画の技法的側面について、バーターは以下のようにモダニズムの影響を強く示唆している。[26]

《夜更かしの人々》はフランス印象派・ポスト印象派及びシュールレアリスムの特質とラルフ・ウェルド・エマーソンのエッセイから生まれ、ポピュリスト政治に不可欠な方法で形作られた「アメリカ個人主義」、「黒の映画」及び1930年代の「ハードボイルド小説」の力強さ感覚との合体である。[27]

またこの作品に寂寥感を与えている、画面構成については以下のように述べている。[28]

現存するドローイングは彼が一連の小スケッチで画面構成を考え出し、彼が作品を描き始めた時には彼のプランが明確になっていたことを示している。彼は書付以上のものとしてはこれらのスケッチを扱わなかったし、対象として重きを置かなかった。しかし《夜更かしの人々》がどのように形作られてきたか、また大きさや関係性が展開されてきたかを示している。ホッパーの思考過程の初めから窓や通りの曲線を描く楔形の水平面が支配している。検討が進むにつれて、窓がより大きくなり、初めは大きくて画面構成の中心であった人物像が小さく右の端に追いやられた。[29]

バーターはこの作品の作成過程で、窓がより大きくなり、人物が小さくなったと分析しているが、これが寂寥感や孤独感を強めていると解釈できる。第1章（272ページ）で参照したようにレヴィンもホッパーの「私はこの作品を特別に孤独なものとは見ていなかった。私は場面を単純化しレストランをより大きく描いた。たぶん無意識に私は大都会の孤独さを描いていたのだろう。」を引用し、画面の単純化と建物を大きくしたこと（結果的に人物が小さく描かれたこと）が寂寥感の理由であるといっている。彼女はカタログ・レゾネの中でもこの単純化（Simplification）に言及して、ホッパーが引き算的アプローチで必須なもののみを扱った「単純化」が《夜更かしの人々》を成功させていると述べている。[30] 確かにこの作品は舞台装置のように単純化・直線化され、それが寂寥感・孤独感を際立たせ、また舞台装置のようにこの中の物語の展開に寄与している。

ただ結論的に言うと、この絵の主題は「寂寥感」、「孤独感」というより、大都会における「オアシス」、を描いたものと言えるのではないか。もともとバー（Bar）という単語は「宿り木」という意味があり、このレストランはNighthawks たちの止まり木そのものなのだ。

第1章でも述べたが、近代化はすなわち個人の孤立化・孤独化であり、都会人が常にIsolateされ、Alienateされた存在であることは近代の前提のようなものである。現代の大都会を砂漠に例えることが多いが、砂漠を旅する商人たちが、遠くにオアシスを見つけたときのように、都会の住人たちもこんなダイナーを見つけ、ほっとしたのであろう。

そしてこのシーンで重要な役割を果たしているのがウェイターである。私は彼が狂言回しの役割を果たしていると考えるが、彼がいなければこのカップルの関係はもっと深刻なものになっていたかも知れない。下絵では彼は下を向き、グラスを洗っているように見えるが、作品では男に何かを話しかけている。二人の会話から、彼らの気持ちが深刻になりすぎているのを察し、それで何か取り留めのない話でその場の雰囲気を変えようとしているのかも知れない。数分前には、「後ろ姿の男」と世間話でもしていたのであろう。

このような役回りの男は、映画にはしばしば登場する。『カサブランカ』の年老いたピアニスト、そして少し感じは違うが、『ハリー・ポッター』に登場する大男のハグリットなどである。もちろん彼らは主役ではないが、映画や舞台の中ではなくてはならない脇役である。

註

1 Levin, G., Edward Hopper: a catalog raisonn, Whitney Museum of American Art in association with W. W. Norton, New York. 1995 pp. 292.

2 In one of several sketches for the lone man at the counter (Fig. 322.4), Hopper depicted him dressed in a sporty, belted safari jacket of the kind he himself often wore—revealing, perhaps, his point of reference for this and most of his male figures.

3 Brian O'Doherty, "Portrait: Edward Hopper" Art in America, 52 (December 1964), p. 42

4 Levin, G. (1995), op. cit. p. 288

5 Levin, G., Edward Hopper: An intimate biography, Univ. of California Press. 1998, p. 394

6 アーサー・ミラー、倉橋健訳『セールスマンの死』ハヤカワ演劇文庫１９４９年

7 ヘミングウェイ、大久保康雄訳『ヘミングウェイ短編集 1』新潮社１９８８年

8 高橋順子「絵画と小説：Irwin Shaw とEdward Hopper にみられる光と影」『田園調布学園大学紀要』23号１９９０年 pp. 145-158

9 Levin (1995), op. cit. p.292

10 As he once admitted, "If I don't have something to say, I don't try to say it, that's all." This picture is not a mere record of a situation he had stumbled upon but a carefully conceived scenario where light, composition, and content play major roles. This is Hopper's theater and here he was a punctilious director with a vast knowledge of artifice.
The lighting effects suggest the cinema; both the posture and the placement of the figures are intentional. He considered the orientation of his buildings with all the aesthetic concern of an architect. His geometric shapes work in harmony like those of a great graphic designer or abstract artist. Hopper's conception of Nighthawks, drawn from the literary and visual sources he admired, was essentially dramatic, brilliantly capturing the sinister aspect of a disquieting urban night.

11 ヴィーラント・シュミート 光山清子訳『エドワード・ホッパー アメリカの肖像』岩波書店、２００９年、pp. 56-57

12 OATES, J.C. 'Edward Hopper, Nighthawks, 1942'. Yale Review. vol. 78, no. 3, 1989. pp. 415-416

13 Levin (1995), op. cit. p.288

14 Nighthawks: Transcending Reality: Edward Hopper, published in 2007 by Thames & Hudson Ltd., on the occasion of the exhibition "Edward Hopper" by Museum of Fine Art, Boston, the National Gallery of Art, Washington D.C. and the Art institute of Chicago: p.196

15 シュミート前掲書 p.57

16 Renner, R.G., Edward Hopper, 1882-1967: Transformation of the real, Benedikt Taschen. 1993, p.80.

17 Levin, G. Edward Hopper: the art and the artist, Norton: In association with the Whitney Museum of American Art, New York., 1980, p. 270

18 Levin (1995), op. cit. p. 291

19 Amedee Ozenfant, "Edward Hopper," a Voice of America radio broadcast, March 7, 1950, New York, transcript, pp. 4-5, author's (Levin's) translation.

20 Ibid., p. 5: In his paintings, he refused to be narrative, and instead merely hinted at meaning beyond external appearances. Who are these people out in the night? Hopper's painting is suggestive, but never specific. Symbolic content is left to the viewer's imagination. For many, including the abstract painter Amedee Ozenfant, who admired Hopper's work, paintings like Early Sunday Morning and Nighthawks" succeeded in immortalizing certain typical aspects of modern American life"

Ozenfant interpreted the three figures being served as nightshift workers or "travailleurs de nuit" rather than as the more sinister others described.

21 Levin (1995), op. cit., p. 292

22 Hopper's conception of Nighthawks, drawn from the literary and visual sources he admired, was essentially dramatic, brilliantly capturing the sinister aspect of a disquieting urban night.

23 Levin, Intimate Biography, p. 348

24 Judith A. Barter, Nighthawks: Transcending Reality: Edward Hopper, published in 2007 by Thames & Hudson Ltd., on the occasion of the exhibition "Edward Hopper" by Museum of Fine Art, Boston, the National Gallery of Art, Washington D.C. and the Art institute of Chicago:p. 209

25 Photos in the New York Times showed city streets filled with traffic and five minutes later, after an air-raid alarm had sounded, as empty as those in Nighthawks. Hopper chose to paint a picture of a brightly lit diner, without blackout shades or any other protection to prevent flying shards of glass—perhaps an independent, artistic act of defiance on both his own behalf and that of the nation.

26 Barter, Ibid. p. 195

27 Nighthawks merges qualities of French Impressionism, Postimpressionism, and Surrealism with a strong sense of American individualism born from the essay of Ralph Waldo Emerson and shaped in crucial ways by the populist

politics, film noir, and hard-boiled fiction of the 1930s. In this masterpiece, Hopper distilled all of these sources into an iconic image that depicts both exterior and interior worlds.

28 Ibid. p. 200

29 Extant drawings show that he worked out the composition in a series of small sketches, so that his plan would be clear when he began to paint (fig 76-79). He did not treat these as much more than mental notes and did not value them as objects in and of themselves. But they do show how Nighthawks took shape and how proportion and interaction developed. From the beginning of Hopper's thought process, the sweeping wedge-shaped horizontal areas of the window and street predominate. As the studies progress, the window becomes larger and larger, and the figures, once large and central to the composition, become smaller and pushed to the right side.

30 Levin (1995), op. cit. p.291: It is this simplification that makes Nighthawks work; Hopper dealt only with the essentials, in a reductive approach.

おわりに

今回卒業論文のテーマにエドワード・ホッパーを選んだことで、図らずも自分とアメリカの関係史を書くことになった。考えてみると、アメリカとの付き合いは60年以上になっていた。この論文を書いているうちに、私には幼い頃の笑い話としか言いようのない思い出が蘇ってきた。それは私が覚えている「アメリカ」に対する最も古い記憶である。

まだ小学校に上がる前のことだったので、たぶん4-5歳の時だったと記憶する。兄の友人が墨田区の「向島」からバイクで遊びに来たのだが、私は何故彼がバイクで海を渡ってアメリカからくることができたのか不思議だった。

たぶん海水浴の時、母が太平洋を見ながら、この海の向こうにはアメリカという国があることを話してくれた記憶があり、「向島」を文字通り、海の向こうの島、すなわちアメリカと幼い知識で解釈したのだ。

私の記憶ではこれがアメリカとの初めての出会いである。以来60数年、アメリカとは数えきれないほどの出会いを繰り返してきた。

今思うに私の中のアメリカという存在は常に「力」、ある場合には「暴力」という言葉と結びついていた。小学生の頃のニュース映像で見た、見渡す限り広がった畑の小麦を巨大なコンバインが轟音と共に刈り取っていく様は、まるで怪獣のようであった。子供心にその巨大さと力強さに驚いた。

文化面でも、テレビや映画を通じて押し寄せてくるアメリカ大衆文化の影響をまともに受けた世代が私たちである。当時日本は今とは比べものにならないくらいに貧しく、テレビの中のアメリカ中産階級のまぶしいまでの豊かさに憧れを抱いていた。

しかし中学生になり、社会に目を向けるようになると、アメリカに対する考え方が急速に変わっていった。もちろん物質的豊かさに対するあこがれは常に持っていたが、何となくアメリカの矛盾に気付くようになっていった。

それは政治的にはまず６０年安保闘争で、多少早熟であったせいもあるのだろうが、学生たちが警官にこん棒で殴打されるのを見て、その後ろにある巨大な権力であるアメリカに嫌悪を感じ始めた。またヨーロッパの映画作品を見るようになったのもこの頃で、アメリカ映画に内容の薄さをも感じ始めていた。

その後はベトナム戦争、７０年安保とアメリカへの嫌悪感は増していった。決定的だったのは私が大学で中東の歴史を学んだことだ。アメリカの「正義」がいかに虚構であるかと知らされた。

しかし実社会に出て、様々な形でアメリカとの関係が強まり、また現地の人々と知り合う過程で、アメリカ人の等身大の姿を見るに従い、アメリカに対しては複雑でアンビバレントな感情は強まっていった。今も私のアメリカに対する感情は、好悪・愛憎相半ばする。

そんな中でホッパーと出会い、彼の人となりや作品に魅力を感じ、卒業論文のテーマに取り上げてみたいと思った。その魅力は一言で言うと「静かな絵」ということになる。

アメリカはある意味でフィクションの上に建てられた国なので、国民も常に「私は何者か（Who am I?）」と問い続けなければならなかったのであろう。その結果としてのアイデンティティが「力は正義なり」という信条であり、常に強い「男性性 Masculinity」が重んじられ、誰もが力強く行動することを求められたのだと思う。外部から見ると、一種の強迫観念ともいえる。

それは文学や芸術の世界においても貫かれていると思われる。小説ではハードボイルドであり、映画ではアクション・ムービーである。絵画の世界でも19世紀中ごろに始まるハドソンリバー派の絵画は自然の雄大さ、神の顕現としての大自然といった「力強さ」への信奉の表れだと思える。また20世紀の具象画の世界にも「男性性」、「力・暴力」が満ち溢れている。抽象画の世界においてもポロックに代表されるアクション・ペイントは如何に力を表出させるかに全精力が傾けられていた気がする。

しかしそのように緊張した生き方は人の精神を疲弊させる。銃で武装するということは、常に社会の中に敵を意識し、全身で身構えていなければならないということだ。そんな過度に緊張した状態に人間が置かれていれば、膨らみ過ぎた風船が破裂するように、彼らの精神もいつかは崩壊してしまう。それが銃乱射事件の原因のひとつのような気がする。

芸術の世界においても、あの「男性性」の象徴のような存在であったヘミングウェイが最後には自死という手段を選び、ポロックはアルコール依存症で、最後には自動車事故という不幸な結末を迎えている。彼らは「男性性」という、フィクションの世界に生き、結局はそのフィクションに押しつぶされてしまったのではないか。

しかしホッパーの絵画は、私が描いていた力を信奉するアメリカというイメージとは全く異なったものであった。

シュミートが言うように、ホッパーは市井の人々をオフィス、レストラン、映画館、電車、ホテルなど、日常生活の場で描いた。そして、彼らはすべて名もなき人々だ。

しかしだからこそ、彼らは強いのだ。辛い労働をするという現実の体験、しがらみや仕事の重圧に押しつぶされてしまいそうな、アメリカン・ドリームからは程遠いか弱い存在、だがそこには現実の重みや力がある。彼らは日常を生きており、そこにはフィクションでない本当のアメリカが存在する。そんな現実を直視し、画面に描き切っているのがホッパーのリアリズムだと思う。ホッパーは力の信奉者たちに、「そんなに緊張せず、肩の力を抜いて、ゆっくり静かに生きてみてはどうか。」と言っている。

ホッパーの絵に描かれる人々は本当に「孤独」で「疎外」された存在なのだろうか。私が卒業論文を書くにあたって参照した文献の著者たちは一様にこのことを強調する。しかし本当にそれだけなのだろうか。もちろん私もホッパーがアメリカの「孤独」や「疎外」に目を向けていたことを否定するものではない。だがホッパーはその先に視線を向けていたと思えてならない。それが彼の「優しさ」であり、「共感する力」だったのではないか。

確かに《ホテルの部屋》で手紙を読む女性は失恋の苦しみ、孤独さに打ちひしがれているようにも見える。実際そうなのであろう。しかしそこに画家の眼差しが注がれているのだ。それは窃視者の視線だけではなく、共感するものの眼差しがある。その眼差しを鑑賞者も共有することになるのだ。

こうしたホッパーの視線が死後半世紀たった今でも、彼をアメリカでもっとも人気の高い画家の一人にしているのだろう。そして外国人である私にもアメリカの素朴で、温かく、静かな面を感じさせてくれるのだと思う。

彼の絵画は二極化され、分断化された現在のアメリカ人が考えなければならない重要なテーマを提示しているように思える。

図版リスト　（注：ホッパー作品は記載がない限り、すべてキャンヴァスに油彩）

第１章

挿図１-add. a ロバート・ラウシェンバーグ《消されたデ・クーニングの肖像》図版出典ＵＲＬ参照

挿図１-① 《夜更かしの人々 Nighthawks》1942　84.1×152.4 cm　The Art Institute of Chicago; Friends of American Art Collection

挿図１-② 《ガソリンスタンド Gas》1940　66.7×102.2cm　The Museum of Modern Art, New York

挿図１-③ クロード・モネ《サン・ラザール駅》1877　キャンヴァスに油彩　75×100 cm　オルセー美術館　パリ　図版出典ＵＲＬ参照

挿図１-④ 《高架鉄道の駅 El Station》1908　58.8×737cm　Whitney Museum of American Art, New York

挿図１-⑤ 《鉄道列車 Railroad Train》1908　61×73.7cm　Addison Gallery of American Art　Phillips Academy, Andover, Mass.

挿図１-⑥ 《日曜日 Sunday》1926　73.7×86.4cm　The Phillips Collection, Washington, D.C.

挿図１-⑦ 《コッド岬の夕方 Cape Cod Evening》1939　86.4×127 cm　Carnegie Museum of Art, Pittsburgh, Pa.

挿図１-⑧ 《日曜日の早朝 Early Sunday Morning》1930　88.9×152.4 cm　Whitney Museum of American Art, New York

挿図１-⑨ 《二人のコメディアン Two Comedians》1965　73.7×101.6 cm　Private collection

第２章

挿図２-① Currier After Severin Paytona and Fashion in their great match for $20,000 1885　"American Realism" p.10

挿図２-② Edward Muybridge Racehorse 1884-85　"American Realism" p.10

挿図２-③ Arthur Fitzwilliam Tait A Tight Fix 1856　図版出典ＵＲＬ参照

挿図２-④ Currier & Ives after Arthur Fitzwilliam Tait The Life of Hunter-A Tight Fix 1861　図版出典ＵＲＬ参照

挿図２−⑤《ハーレムの遠出 Promenade de Harem (Excursion of harem)》Oil on canvas, 47 1/2×70 in. Chrysler Collection, Norfolk, Virginia　図版出典ＵＲＬ参照

挿図２−⑥《シングルスカルに乗るマックス・シュミット Max Schmitt in a Single Scull》図版出典ＵＲＬ参照

挿図２−⑦《線路脇の家 House by the Railroad》1925　61×73.7cm　The Museum of Modern Art, New York

挿図２−⑧《ホテルのロビー Hotel lobby》1943　82.6×103.5cm　Indianapolis Museum of Art; William Adams Memorial Collection

挿図２−⑨《夜の窓 Night windows》1928　73.7×86.4cm　The Museum of Modern Art, New York

挿図２−⑩《ニューヨークの部屋 Room in New York》1932　73.7×91.4cm　Sheldon Memorial Art Gallery, University of Nebraska—Lincoln; F.M. Hall Collection

挿図２−⑪《夜のオフィス Office at Night》1940　56.2×63.5 cm　Walker Art Center, Minneapolis, Minn.

挿図２−⑫《ホテルの部屋》1931　152.4×165.7 cm　Thyssen-Bornemisza Foundation　Lugano, Switzerland

挿図２−⑬《夏の室内 Summer Interior》1909　61×73.7cm　Whitney Museum of American Art, New York

挿図２−⑭《日差しの中の女 A Woman in the Sun》1961　101.6×152.4cm　Whitney Museum of American Art

挿図２−⑮《横たわる裸婦 Reclining Nude》1924-27　Watercolor on paper　35.2×50.5 cm　Whitney Museum of American Art, New

挿図２−⑯《盥》1886　ヒル=ステッド美術館　図版出典ＵＲＬ参照

挿図２−⑰《浴槽に入る女》1890　メトロポリタン美術館　図版出典ＵＲＬ参照

挿図２−⑱《体を拭く女》1890-95　ナショナル・ギャラリー　ロンドン　図版出典ＵＲＬ参照

第３章

挿図３−①ａ《Study for Gas》1940　Conte on Paper, 15×22 1/2 in., Whitney Museum of Modern Art　図版出典ＵＲＬ参照

挿図３−①ｂ《Study for Gas》1940　Conte on Paper, 8 7/8×11 7/8 in., Whitney Museum of Modern Art　図版出典ＵＲＬ参照

挿図３−①ｃ《Walker Evans, Gas Station, Reedville, Virginia, 1935.》B lack-and-white Photograph, 8×10 in. Farm

Security Administration, Library of Congress Collection, Washington, D.C.　図版出典ＵＲＬ参照

挿図3-②《四車線の道路 Four Lane Road》1956　69.9×105.4cm　Private Collection

挿図3-③《チェア・カー Chair Car》1965　101.6×127 cm　Private collection

挿図3-add. 1　アンディー・ウォーホル《バーミンガム人種暴動 Birmingham Race Riot》1964 Screen print on paper 50.8×61 cm
The Andy Warhol Museum, Pittsburgh　図版出典ＵＲＬ参照

第4章

挿図4-①a　Fig. 322-4 Edward Hopper, Study for Nighthawks, 1942. Conte on paper, 11 7/8×8 7/8 in.　Whitney Museum of American Art

挿図4-②《夜の窓 Night Windows》1928　73.7×86.4 cm　The Museum of Modern Art, New York

挿図4-①b　Drawing for painting, Nighthawks, 1942. Conte on paper 7 1/4×14 in. Collection of Mr. and Mrs. Peter R. Blum　図版出典ＵＲＬ参照

あとがき

「彼は勿論学校を憎んだ。殊に拘束の多い中学を憎んだ。如何に門衛の喇叭の音は刻薄な響を伝へたであらう。如何に又グラウンドのポプラアは憂鬱な色に茂つてゐたであらう。信輔は其処に西洋歴史のデエトを、実験もせぬ化学の方程式を、欧米の一都市の住民の数を、――あらゆる無用の小智識を学んだ。」

「のみならず彼の教師と言ふものを最も憎んだのも中学だつた。教師は皆個人としては悪人ではなかつたに違ひなかつた。しかし『教育上の責任』は――殊に生徒を処罰する権利はおのづから彼等を暴君にした。彼等は彼等の偏見を生徒の心へ種痘する為には如何なる手段をも選ばなかつた。現に彼等の或ものは、――達磨と言う諢名《あだな》のある英語の教師は『生意気である』と言ふ為に度たび信輔に体刑を課した。が、その『生意気である』所以は畢竟信輔の独歩や花袋を読んでゐることに外ならなかつた。」

「彼はかう言ふ復讐を憎んだ。かう言ふ復讐をする教師を憎んだ。今も、――いや、今はいつのまにか当時の憎悪を忘れてゐる。中学は彼には悪夢だつた。けれども悪夢だつたことは必しも不幸とは限らなかつた。彼はその為に少くとも孤独に堪へる性情を生じた。さもなければ彼の半生の歩みは今日よりももつと苦しかつたであらう。」

以上は芥川龍之介の『大導寺信輔の半生』から引用したものである。府立三中を一九一〇年（明治四十三年）に卒業してから十四年後、一九二四年（大正十二年）に書いた未完の自伝的小説の一部である。中学を両国高校と変えてみると、びっくりするほど芥川龍之介の心情が自分たちに近いことを感じる人もいるだろう。私の場合は独歩でも花袋でもなく二葉亭四迷であり、もちろん体刑を課されることもなく、ただ厳しく注意されただけだったが。私たちの文集を『芥川龍之介の後輩たち』と名付けた所以である。

次に、この文集が出来るまでの経緯を記しておきたい。文集の話が出たのは二〇一六年の秋、大田区矢口渡の焼鳥屋の二階で同期の人間が集まったとき、岸江孝男が関田孝正に提案し、それを聞いた白川公一郎が加わったことから実現することになった。この三人が編集委員を務めることにしたが、同期の人間から原稿を集めるについては編集委員の三人は、高校時代はひっそりとした毎日を両国高校で過ごしたために、あまり顔と名前が知られていないところから、ほかに文集の呼びかけ人になってもらう人をさがした。呼びかけ人になってくれたのは、福田川（藤波）八重子さん、伊吹山知義氏、梶原徹氏、峰崎進氏の四人である。編集委員一同、これらの方々に感謝する。また、どんな文集になるのか不明の段階で、原稿を寄せてくれた執筆者の方々にも心よりお礼を申し上げる。

最後に、この文集を、石平快三先生をはじめとする諸先生方に捧げる。この点については、うれしいことに三人の編集委員の意見は一致している。

平成三十年三月一日

両国高校64回卒業生文集編集委員会　岸江孝男

〈付録〉

・両国高校64回卒業生恩師一覧
・昭和39年度～41年度両国高校行事予定
・昭和39年度～41年度両国高校クラス名簿
・１９６４～１９６７年カレンダー
・１９６４～１９６７年、日本・世界の主な出来事

両国高校64回卒業生恩師一覧

〈国語〉
江連　隆
草深　清
渋谷　優
高尾　政夫
寺尾　一
吉田　輝二

〈数学〉
祥雲　通弘
田村　惟士
土屋　薫
根津　寛

〈英語〉
石平　快三
江東　初三
杉　安太郎
萩原　時哉

〈美術〉
石田　道尚

〈音楽〉
広沢　丈夫

〈保健体育〉
金森　久
坂巻　俊夫
永井　勝雄
松原　美千代
宮寺　正孝

〈家庭科〉
浅田　輝子

〈物理〉
梅本　徳次郎
堀田　昌邦

〈化学〉
石田　巌
堀田　昌邦
横田　祐次郎

〈生物〉
薄葉　重
大滝　末男

〈地学〉
小島　伸夫

〈地理〉
田村　正夫
中田　正巳
渡辺　伊織

〈日本史〉
乾　宏巳
高崎　徳次

〈世界史〉
大谷　泰象

倫理社会
斎藤　昭男

〈政治経済〉
谷口　雍

（図書）
岡田　恒子
小出　孝子

※記憶をもとに記しており、失念している先生もいらっしゃるかもしれません。ご容赦ください。
（編集委員会）

昭和39年度両国高校行事予定

4.9 入学式
4.10 始業式
5.16 陸上競技会
　後援会総会
5.22〜26 中間考査
5.27 遠足
6.1 8時10分始業開始
6.17〜18 実力考査
7.4 保護者会
7.10〜14 学期考査
7.20 終業式
9.1 第二学期始業式
9.5 校内水泳大会
9.17〜18 実力考査
9.23 運動会
9.26〜27 両高祭
10.1 8時30分始業
10.24〜28 中間考査
11.19〜21 実力考査
12.5 保護者会
12.16〜19 学期考査
12.24 終業式
1.8 第三学期始業式
1.16〜19 実力考査
2.1〜2 三年学期考査
2.6 ロードレース
2.20〜21 都立高校入試学力テスト
3.11〜15 学期考査
3.17 卒業式
3.25 終業式

昭和40年度両国高校行事予定

4.9 入学式
4.10 始業式
5.1 陸上競技大会
5.15 後援会総会
5.21〜25 中間考査
5.26 遠足
6.1 8時10分始業　夏服着用
6.16〜17 実力考査
7.3 保護者会
7.9〜13 学期考査
7.20 終業式
9.1 第二学期始業式
9.11 校内水泳大会
9.16〜17 実力考査
9.22 体育祭
9.25〜26 両高祭
10.2 8時30分始業
10.25〜28 中間考査
11.18〜20 実力考査
12.4 保護者会
12.24 終業式
1.8 第三学期始業式
1.17〜19 実力考査
2.1〜2 三年学期考査
2.5 ロードレース
2.20〜21 都立高校入試学力テスト
3.11〜15 学期考査
3.17 卒業式
3.25 終業式

昭和41年度両国高校行事予定

1学期

4．9（土）入学式
11（月）始業式・大掃除
12（火）新入生ガイダンス
23（土）新入生歓迎会
26（火）健康診断（3年）
〃（2年）
〃（1年）
5．6（金）1年体力テスト
14（土）後援会総会(午後1時30分)
16（月）大掃除
20（金）中間考査
21（土）〃
23（月）〃
24（火）〃
25（木）遠足
6．1（水）8時10分始業・夏服着用
4（土）陸上競技会
6（月）大掃除
15（水）2・3年実力考査・3年指導会議
16（木）3年実力考査
22（水）2年指導会議
28（火）開校記念日
29（水）夏季休業事業決定・1年指導会議
7．1（金）大掃除
2（土）保護者会・能研テスト
9（土）学期考査
11（月）〃
12（火）〃
13（水）〃・夏季休業事業参加者健診
14（木）水泳不能者講習・図書館蔵書整理
15（金）〃
16（土）〃
17（月）〃
18（火）〃
20（水）始業式・大掃除
21（木）以降夏季休業事業実施
衛生講話（一学期中）

2学期

9．1（木）始業式・大掃除
10（土）校内水泳大会
15（木）1・2・3年実力考査
16（金）2・3年実力考査
21（水）両高祭準備・前夜祭
22（木）両高祭（第1日）
23（金）〃（第2日）
24（土）両高祭（体育会）
27（火）大掃除
10．3（月）8時30分始業・冬服着用
25（火）中間考査
26（水）〃
27（木）〃
28（金）〃
29（土）〃
11．9（水）3年指導会議
14（日）1・2・3年実力考査
15（火）2・3年実力考査
16（水）3年実力考査・直接撮影
2年指導会議
19（土）能研テスト
20（日）〃

24（木）　1・2・3年体力測定
25（金）　〃
28（月）　能楽鑑賞（2年6時限より）
30（水）　1年指導会議・冬季休業事業決定
12．1（木）　進学者計測検査
2（金）　〃　・大掃除
3（土）　進学者計測検査・保護者会
7（水）　防火訓練
15（木）　学期考査
16（金）　〃
17（土）　〃
19（月）　〃・冬季事業参加者健診
24（土）　終業式・大掃除
26（月）　以後・冬季休業事業実施

3学期

1．9（月）　始業式・大掃除
10（火）　進学者健康診断
11（水）　〃
16（月）　2・3年実力考査
17（火）　〃
18（水）　〃
2．1（水）　3年学期考査・1年実力考査
2（木）　〃　〃
3（金）　〃
4（土）　ロードレース（1・2年）
21（火）　入学検査場準備・大掃除
22（水）　都立高校学力テスト
23（木）　〃
3．11（土）　1・2年学期考査
13（月）　〃
14（火）　〃
15（水）　〃　・大掃除
17（金）　卒業式

昭和39年度両国高校1年生クラス名簿

1年A組　担任・石平快三

阿部正博
荒井英二
石鍋守
石渡武敏
市川光治
稲蔭重幸
岩楯明
臼井伸一
内村富生
大井光雄
大岩隆志
大島孝一
大村正
片倉均
加藤康男
間舎美幸
君嶋護男
久米賢次
後関治久
小林民三郎
斎藤純
庄司不二雄
白川公一郎
鈴木忠
関口明良
惣田優
高橋健
田玉和雄
田辺知之
田村秀新
土屋卓洋
戸沢洋一
中原昇
中山栄治
仁木直人
西川博
野中政興
服部雅夫
羽後貞通
平間康雄
広田晶男
藤井健
藤本和成
保坂光儀
星光男
前田寛
松本博夫
南喜文
村本孔一
森山寛己
山下武信
吉原正雄
若杉直信
渡辺洋

1年B組　担任・萩原時哉

阿部建一
天野秀男
飯島充男
石田信二
大橋正男
河北治生
川崎信二
小池博
五井敢治
小菅康二
小林俊一
佐々木俊信
末次保美
杉野文俊
杉山泰成
染野修
高橋進
高山守
田島誠一
坪井善明
豊住滋
鳥居信
中嶋博則
長井孝夫
新里真男
西川清
西野泰蔵
針谷雅幸
松岡達郎
松本二朗
万沢幸雄
望月順一朗
安田信一
山田準一
山本恵司
雨宮寛子
五十嵐保子
太田敏子
大山悦子
岡野まゆみ
岡元宏代
尾崎裕子
小林節子
砂山正美
都築陽子
角尾恵
永田洋子
南条信子
細根寿子
松井節子
水嚢由美子
森和歌子
山元ひろみ
吉本明子

1年C組　担任・吉田輝二

渥美賢一
猪股雄二
伊吹山知義
梅沢茂雄
大塚孝一
風見進一
木村正作
栗原富士男
斎藤友哲
坂井博
塩沢一利
神保佳司
高木正史
高野政伸
高安克己
多喜川昇
立岩達治
田中春樹
種邑満
出口不二夫
戸田昇
鳥居修司
中村克己
成子望
西村邦雄
平田喜信
平山隆一郎
藤原孝司
本間典一
松下克己
松田賢次
村松正人
山本直俊
吉住芳信
吉野雄二郎
青木方子
出井泰子
筌尾真知子
大野都
尾高八千代
小林正枝
篠井摩里子
高橋延枝
帍谷きみ子
田路賞子
根本雅子
蓮尾栄美子
長谷川良子
浜松敏子
藤波八重子
細谷洋子
水野早苗
本島安喜子
矢加部法子

1年D組　担任・谷口雍

池田実
磯部紳光
板倉威明
伊藤雅夫
今井高志
岩坂直夫
上地孝明
大林正
大古和雄
沖山明
梶原徹
神野康夫
北清一郎
熊田文雄
黄将芳
佐々木達郎
佐藤猛
清水慎一
杉浦清
洲崎春海
鈴木啓一
高橋英夫
滝沢清
田中英二
中馬秀紀
中居実
野口隆雄
浜本研一
広沢薫
藤本哲雄
松村幸政
山田和夫
山本友和
吉田和正
渡辺公夫
大久保寿美子
大島スミ子
大橋伸子
小林広子
佐久間幸子
須田美津江
滝沢日出海
竹下仲子
田中ひとみ
西田佳子
野村明子
林明子
星野美子
三柴シズ江
師田節子
山口道子
山崎恵美子
由木千恵
渡辺加代子

1年E組　担任・根津寛

石橋正将
板橋広二
宇川太健
宇田川利治
大井勝義
大塚秀高
風間敏男
片桐隆
加藤茂栄
河合寛
岸江孝男
木島義昭
木村政治
栗原周成
小出裕道
小林英司
志鎌克己
須田明夫
高木孔一
高橋史朗
竹内光一
竹村博
田島俊和
立沢勉
中川史郎
中里建雄
萩原淑光
浜田了
藤井邦昭
逸見明光
堀井賢一

矢木利幸
山口哲郎
山田薫
山本宗一
稲橋啓子
井上恵美子
岡本星子
小川広子
金子琴江
川端ひろみ
菊池美恵子
岸川千穂
小林好子
鈴木啓子
館豊子
津田芳子
信沢清美
半谷千枝子
松尾由紀子
牧野なほみ
宮本一枝
望月康子
渡辺幸子

1年F組
担任・江連隆

有田達昌
石丸隆
植田博紀
上原誉志夫
薄井俊夫
内山直行
金子慶賛
川上広文
木村英世
倉沢政行
小林広文

篠原満
進藤健一郎
菅沼寛
関省一
高橋俊典
竹本悟
田中真人
田村良夫
中村一夫
根本文博
橋詰茂夫
畑中茂
東山昇市
平田隆志
平林明
藤岡明房
松橋勉
真鍋卓史
峰崎進
山田剛三
山本博良
湯浅賢二
米山実
和田光正
秋山幸枝
石塚和子
石橋尉子
市川真理子
岡埜真知子
金沢久子
神戸良子
草地延江
小林多美子
佐久間葉子
佐藤初枝
出浦真由美
西巻真知子
平間幸子

松本律子
宮田二三子
谷内尾憲子
山野明美
竜沢友子

1年G組
担任・田村惟士

赤野間保
芥川賢太郎
浅野実
安斉義和
石渡良夫
市古博一
植田健
榎本和雄
江畑利一
海老原博
軽部信雄
神田理作
小山幸則
近藤善良
佐久間泰介
薩摩忠広
清水達夫
鈴木恒樹
関本登志郎
染井佳夫
高橋幹夫
立沢啓一
田中芳文
田谷徹雄
丹野道夫
津田邦夫
中村和夫
野村進
松島清

松沼光雄
丸山良夫
宮木和義
森隆夫
矢野雅明
山田実
青木千賀子
赤羽京子
畔柳チヨ子
市川栄美子
井上節子
遠藤三千代
大友早苗
海宝千恵子
金子弘子
坂本理恵子
進藤民子
角田しげみ
富塚さち子
那波初美
森田美香子
山川厚子
山口さち子
渡辺恵子

1年H組
担任・金森久

五十嵐聖
石川広
伊藤善郎
上田忠男
遠藤真広
大塚隆夫
大庭功
大沼利男
大野孝
大森慎吾

岡口雅敬
奥田幸夫
金井文昭
加納信夫
川本健一
北野慎一郎
木村信道
清川幸三
小坂哲男
小林俊徳
桜井清
杉浦茂雄
杉本博
鈴木慎司
関口英雄
高橋純一
田添陽一
田中伸和
茅野秀則
鶴谷光雄
冨塚幹夫
中村幹治郎
南村鉄司
南部美樹
二本松進
根本博
野口晴久
八野光俊
早川一郎
広岡幹雄
本多博
町田実
松原勝男
三浦康英
宮下光正
矢口勝久
矢作一郎
山田憲司

山本誠一
横田俊夫
吉岡幸一
米道博
渡辺鋼
綿貫敏行

1年I組
担任・薄葉重

池永敏男
石井真春
伊勢崎康幸
上井方男
内田修司
江山正充
大沢博
大久保常雄
王子博夫
大塚範一
大野茂
金子昇一
金子義和
菊池理夫
木所昭夫
木村健次
黒川和夫
小坂寛己
小林則幸
小宮英敬
坂巻明人
沢口清
志賀勝
篠崎高臣
清水孝男
下村和男
関田孝正
関野吉晴

高橋邦夫
塚本喜一郎
中里博明
中島登
仲田政男
長野輝雄
野村隆一
萩村和夫
畠山憲一
日坂次男
福永隆幸
藤田幸治
藤原晴男
堀籠豊信
松島健一
松田博夫
松原延治
松本君男
宮本文夫
村上好正
村山和夫
山田徹
山中彰
山本享治
和栗安広

昭和40年度両国高校2年生クラス名簿

2年A組 担任・谷口 雍

青木 千賀子
青木 方子
赤羽 京子
畔柳 チヨ子
石塚 和子
出井 泰子
市川 栄美子
井上 節子
大久保 寿美子
大島 スミ子
太田 敏子
大友 早苗
大山 悦子
岡野 まゆみ
岡元 宏代
小川 広子
尾高 八千代
金子 弘子
川端 ひろみ
菊池 美恵子
岸川 千穂
草地 延江
小林 節子
小林 多美子
小林 広子
小林 好子
佐久間 幸子
佐久間 葉子
佐藤 初枝
竹下 仲子
田中 ひとみ
角尾 恵
出浦 真由美
西巻 真知子
根本 雅子
信沢 清美
野村 明子
蓮尾 栄美子
浜松 敏子
平間 幸子
星野 美子
細谷 洋子
三柴 シズ江
水嚢 由美子
宮田 二三子
望月 康子
本島 安喜子
師田 節子
山川 厚子
山口 さち子
山崎 恵美子
山野 明美
吉本 明子
竜沢 友子
渡辺 加代子

2年B組 担任・吉田 輝二

今井 高志
宇川 太健
内村 富生
内山 正充
沖山 明
風間 敏男
間舎 美幸
木村 信道
小林 民三郎
小山 幸則
近藤 善良
坂巻 明人
塩沢 一利
志賀 勝
鈴木 忠
関田 孝正
高橋 邦夫
高山 守
立岩 達治
田谷 徹雄
塚本 喜一郎
戸田 昇
中島 登
仲田 政男
中村 和夫
長井 孝夫
畑中 茂
服部 雅夫
広田 晶男
藤田 幸治
藤本 哲雄
藤原 孝司
松本 二朗
峰崎 進
宮木 和義
山田 薫
山本 誠一
湯浅 賢二
涌井 秀新
和栗 安広
綿貫 敏行
雨宮 寛子
市川 真理子
井上 恵美子
岡埜 真知子
金沢 久子
坂本 理恵子
須田 美津江
滝沢 日出海
都築 陽子
那波 初美
松井 節子
森 和歌子
渡辺 幸子

2年C組 担任・萩原 時哉

芥川 賢太郎
阿部 健一
天野 秀男
安斉 義和
五十嵐 聖
石鍋 守
上田 修司
上原 誉志夫
江沢 博
榎本 和雄
大林 正
大古 和雄
片桐 隆
加納 信夫
川崎 信二
木村 英世
五井 敢治
小菅 康二
小林 俊徳
斉藤 友哲
篠崎 高臣
庄司 不二雄
進藤 健一郎
杉野 文俊
関口 明良
高野 政伸
高橋 純一
竹内 光一
竹村 博
田添 陽一
立沢 勉
田村 良夫
土屋 卓洋
根本 文博
野村 隆一
広沢 薫
松岡 達郎
松村 幸政
山本 享治
若杉 直信
渡辺 公夫
石橋 尉子
稲橋 啓子
大野 都
大橋 伸子
海宝 千恵子
神戸 良子
小林 正枝
篠井 摩里子
砂山 正美
庯谷 きみ子
永田 洋子
細根 寿子
矢加部 法子

2年D組 担任・金森 久

渥美 賢一
荒井 英二
石渡 良夫
岩楯 明
遠藤 真広
奥田 幸夫
金子 昇一
神野 康夫
川本 健一
菊池 理夫
黒川 和夫
小坂 寛己
志鎌 克己
下村 和男
末次 保美
菅沼 寛
杉山 泰成
須田 明夫
高橋 史朗
多喜川 昇
田島 誠一
田中 春樹
中馬 秀紀
出口 不二夫
鳥居 信
中里 博明
新里 真男
西川 清
野村 進
萩原 淑光
橋本 英二
平間 康雄
前田 寛
松島 健一
宮下 光正
森 隆夫
山田 剛三
山本 恵司
吉岡 幸一
渡辺 鋼
秋山 幸枝
五十嵐 保子
岡本 星子
尾崎 裕子
金子 琴江
鈴木 啓子
津田 芳子
田路 賞子
南条 信子
牧野 なほみ
松尾 由紀子
松本 律子
宮本 一枝
山口 道子

2年E組 担任・江連 隆

阿部 正博
有田 達昌
石田 信二
板倉 威明
市川 光治
市古 博一
伊藤 雅夫
伊吹山 知義
植田 博紀
江畑 利一
大塚 孝一
大村 正
金井 文昭
河北 治生
木島 義昭
木村 政治
倉沢 政行
小林 広文
坂井 博
白川 公一郎
杉本 博
鈴木 恒樹
関野 吉晴
高橋 俊典
滝沢 清
田中 英二
中村 一夫
成子 望

西川博 橋詰茂夫 浜田了 平田喜信 広岡幹雄 藤井邦昭 藤原晴男 本間典一 松下克己 松本博夫 山田実 吉住芳信 筌尾真知子 遠藤三千代 進藤民子 高橋延枝 角田しげみ 富塚さち子 西田佳子 長谷川良子 半谷千枝子 藤波八重子 森田美香子 山元ひろみ 由木千恵 渡辺恵子

2年F組
担任・根津寛

赤野間保 池永敏男 石渡武敏 板橋広二 上田忠男 上地孝明 薄井俊夫 海老原博

大井勝義 大森慎吾 風見進一 片倉均 加藤康男 金子慶賛 軽部信雄 河合寛 神田理作 木所昭夫 木村正作 黄将芳 小坂哲男 小林則幸 斉藤純 佐々木達郎 篠原満 清水慎一 神保佳司 杉浦清 洲崎春海 鈴木啓一 関省一 関口英雄 関本登志郎 惣田優 高橋英夫 田島俊和 田中伸和 丹野道夫 鶴屋光雄 戸沢洋一 豊住滋 西村邦雄 根本博 野口晴久 星光男 堀井賢一

堀籠豊信 松原勝男 山田徹 山本直俊 横田俊夫 吉原正雄 米道博 和田光正

2年G組
担任・石平快三

浅野実 飯島充男 石橋正将 石丸隆 伊勢崎康幸 稲蔭重幸 岩井方男 植田健 臼井伸一 王子博夫 大岩隆志 大塚隆夫 大庭功 岡口雅敬 川上広文 北清一郎 木村健次 栗原富士男 桒原周成 小出裕道 佐々木俊信 沢口清 清水達夫 杉浦茂雄 高木孔一

高橋健 田中芳文 茅野秀則 坪井善明 冨塚幹夫 中居実 中村幹治郎 中山栄治 南村鉄司 野中政興 日坂次男 平田隆志 福永隆幸 逸見明光 町田実 松島清 松田博夫 松原延治 宮本文夫 村上好正 村松正人 森山寛己 矢口勝久 矢作一郎 山下武信 山田憲司 山本友和 吉田和正 渡辺洋

2年H組
担任・田村惟士

池田実 石井真春 岩坂直夫 内山直行 大久保常雄

大島孝一 大塚範一 大野孝 大橋正男 岸江孝男 北野慎一郎 君嶋護男 清川幸三 熊田文雄 後関治久 小林英司 小宮英敬 桜井清 清水孝男 高橋進 高安克己 田玉和雄 立沢啓一 田辺知之 種邑満 中里建雄 中嶋博則 中原昇 中村克己 西野泰蔵 二本松進 萩村和夫 八野光俊 針谷雅幸 藤井健 保坂光儀 松田賢次 松本君男 万沢幸雄 三浦康英 南喜文 村本孔一 村山和夫

矢野雅明 山田準一 山本宗一

2年I組
担任・薄葉重

石川広 磯部紳光 伊藤善郎 猪股雄二 宇田川利治 梅沢茂雄 大井光雄 大塚秀高 大沼利男 大野茂 柿沼幸雄 梶原徹 加藤茂栄 金子義和 小池博 小林俊一 久米賢次 佐久間泰介 薩摩忠広 鈴木慎司 染井佳夫 染野修 高橋幹夫 竹本悟 田中真人 津田邦夫 鳥居修司 中川史郎 長野輝雄 南部美樹

仁木直人 野口隆雄 畠山憲一 羽後貞通 浜本研一 早川一郎 東山昇市 平林明 平山隆一郎 藤岡明房 藤本和成 本多博 真鍋卓史 松沼光雄 松橋勉 望月順一朗 矢木利幸 山口哲郎 山田和夫 山中彰 山本博良 吉野雄二郎 米山実

昭和41年度両国高校3年生クラス名簿

3年A組
担任・田村惟士

浅野実
荒井英二
伊勢崎康幸
磯部紳光
市古博一
王子博夫
大岩隆志
大塚隆夫
大古和雄
斉藤純
高橋英夫
中川史郎
中島登
中村幹治郎
野口晴久
服部雅夫
藤岡明房
三浦康英
村松正人
山本友和
和栗安広
渡辺鋼
阿部正博
板倉威明
植田健
間舎美幸
倉沢政行
小林英司
志鎌克己
清水孝男
神保佳司
田中英二
森山寛己
山田準一
湯浅賢二
雨宮寛子
石橋尉子
市川真理子
大野都
金沢久子
金子琴江
神戸良子
富塚さち子
長谷川良子
細根寿子
松尾由紀子
山口道子
井上恵美子
大橋伸子
須田美津江
西田佳子
山元ひろみ
由木千恵

3年B組
担任・吉田輝二

伊藤善郎
岩井方男
大塚秀高
大野孝
大林正
柿沼幸雄
神野康夫
川上広文
木村正作
小出裕道
黄将芳
小林広文
近藤善良
坂井博
白川公一郎
染井佳夫
竹本悟
戸田昇
中居実
中村和夫
新里真男
西村邦雄
二本松進
根本博
浜田了
平林明
保坂光儀
松橋勉
松原勝男
村本孔一
森隆夫
山田和夫
山本享治
涌井秀新
遠藤三千代
岡埜真知子
岡本星子
海宝千恵子
篠井摩里子
進藤民子
鈴木啓子
砂山正美
高橋延枝
滝沢日出海
角田しげみ
田路賞子
南条信子
松本律子
宮本一枝
森田美香子
矢加部法子
渡辺恵子

3年C組
担任・江連隆

芥川賢太郎
伊藤雅夫
宇田川利治
風間敏男
片倉均
河合寛
木村英世
五井敢治
沢口清
志賀勝
篠崎高臣
清水達夫
菅沼寛
杉野文俊
鈴木慎司
関省一
高山守
竹村博
田島誠一
田辺知之
種邑満
田谷徹雄
丹野道夫
塚本喜一郎
中里建雄
成子望
平山隆一郎
藤原晴男
堀籠豊信
前田寛
松原延治
真鍋卓史
南喜文
宮木和義
山本誠一
米山実
秋山幸枝
五十嵐保子
稲橋啓子
筌尾真知子
尾崎裕子
小林正枝
坂本理恵子
津田芳子
鬲谷きみ子
永田洋子
那波初美
半谷千枝子
藤波八重子
牧野なほみ
松井節子
森和歌子
渡辺幸子

3年D組
担任・萩原時哉

赤野間保
渥美賢一
天野秀男
安斉義和
池田実
石田信二
石渡良夫
岩楯明
薄井俊夫
内村富生
梅沢茂雄
大島孝一
大塚範一
岡口雅敬
木島義昭
木村信道
小池博
小坂哲男
小菅康二
後関治久
佐久間泰介
薩摩忠広
清水慎一
下村和男
杉浦茂雄
鈴木恒樹
関田孝正
関本登志郎
高野政伸
田島俊和
土屋卓洋
坪井善明
仲田政男
長野輝雄
根本文博
野口隆雄
野中政興
萩原淑光
畑中茂
羽後貞通
浜本研一
針谷雅幸
樋口恵一
平田隆志
広岡幹雄
逸見明光
松沼光雄
峰崎進
山口哲郎
山中彰
山本博良
渡辺洋
和田光正

3年E組
担任・薄葉重

阿部健一
板橋広二
猪股雄二
伊吹山知義
上田忠男
上地孝明
上原誉志夫
榎本和雄
海老原博
大井光雄
沖山明
風見進一
片桐隆
加藤康男
金子義和
加納信夫
北野慎一郎
木所昭夫
木村政治
清川幸三
栗原富士男
小林則幸
斉藤友哲
末次保美
杉浦清
高橋邦夫
高橋史朗
田添陽一
立沢勉
立岩達治
田中真人
田村良夫
出口不二夫
冨塚幹夫
中原昇

中村 一夫
南村 鉄司
南部 美樹
西野 泰蔵
平田 喜信
藤田 幸治
松下 克己
松島 清
松村 幸政
松本 博夫
万沢 幸雄
宮本 文夫
山下 武信
山田 憲司
山本 宗一
横田 俊夫
吉田 和正

3年・F組
担任 金森 久

飯島 充男
石鍋 守
石橋 正将
石丸 隆
石渡 武敏
稲蔭 重幸
内山 直行
江沢 博
遠藤 真広
大久保 常雄
大塚 孝一
大庭 功
大橋 正男
大村 正
大森 慎吾
加藤 茂栄
金子 慶賛
軽部 信雄
君嶋 護男
木村 健次
小林 俊一
小宮 英敬
坂巻 明人
鈴木 忠
染野 修
高橋 健
高安 克己
田玉 和雄
田中 伸和
津田 邦夫
戸沢 洋一
豊住 滋
鳥居 修司
中里 博明
仁木 直人
西川 博
野村 隆一
萩村 和夫
八野 光俊
早川 一郎
広田 晶男
藤井 邦昭
藤本 和成
堀井 賢一
町田 実
松本 二朗
矢口 勝久
矢作 一郎
山田 薫
山本 直俊
吉岡 幸一
渡辺 公夫

3年・G組
担任 石平 快三

石井 真春
市川 光治
伊藤 裕之
岩坂 直夫
植田 博紀
臼井 伸一
大井 勝義
大沼 利男
大野 茂
梶原 徹
河北 治生
川崎 信二
川本 健一
岸江 孝男
北 清一郎
熊田 文雄
黒川 和夫
栗原 周成
小林 俊徳
佐々木 達郎
塩沢 一利
篠原 満
進藤 健一郎
杉本 博
洲崎 春海
関口 英雄
関野 吉晴
高橋 進
滝沢 清
竹内 光一
田中 芳文
中嶋 博則
中山 栄治
長井 孝夫
西川 清

野村 進
橋詰 茂夫
東山 昇市
藤井 健
本間 典一
松岡 達郎
松島 健一
松田 博夫
松本 君男
矢野 雅明
山田 剛三
山田 徹
山本 恵司
吉住 芳信
吉原 正雄
米道 博

3年・H組
担任 根津 寛

有田 達昌
五十嵐 聖
池永 敏男
石川 広
今井 高志
上田 修司
宇川 太健
内山 正充
江畑 利一
奥田 幸夫
金井 文昭
金子 昇一
神田 理作
菊池 理夫
久米 賢次
小坂 寛己
小林 民三郎
小山 幸則

桜井 清
佐々木 俊信
庄司 不二雄
鈴木 啓一
須田 明夫
関口 明良
惣田 優
高木 孔一
高橋 純一
高橋 俊典
多喜川 昇
田中 春樹
中馬 秀紀
鶴谷 光雄
中村 克己
畠山 憲一
日坂 次男
平間 康雄
広沢 薫
福永 隆幸
藤本 哲雄
藤原 孝司
星 光男
本多 博
松田 賢次
宮下 光正
村山 和夫
望月 順一朗
矢木 利幸
山田 実
吉野 雄二郎
若杉 直信
綿貫 敏行

3年・I組
担任 谷口 雍

青木 千賀子
赤羽 京子
畔柳 チヨ子
石塚 和子
出井 泰子
市川 栄美子
井上 節子
大久保 寿美子
大島 スミ子
太田 敏子
大友 早苗
大山 悦子
岡野 まゆみ
岡元 宏代
小川 広子
尾高 八千代
金子 弘子
川端 ひろみ
菊池 美恵子
岸川 千穂
草地 延江
小林 節子
小林 多美子
小林 広子
小林 好子
佐久間 幸子
佐久間 葉子
佐藤 初枝
竹下 仲子
田中 ひとみ
角尾 恵
出浦 真由美
西巻 真知子
根本 雅子
信沢 清美
野村 明子
蓮尾 栄美子
浜松 敏子
平間 幸子
星野 美子
細谷 洋子
三柴 シズ江
水嚢 由美子
宮田 二三子
望月 康子
本島 安喜子
師田 節子
山川 厚子
山口 さち子
山崎 恵美子
山野 明美
吉本 明子
竜沢 友子
渡辺 加代子

1964

1月

日	月	火	水	木	金	土
			1	2	3	4
5	6	7	8	9	10	11
12	13	14	15	16	17	18
19	20	21	22	23	24	25
26	27	28	29	30	31	

1/1 元日　1/15 成人の日

2月

日	月	火	水	木	金	土
						1
2	3	4	5	6	7	8
9	10	11	12	13	14	15
16	17	18	19	20	21	22
23	24	25	26	27	28	29

3月

日	月	火	水	木	金	土
1	2	3	4	5	6	7
8	9	10	11	12	13	14
15	16	17	18	19	20	21
22	23	24	25	26	27	28
29	30	31				

3 /20 春分の日

4月

日	月	火	水	木	金	土
			1	2	3	4
5	6	7	8	9	10	11
12	13	14	15	16	17	18
19	20	21	22	23	24	25
26	27	28	29	30		

4/29 天皇誕生日

5月

日	月	火	水	木	金	土
					1	2
3	4	5	6	7	8	9
10	11	12	13	14	15	16
17	18	19	20	21	22	23
24	25	26	27	28	29	30
31						

5/3 憲法記念日　5/5 こどもの日

6月

日	月	火	水	木	金	土
	1	2	3	4	5	6
7	8	9	10	11	12	13
14	15	16	17	18	19	20
21	22	23	24	25	26	27
28	29	30				

7月

日	月	火	水	木	金	土
			1	2	3	4
5	6	7	8	9	10	11
12	13	14	15	16	17	18
19	20	21	22	23	24	25
26	27	28	29	30	31	

8月

日	月	火	水	木	金	土
						1
2	3	4	5	6	7	8
9	10	11	12	13	14	15
16	17	18	19	20	21	22
23	24	25	26	27	28	29
30	31					

9月

日	月	火	水	木	金	土
		1	2	3	4	5
6	7	8	9	10	11	12
13	14	15	16	17	18	19
20	21	22	23	24	25	26
27	28	29	30			

9/23 秋分の日

10月

日	月	火	水	木	金	土
				1	2	3
4	5	6	7	8	9	10
11	12	13	14	15	16	17
18	19	20	21	22	23	24
25	26	27	28	29	30	31

11月

日	月	火	水	木	金	土
1	2	3	4	5	6	7
8	9	10	11	12	13	14
15	16	17	18	19	20	21
22	23	24	25	26	27	28
29	30					

11/3 文化の日　11/23 勤労感謝の日

12月

日	月	火	水	木	金	土
		1	2	3	4	5
6	7	8	9	10	11	12
13	14	15	16	17	18	19
20	21	22	23	24	25	26
27	28	29	30	31		

1964年という年

1月1日　カルビーが「かっぱえびせん」を発売。
1月22日　週刊少年サンデー（小学館）で『オバケのQ太郎』が連載開始。
1月29日　第9回冬季オリンピック・インスブルック大会（オーストリア）開幕。
3月21日　ライシャワー米大使が日本人少年に刺され負傷。
3月27日　アラスカ州南部を震源とするマグニチュード9・2の地震発生。125人死亡、アンカレッジなどに大きな被害。
4月1日　日本初のワイドショー番組『木島則夫モーニングショー』（NET）が放送開始。
4月28日　週刊誌「平凡パンチ」（平凡出版）が創刊。
5月24日　東京都世田谷区で竜巻が発生。家屋450戸以上が被害。
5月24日　ペルーで行われたサッカー、ペルー対アルゼンチンで観客が暴徒化、319人が死亡、500人が負傷（エスタディオ・ナシオナルの悲劇）。
6月16日　「新潟地震」発生。死者26人。
7月6日　下山事件が時効になる。
7月13日　TBSラジオで『全国こども電話相談室』放送開始。
9月17日　東京モノレール開業（片道250円）。
9月19日　南海、パ・リーグ優勝。
9月30日　阪神、2年ぶりのセ・リーグ優勝。
10月1日　世界初の高速鉄道、東海道新幹線開業（東京－新大阪間）。運賃・料金は合算でひかり2、480円、こだま2、280円）。
10月3日　日本武道館開館。
10月10日　アジアで初開催となる夏季オリンピック（第18回大会）が東京で開会。
10月10日　大関酒造が業界初のコップ型ガラス瓶入り日本酒「ワンカップ大関」を発売。
10月16日　フルシチョフがソ連閣僚会議議長及びソビエト連邦共産党第1書記を辞任。コスイギンがソ連閣僚会議議長、ソビエト連邦共産党第1書記にはブレジネフがそれぞれ選出。
10月25日　池田勇人首相、東京オリンピック閉会式の翌日に退陣を表明。
11月2日　公明党が正式発足。
11月3日　アメリカ合衆国大統領選挙で、民主党のリンドン・ジョンソン大統領が再選される。
11月9日　第47臨時国会召集（12月18日閉会）。自由民主党第5代総裁に佐藤榮作が指名され、首班指名を経て佐藤政権発足。
11月12日　アメリカの原子力潜水艦「シードラゴン号」佐世保入港。
11月17日　ソニーが業界初の家庭用ビデオテープレコーダを発売。
11月28日　アメリカ、火星探査のためにマリナー4号を打ち上げる。
12月22日　世界貿易センタービルディング設立。

（「ウィキペディア」より抜粋）

1965

1 月

日	月	火	水	木	金	土
					1	2
3	4	5	6	7	8	9
10	11	12	13	14	15	16
17	18	19	20	21	22	23
24	25	26	27	28	29	30
31						

1/1 元日　1/15 成人の日

2 月

日	月	火	水	木	金	土
	1	2	3	4	5	6
7	8	9	10	11	12	13
14	15	16	17	18	19	20
21	22	23	24	25	26	27
28						

3 月

日	月	火	水	木	金	土
	1	2	3	4	5	6
7	8	9	10	11	12	13
14	15	16	17	18	19	20
21	22	23	24	25	26	27
28	29	30	31			

3/21 春分の日

4 月

日	月	火	水	木	金	土
				1	2	3
4	5	6	7	8	9	10
11	12	13	14	15	16	17
18	19	20	21	22	23	24
25	26	27	28	29	30	

4/29 天皇誕生日

5 月

日	月	火	水	木	金	土
						1
2	3	4	5	6	7	8
9	10	11	12	13	14	15
16	17	18	19	20	21	22
23	24	25	26	27	28	29
30	31					

5/3 憲法記念日　5/5 こどもの日

6 月

日	月	火	水	木	金	土
		1	2	3	4	5
6	7	8	9	10	11	12
13	14	15	16	17	18	19
20	21	22	23	24	25	26
27	28	29	30			

7 月

日	月	火	水	木	金	土
				1	2	3
4	5	6	7	8	9	10
11	12	13	14	15	16	17
18	19	20	21	22	23	24
25	26	27	28	29	30	31

8 月

日	月	火	水	木	金	土
1	2	3	4	5	6	7
8	9	10	11	12	13	14
15	16	17	18	19	20	21
22	23	24	25	26	27	28
29	30	31				

9 月

日	月	火	水	木	金	土
			1	2	3	4
5	6	7	8	9	10	11
12	13	14	15	16	17	18
19	20	21	22	23	24	25
26	27	28	29	30		

9/23 秋分の日

10 月

日	月	火	水	木	金	土
					1	2
3	4	5	6	7	8	9
10	11	12	13	14	15	16
17	18	19	20	21	22	23
24	25	26	27	28	29	30
31						

11 月

日	月	火	水	木	金	土
	1	2	3	4	5	6
7	8	9	10	11	12	13
14	15	16	17	18	19	20
21	22	23	24	25	26	27
28	29	30				

11/3 文化の日　11/23 勤労感謝の日

12 月

日	月	火	水	木	金	土
			1	2	3	4
5	6	7	8	9	10	11
12	13	14	15	16	17	18
19	20	21	22	23	24	25
26	27	28	29	30	31	

1965年という年

2月1日 大塚製薬が「オロナミンCドリンク」を発売。
2月7日 アメリカ軍による北ベトナム爆撃（北爆）開始。
2月21日 米、黒人運動指導者マルコム・Xが暗殺される。
2月22日 夕張鉱業所でガス爆発が起こり、61人が死亡。
4月 大手新聞社各社が日曜日の夕刊発行を休止。
4月1日 初の国産旅客機YS–11が就航。
4月1日 サトウサンペイの4コマ漫画「フジ三太郎」が朝日新聞夕刊で連載開始。
4月24日 アメリカの北爆に反対し小田実らが「ベトナムに平和を！市民・文化団体連合」（ベ平連）を結成。
5月1日 フジテレビ、『小川宏ショー』放送開始（1982年3月終了）。
5月10日 国鉄スワローズがフジサンケイグループに売却され、サンケイスワローズに改称される（1966年からサンケイアトムズとなる）。
6月3日 佐藤栄作首相が内閣改造を断行、第1次佐藤第1次改造内閣が発足。
6月12日 家永三郎東京教育大学教授が、教科書検定は違憲であるとして提訴。
7月1日 名神高速道路が全線（小牧–西宮間）開通。
7月4日 吉展ちゃん事件の容疑者を逮捕。
7月29日 少年ライフル魔事件発生、警察官1人死亡。
8月3日 長野県松代町で地震、約5年間続く松代群発地震の始まり。
8月9日 シンガポールがマレーシアから独立。
8月29日 TBSで藤子不二雄原作のテレビアニメ『オバケのQ太郎』放送開始。
9月18日 池谷薫と関勉がほぼ同時に彗星を発見。池谷・関彗星と名前がつく。
9月24日 国鉄がみどりの窓口開設。
10月2日 朝永振一郎のノーベル物理学賞受賞が決定。
10月6日 日本最初のカラーテレビアニメ『ジャングル大帝』放送開始（フジテレビ）。
10月14日 巨人が2年ぶりセ・リーグ優勝。
11月1日 東海道新幹線「ひかり」が東京–新大阪間で当初予定の3時間10分運転を開始。
11月2日 日本シリーズは巨人が南海を4勝1敗で下し2年ぶり日本一。
11月8日 日本テレビで深夜番組の『11PM』放送開始。
11月10日 中国で文化大革命が始まる。
11月17日 プロ野球第1回ドラフト会議が行われる。

（「ウィキペディア」より抜粋）

1966

1 月

日	月	火	水	木	金	土
						1
2	3	4	5	6	7	8
9	10	11	12	13	14	15
16	17	18	19	20	21	22
23	24	25	26	27	28	29
30	31					

1/1 元日　1/15 成人の日

2 月

日	月	火	水	木	金	土
		1	2	3	4	5
6	7	8	9	10	11	12
13	14	15	16	17	18	19
20	21	22	23	24	25	26
27	28					

3 月

日	月	火	水	木	金	土
		1	2	3	4	5
6	7	8	9	10	11	12
13	14	15	16	17	18	19
20	21	22	23	24	25	26
27	28	29	30	31		

3/21 春分の日

4 月

日	月	火	水	木	金	土
					1	2
3	4	5	6	7	8	9
10	11	12	13	14	15	16
17	18	19	20	21	22	23
24	25	26	27	28	29	30

4/29 天皇誕生日

5 月

日	月	火	水	木	金	土
1	2	3	4	5	6	7
8	9	10	11	12	13	14
15	16	17	18	19	20	21
22	23	24	25	26	27	28
29	30	31				

5/3 憲法記念日　5/5 こどもの日

6 月

日	月	火	水	木	金	土
			1	2	3	4
5	6	7	8	9	10	11
12	13	14	15	16	17	18
19	20	21	22	23	24	25
26	27	28	29	30		

7 月

日	月	火	水	木	金	土
					1	2
3	4	5	6	7	8	9
10	11	12	13	14	15	16
17	18	19	20	21	22	23
24	25	26	27	28	29	30
31						

8 月

日	月	火	水	木	金	土
	1	2	3	4	5	6
7	8	9	10	11	12	13
14	15	16	17	18	19	20
21	22	23	24	25	26	27
28	29	30	31			

9 月

日	月	火	水	木	金	土
				1	2	3
4	5	6	7	8	9	10
11	12	13	14	15	16	17
18	19	20	21	22	23	24
25	26	27	28	29	30	

9/15 敬老の日　9/23 秋分の日

10 月

日	月	火	水	木	金	土
						1
2	3	4	5	6	7	8
9	10	11	12	13	14	15
16	17	18	19	20	21	22
23	24	25	26	27	28	29
30	31					

10/10 体育の日

11 月

日	月	火	水	木	金	土
		1	2	3	4	5
6	7	8	9	10	11	12
13	14	15	16	17	18	19
20	21	22	23	24	25	26
27	28	29	30			

11/3 文化の日　11/23 勤労感謝の日

12 月

日	月	火	水	木	金	土
				1	2	3
4	5	6	7	8	9	10
11	12	13	14	15	16	17
18	19	20	21	22	23	24
25	26	27	28	29	30	31

1966年という年

1月1日　日本人の海外観光渡航の回数制限が撤廃、持ち出せる外貨も1回500USドルに。
1月2日　TBS系で特撮テレビドラマ『ウルトラQ』放映開始。
1月7日　サンケイのニックネームが「スワローズ」から「アトムズ」となる。
1月15日　福島県常磐市(現いわき市)に常磐ハワイアンセンター（現スパリゾート・ハワイアンズ）が開業。
1月17日　水素爆弾を搭載したアメリカのB-52爆撃機がスペインのパロマレス沖でKC-135空中給油機と衝突、墜落。
2月3日　ソ連の無人月探査機ルナ9号が初の月面軟着陸に成功。
2月4日　全日空機が東京湾に墜落。
3月31日　日本の総人口一億人突破。
4月1日　日本でメートル法完全施行。尺貫法、ヤード・ポンド法などの公的な使用が禁止される。
4月7日　千葉大学医学部付属病院の医局員の男が同病院の入院患者や同僚にチフス菌を混入させた飲食物を飲食させたとして逮捕（千葉大チフス事件）。
4月26日　日本で戦後最大の公共交通機関ストライキ。
4月29日　俳優の宝田明と1959年ミス・ユニバースの児島明子が結婚。
5月　東京都北区に日本初のコインランドリーが開店。
5月4日　フジテレビ系で大川橋蔵主演の時代劇『銭形平次』が放送開始。1984年4月4日まで全888回放送された。
5月15日　日本テレビ系の演芸番組『笑点』放送開始。
6月22日　三里塚闘争が始まる。
6月25日　祝日法改正、建国記念の日・敬老の日・体育の日が新たに祝日に制定される。
6月29日　ビートルズ来日（6月30日から3日間日本武道館で公演）。
6月30日　袴田事件が発生。
7月13日　東京都教育委員会が次年度の都立高校入試から学校群制度導入を決定。
7月17日　TBS系で『ウルトラマン』が放送開始。
7月27日　巨人の新人・堀内恒夫投手が開幕から13連勝。
8月5日　政界における黒い霧事件。
9月23日　巨人が2年連続のセ・リーグ優勝（V2）。
10月1日　NET系、長寿番組『日曜洋画劇場』放送開始。
10月28日　「週刊プレイボーイ」(集英社)創刊。
11月27日　福岡で第1回国際マラソン選手権(後の福岡国際マラソン)が開催。
12月9日　建国記念の日を2月11日とすることが決定。

(「ウィキペディア」より抜粋)

1967

1 月

日	月	火	水	木	金	土
1	2	3	4	5	6	7
8	9	10	11	12	13	14
15	16	17	18	19	20	21
22	23	24	25	26	27	28
29	30	31				

2 月

日	月	火	水	木	金	土
			1	2	3	4
5	6	7	8	9	10	11
12	13	14	15	16	17	18
19	20	21	22	23	24	25
26	27	28				

3 月

日	月	火	水	木	金	土
			1	2	3	4
5	6	7	8	9	10	11
12	13	14	15	16	17	18
19	20	21	22	23	24	25
26	27	28	29	30	31	

1/1 元日　1/15 成人の日　2/11 建国記念の日　3/21 春分の日

4 月

日	月	火	水	木	金	土
						1
2	3	4	5	6	7	8
9	10	11	12	13	14	15
16	17	18	19	20	21	22
23	24	25	26	27	28	29
30						

5 月

日	月	火	水	木	金	土
	1	2	3	4	5	6
7	8	9	10	11	12	13
14	15	16	17	18	19	20
21	22	23	24	25	26	27
28	29	30	31			

6 月

日	月	火	水	木	金	土
				1	2	3
4	5	6	7	8	9	10
11	12	13	14	15	16	17
18	19	20	21	22	23	24
25	26	27	28	29	30	

4/29 天皇誕生日　5/3 憲法記念日　5/5 こどもの日

7 月

日	月	火	水	木	金	土
						1
2	3	4	5	6	7	8
9	10	11	12	13	14	15
16	17	18	19	20	21	22
23	24	25	26	27	28	29
30	31					

8 月

日	月	火	水	木	金	土
		1	2	3	4	5
6	7	8	9	10	11	12
13	14	15	16	17	18	19
20	21	22	23	24	25	26
27	28	29	30	31		

9 月

日	月	火	水	木	金	土
					1	2
3	4	5	6	7	8	9
10	11	12	13	14	15	16
17	18	19	20	21	22	23
24	25	26	27	28	29	30

9/15 敬老の日　9/24 秋分の日

10 月

日	月	火	水	木	金	土
1	2	3	4	5	6	7
8	9	10	11	12	13	14
15	16	17	18	19	20	21
22	23	24	25	26	27	28
29	30	31				

11 月

日	月	火	水	木	金	土
			1	2	3	4
5	6	7	8	9	10	11
12	13	14	15	16	17	18
19	20	21	22	23	24	25
26	27	28	29	30		

12 月

日	月	火	水	木	金	土
					1	2
3	4	5	6	7	8	9
10	11	12	13	14	15	16
17	18	19	20	21	22	23
24	25	26	27	28	29	30
31						

10/10 体育の日　11/3 文化の日　11/23 勤労感謝の日

1967年という年

1月12日　日本血液銀行協会、売血の全廃を決定（預血は継続）。
2月11日　初の建国記念の日。
2月17日　第2次佐藤内閣発足。全閣僚再任。
3月1日　阪急千里線・北千里駅で日本初の自動改札機が設置される。
3月4日　大相撲の高見山大五郎（本名：ジェシー・クハウルア）が相撲界で史上初の外国人関取（十両）に昇進。
3月12日　青年医師連合（36大学、2400人加盟）がインターン制度に反対して医師国家試験をボイコット。
4月5日　岡山大学の教授が、富山県で発生したイタイイタイ病は三井金属鉱業神岡鉱山(岐阜県)の廃水が原因であることを発表。
4月16日　統一地方選挙、東京都知事選挙で美濃部亮吉が当選、革新知事ブームのさきがけに。
4月18日　厚生省が阿賀野川水銀中毒(第二水俣病)は昭和電工鹿瀬工場(新潟県)の廃水が原因であると結論。
6月5日　イスラエル・アラブ連合間で戦闘開始(第三次中東戦争)。6月11日に戦闘が終結しイスラエルの圧勝。この結果、イスラエルの占領地域は戦前の4倍以上に拡大。
6月10日　東京教育大学の筑波研究学園都市への移転が決定。
6月17日　中国が初の水爆実験を行う。
7月14日　タカラが「リカちゃん人形」を発売。着せ替え人形のベストセラー商品となる。
7月23日　アメリカ・ミシガン州デトロイトで黒人暴動起こる。
8月1日　西穂高岳落雷遭難事故。
8月10日　ＪＣＢが日本初の国際クレジットカード発行。
10月1日　パ・リーグで阪急が球団創立32年目で初優勝。
10月1日　森永製菓が「エールチョコレート」発売。作曲家の山本直純を起用したＴＶＣＭが人気となる。
10月2日　深夜放送の代名詞的存在である、ニッポン放送系のラジオ番組「オールナイトニッポン」が放送開始。初代パーソナリティは糸居五郎（月曜）、斉藤安弘（火曜）、高岡寮一郎（水曜）、今仁哲夫(木曜)、常木建男（金曜）、高崎一郎(土曜)。
10月2日　ツイッギー来日。日本にミニスカートブーム到来。
10月7日　巨人、3年連続セ・リーグ優勝（Ｖ３）。
10月20日　吉田茂元首相死去。
10月28日　日本シリーズで巨人が阪急下し3年連続の日本一。
12月3日　南アフリカ共和国のケープタウンで世界初のヒトからヒトへの心臓移植が行われる（この世界初のレシピエントは移植術後18日後に死亡）。
12月16日　早川電機工業がＩＣ電卓を発売。

（「ウィキペディア」より抜粋）

芥川龍之介の後輩たち

2018年7月1日初版発行

著　者＝両国高校64回卒業生有志
編　者＝両国高校64回卒業生文集編集委員会
住所〒356−0003 埼玉県ふじみ野市大原1−12−16　岸江孝男方
電話049−261−3497
Eメール kishiye@plum.ocn.ne.jp
発行者＝関田孝正
発行所＝ごまめ書房
〒270−0107 千葉県流山市西深井339−2
電話04−7156−7121
FAX04−7156−7122
振替00180−8−462708
ホームページ http://www.gomame.co.jp
印刷所＝モリモト印刷株式会社

ISBN978−4−902387−24−7　C0095　¥1000E